TODAS AS *constelações* DO AMOR

CB007374

LYDIA NETZER

TODAS AS *constelações* DO AMOR

Tradução
Camila Mello

1ª edição

BERTRAND BRASIL
Rio de Janeiro | 2017

Copyright © 2012 by The Netzer Group LLC.
Publicado mediante acordo com St. Martin's Press LLC. Todos os direitos reservados.

SHINE, SHINE, SHINE
Text Copyright © 2012 by The Netzer Group LLC
Published by arrangement with St. Martin's Press, LLC.All rights reserved.

Capa: Renata Vidal

Texto revisado segundo o novo
Acordo Ortográfico da Língua Portuguesa

2017
Impresso no Brasil
Printed in Brazil

CIP-BRASIL. CATALOGAÇÃO NA PUBLICAÇÃO
SINDICATO NACIONAL DOS EDITORES DE LIVROS, RJ

Netzer, Lydia
N391t Todas as constelações do amor / Lydia Netzer; tradução de Camila Mello. – 1ª ed. – Rio de Janeiro: Bertrand Brasil, 2017.

Tradução de: Shine shine shine
ISBN 978-85-286-1934-8

1. Ficção americana. I. Mello, Camila. II. Título.

16-37470 CDD: 813
CDU: 821.111(73)-3

Todos os direitos reservados pela:
EDITORA BERTRAND BRASIL LTDA.
Rua Argentina, 171 – 2º andar – São Cristóvão
20921-380 – Rio de Janeiro – RJ
Tel.: (0xx21) 2585-2000 – Fax: (0xx21) 2585-2084

Não é permitida a reprodução total ou parcial desta obra, por quaisquer meios, sem a prévia autorização por escrito da Editora.

Atendimento e venda direta ao leitor:
mdireto@record.com.br ou (0xx21) 2585-2002

Para Benny e Sadie.

1*

Havia uma pequena luz imersa na escuridão. Dentro dessa luz, ele flutuava em uma espaçonave. Flutuar naquele lugar fazia com que sentisse frio. Sentiu o frio do espaço dentro de si. Ainda conseguia ver a Terra pelas janelas arredondadas da espaçonave. Às vezes, também via a Lua se aproximando. A Terra girava lentamente e a espaçonave se movia devagar em relação às coisas ao seu redor. Não havia nada que pudesse fazer agora, nem de um jeito, nem de outro. Estava em uma espaçonave a caminho da Lua. Usava botas brancas de papel em vez de sapatos; macacão em vez de cueca. Era apenas um homem de carne limitada e estrutura óssea alongada, olhos enevoados e corpo frágil. Estava longe, vindo da Terra, e flutuava no espaço. Havia sido expelido, e com força.

Dentro da sua cabeça, entretanto, Maxon se pegou pensando em seu lar. Com seus longos pés flutuando atrás de si, segurou a janela arredondada com as mãos e se firmou nela. Olhou para a Terra. Lá longe, a quilômetros gelados de distância, a Terra fervia coberta de nuvens. Todos os países formavam um só borrão embaixo daquela faixa branca. Sob a camada tempestuosa, as cidades daquele mundo se moviam de forma barulhenta e ardiam, conectadas por estradas, por cabos. Na Virgínia,

Sunny, sua esposa, caminhava, vivia e respirava. Ao seu lado, o pequeno filho dele. Dentro, a pequena filha dele. Maxon não conseguia vê-los, mas sabia que estavam lá.

Esta é a história de um astronauta que se perdeu no espaço — e da mulher que deixou para trás. Ou esta é a história de um homem corajoso que sobreviveu à catástrofe do primeiro foguete enviado ao espaço com a intenção de colonizar a Lua. Esta é a história da raça humana, que enviou um pequeno estilhaço insano de metal e algumas células pulsantes aos negros confins do universo na esperança de que esse estilhaço atingisse alguma coisa e se firmasse ali, de que as pequenas células pulsantes conseguissem sobreviver. Esta é a história de uma protuberância, um broto, da maneira como a raça humana tentou se subdividir, do broto que lançou ao universo, do que aconteceu a ele e do que aconteceu com a Terra também — a mãe Terra — depois que esse broto se rompeu.

NO DISTRITO HISTÓRICO de Norfolk, na costa da Virgínia, na cozinha suntuosa de um palácio georgiano reformado, três cabeças louras se inclinaram sobre uma bancada de granito. Uma dessas cabeças pertencia a Sunny. Era a mais loura das três. A luz fraca vinha de cima, onde panelas de cobre se prostravam em fileiras perfeitas. Armários polidos se alinhavam nas paredes, e havia uma pia em aço inoxidável no canto. Acima dela, a janela que dava para o jardim abrigava ervas frescas. O sol brilhava. O granito estava morno. A máquina de fazer gelo produzia cristais arredondados ou quadrados. As três mulheres equilibradas em cadeiras na bancada da cozinha tinham cabelos longos e retos, alisados meticulosamente ou encaracolados com capricho. Agrupavam-se ao redor da menor, que chorava. Segurava a caneca de chá, apoiada sobre a bancada, e os ombros sacudiam enquanto soluçava. As amigas lhe acariciavam os cabelos, secavam-lhe os olhos. Sunny arrumou os próprios cabelos e secou os próprios olhos.

— Simplesmente não entendo — disse a pequena, fungando. — Ele disse que ia me levar pra Noruega neste verão. Pra Noruega!

— Noruega — repetiu a de cardigã verde-limão. Revirou os olhos. — Que piada. — Tinha nariz curvado e olhos pequenos, mas, a julgar pelo jeito festivo e pela maquiagem, pelo corpo esbelto e pelos sapatos caros, as pessoas a achavam atraente. Seu nome era Rachel, mas as meninas a chamavam de Rache. Tinha sido a primeira no quarteirão a ter uma sala de ginástica em casa.

— Não, eu *quero* ir pra Noruega! — corrigiu a pequena. — A minha família é de lá! É um lugar lindo! Tem fiordes lá!

— Jenny, isso não tem a ver com a Noruega, querida — disse Rache, os cachos dourados caindo sobre o peito bronzeado e arredondado quando se inclinou para a frente. — Você está perdendo o foco.

— Não — falou Jenny, soluçando de novo. — Isso tem a ver com aquela vaca com quem ele está saindo. Quem é ela? Ele não me fala!

Sunny se afastou delas. Usava uma echarpe de lã sobre os ombros; mexia nos utensílios da cozinha com uma das mãos, ao passo que a outra repousava sobre a barriga de grávida. Pegou a chaleira, colocou mais água quente na xícara de chá de Jenny e lhe deu um lenço de papel. Eram melhores amigas, Sunny, Jenny e Rache. Sabia que aquela conversa, sobre o marido de Jenny e a infidelidade dele, era normal. Era frequente. Porém, ficou parada no mesmo lugar de sempre, uma das mãos na chaleira, outra na barriga, e percebeu uma coisa alarmante: uma rachadura na parede logo ao lado da despensa. Uma rachadura naquela velha parede georgiana.

— E também não tem a ver com ela, Jenny, seja quem for — disse Rache.

Sunny deu uma olhada séria em Rache sobre a cabeça da outra amiga. Rache respondeu com sobrancelhas erguidas em sinal de inocência.

— Ele é um babaca — concluiu Jenny. — A questão é essa. — E assoou o nariz.

Sunny se perguntou se as amigas haviam percebido a rachadura, que se estendia enfurecidamente fazendo um rasgo no papel de parede cor de manteiga. Ela não estava ali no dia anterior, e já parecia bem ostensiva, profunda. Sunny pensou na casa se partindo em duas, uma metade da despensa afastada da outra. Pacotes de lentilha orgânica. Potes de beterraba. Raízes comestíveis. O que ela falaria?

Jenny, entretanto, não havia parado de chorar.

— Eu simplesmente não sei o que fazer! — gaguejou pela terceira vez. — Tenho que pensar nas crianças! Como ele pôde me deixar descobrir isso? Como pôde ser tão descuidado?

Sunny imaginou a casa caindo aos pedaços, em decorrência de alguma falha geológica. Talvez, com Maxon no espaço, a casa tivesse desistido de manter as aparências. Talvez fosse despencar na ausência dele, sem uma pessoa ocupando o lugar de marido. Tudo muda, tudo despenca: o marido de Jenny, foguetes a caminho da Lua, a parede da despensa.

— Shh — disse Rache. Pegou o controle remoto, aumentou o volume da TV da cozinha. Sunny viu, no micro-ondas, que era meio-dia. Ajeitou a echarpe em volta do corpo e dois dedos arrumaram sua franja. Começava o noticiário.

— Ai — disse Jenny —, é hora de Les Weathers.

— Este sim é um homem que nunca faria mal a alguém — falou Rache, levantando a cabeça e piscando para a televisão.

As mulheres assistiram sem falar nada por alguns minutos enquanto um louro alto de rosto quadrado e olhos azuis cintilantes dava a notícia de um incêndio. Inclinava-se ligeiramente sobre a mesa e gesticulava com as mãos largas. Sua preocupação com o incêndio parecia real; sua admiração pelos bombeiros, tangível. Tinha um torso imponente; a parte de cima era pesada, como um trapézio, e os braços, grandes. No entanto, ele era mais do que apenas um terno na televisão; era importante e próximo porque morava na mesma rua, em uma imaculada casa cinza, atrás de uma porta vermelha e grossa.

— Ele é como Hércules — afirmou Jenny em meio às lágrimas. — É isso que ele me lembra. Les Weathers é Hércules.

— De maquiagem — disse Sunny sem emoção.

— Você o ama! — acusou Rache.

— Cala a boca. Não sou uma das tietes dele — disse Sunny. — A única vez em que realmente falei com ele foi quando pedi pra tirar aquela guirlanda em janeiro.

— Não é verdade! Ele estava na festa de Halloween na casa da Jessica! — contrariou Jenny, esquecendo os problemas por um instante. — Além disso, ele entrevistou você na TV quando o Maxon estava divulgando a missão!

— Quis dizer falar com ele sozinha — explicou Sunny. Ela ficou de pé com as pernas abertas. Era capaz de sentir, ou não, um tremor na casa. No espaço entre o teto e o telhado, alguma coisa reverberava. Alguma coisa estava desmoronando. Um trem passou perto demais e a rachadura se tornou ainda maior. Na última vez, ela recebeu uma epidural e deu à luz sem nem borrar o batom. Desta vez, planejava receber uma epidural ainda mais forte e dar à luz usando pérolas.

— Nunca conversei com ele sozinha — disse Rache, ainda dengosa, imitando Sunny. — Você deve ser a namoradinha dele.

— Dá pra gente não falar em namorados? — perguntou Sunny, fazendo um sinal na direção de Jenny.

— Eu devia ligar pro Les Weathers — murmurou Jenny, olhos fixos na tela. — Sozinho naquela casa linda com um coração partido.

Na TV, Les Weathers sorria com duas fileiras de dentes brancos reluzentes e passava a palavra ao outro âncora com uma frase brincalhona.

— Não liga pra ele — disse Rache. — Não dá mais desculpas pro seu marido.

— Ele tem desculpas? — quis saber Jenny.

O comercial de fraldas começou a passar.

— Enfim — disse Sunny, retirando as xícaras de chá. — Preciso pegar o Bubber na escola e ir ao hospital ver a mamãe.

— Como ela está? — perguntou Rache.

As mulheres se levantaram e se ajeitaram. Mangas foram arrumadas, e cardigãs de algodão, abotoados.

— Está bem — respondeu Sunny. — Totalmente bem. Dá quase pra vê-la melhorando a cada dia.

— Mas achei que ela estivesse na UTI — disse Jenny.

— Sim, e está funcionando — contou Sunny.

Ela se apressou em se despedir das amigas, e, ao voltar para a cozinha, inspecionou a rachadura com os dedos. Não era tão grave. Não estava aumentando. Talvez estivesse ali havia tempo. Talvez ela apenas não tivesse visto a rachadura subindo, subindo, esticando-se pela sua casa e pela sua vida, ameaçando-a com uma fissura intransponível. Sunny se sentou onde Rachel havia se sentado e soltou os cabelos, do mesmo jeito que a amiga fazia. Esticou uma das mãos, unhas feitas, na direção do espaço ocupado previamente por Jenny, como se colocasse o braço em volta de ombros fantasmas. Assentiu e franziu as sobrancelhas, igual a

Rache. Levantou a cabeça e viu que a rachadura ainda estava lá. Endireitou a postura. Fechou as pernas. Arredondou a franja. Na televisão, Les Weathers se despedia. A fofoca do bairro era a de que a esposa grávida o havia abandonado para juntar as trouxas com um homem na Califórnia. Nunca nem o tinha deixado conhecer a criança. Seria uma pena, se não fosse pelo fato de todas as mulheres num diâmetro de seis quarteirões desejarem remendar as meias dele. Sunny se perguntou como as meias eram remendadas. Se tivesse que fazer isso, pensou ela, simplesmente compraria meias novas. Enterraria a meia com buraco no fundo do lixo e ninguém jamais saberia.

Finalmente, após uma última olhada na despensa e depois de apagar a luz, Sunny pegou a bolsa, as chaves e os livros de Bubber e entrou na minivan, colocando a barriga atrás do volante. Na frente do retrovisor, arrumou os cabelos de novo. Deu partida e começou a dirigir em direção à pré-escola.

As árvores gigantescas do Sul tomavam as ruas do bairro todo, fazendo sombras nos rostos de casas imponentes com fachadas de tijolos. Abelhas zuniam dentro das azaleias dependuradas, brancas e em todos os tons de rosa. Calçadas limpas eram esquentadas pelo sol da primavera. Em todos os cruzamentos do bairro, Sunny colocava o pé no freio e depois no acelerador. A minivan se movimentava como uma sala de estar móvel, um trapezoide de ar levitando pela Terra. Ela ficava sentada e a impulsionava. Esqueceu-se da rachadura. Esqueceu-se da esposa de Les Weathers. Todas as casas constituíam um retângulo perfeito. Era um exercício matemático.

O mundo lá fora estava claro e cheio de partes que se moviam. Nos dois lados da rua à sua frente e nos dois lados da rua às suas costas, casas históricas se erguiam em ângulos majestosos. Carvalhos pairavam no ar, e árvores de mirto esticavam os galhos, que descascavam. Linhas paralelas eram interrompidas por linhas perpendiculares, formando uma tabela navegável por meio dos números. Pares à direita, impares à esquerda. Maxon tinha dito certa vez: "O número de propriedades em um quarteirão multiplicado pela raiz quadrada do número de quadrados na calçada na frente de cada propriedade tem que ser igual à largura de uma entrada única de carro em decímetros, mais Francis Bacon." Ele não tinha respeito pela grandiosidade dos bairros urbanos. Muitas pessoas vivendo em fileiras. Comendo, dormindo e cozinhando em fileiras. Dirigindo em fileiras e estacionando em fileiras. Ele disse que queria um alojamento de caça no Touraine, com um fosso para tigres e um portal feito de fogo. Mas ele aceitava o ambiente urbano. Como não aceitaria? A cidade era uma carta de amor à geometria dos planos.

Pouquíssimos vizinhos chegaram a falar com Maxon. No entanto, todo mundo naquela rua levava as opiniões de Sunny muito a sério. Ela não precisava se esforçar para morar ali. Era profissional. Quando se mudou para a cidade, diziam os vizinhos, as coisas se encaixaram. Churrascos foram organizados. Compararam Tupperware. As mulheres dirigiram suas minivans e os homens dirigiram os seus sedans alemães. Restaurantes indianos, barracas de sorvete e lojas de animais de estimação se concentraram ao redor do único cinema independente. Ninguém ficava sem comida no dia em que os respectivos filhos adoeciam ou quando tinham que fazer canal nos dentes. Ninguém ficava sem babá quando tinha que ir ao médico, quando o pneu furava ou quando recebia visita de pessoas de fora da cidade. Todas as casas se moviam tranquilamente pelo espaço, da mesma maneira estável que a Terra girava e a comunidade da Virgínia girava com ela. Na Virgínia, diziam, dá para comer no jardim o ano inteiro.

Havia babás para Sunny quando coisas ruins aconteciam. Havia travessas de comida que chegavam com batidas leves na porta. Quando sua mãe teve que ir para o hospital, houve ajuda. Quando Maxon foi lançado à Lua em um foguete, houve auxílio. Existia um sistema, em que tudo estava funcionando perfeita e lindamente e todos faziam a sua parte.

SUNNY SE SENTOU AO LADO DA cama hospitalar onde se encontrava sua mãe, doente. Vestia o cardigã pêssego de verão, a calça capri cáqui, sandálias finas de couro trançado e óculos com armação de casco de tartaruga. Sentava-se logo abaixo de uma cascata de cabelos louros e sedosos, dentro do corpo de uma filha preocupada e amorosa. Tinha o filho no colo e um bebê no ventre. A mãe estava sobre a cama hospitalar, coberta por um lençol. Não usava óculos nem cardigã. Vestia apenas o que foi posto ao seu redor sem o seu conhecimento. Seu sono já durava semanas.

Dentro da mãe, alguma coisa acontecia, e essa coisa era a morte. Mas Sunny não pensava nisso. No lado externo da mãe, onde ficava óbvio, ainda havia bastante beleza. Do lado de fora do corpo, do lado de fora da boca, do torso, Sunny via florescentes videiras. As videiras que mantinham a mãe viva caíam pelo seu corpo até uma árvore ao lado da cama. Enroscavam-se pelo chão, emaranhavam-se gentilmente, repletas de flores úmidas e mechas cacheadas. Nas paredes, grupos de árvores se formavam e se inclinavam ao vento, e ao redor folhas douradas caíam dessas árvores. Um pássaro emitiu seus acordes no canto do quarto, e eles se misturaram às exclamações e risadinhas de Bubber.

Bubber era filho dela e de Maxon. Tinha 4 anos e cabelos claros alaranjados que ficavam arrepiados na cabeça, como uma vassoura. Autista. Era isso o que sabiam dele. Com o medicamento, era bem quieto em relação a tudo. Conseguia andar em silêncio pela ala do hospital e ler para a avó enquanto Sunny o segurava no colo. Conseguia se fazer passar por uma criança normal, às vezes. Havia remédio de manhã, remédio no almoço, remédio para controlar psicose, remédio para promover uma digestão saudável. Sunny se sentava com a coluna ereta segurando Bubber, que lia em voz alta em um só tom agitado. O bebê dentro dela se esticava e virava, sem saber se seria autista ou não. Se seria mais como Maxon ou mais como Sunny. Se conseguiria se adaptar ao bairro. Ainda não era possível dizer.

O gorgolejo do aparelho de respiração acalmava a mente de Sunny; ela disse para si mesma que sentia o cheiro de sempre-vivas. Uma brisa mexeu os cabelos louros que lhe acariciavam os ombros. Ela podia colocar os óculos escuros no topo da cabeça, fechar os olhos e acreditar que se encontrava no paraíso. Podia acreditar que sempre teria a mãe ali, naquela floresta encantada, e que poderia se sentar ali todos os dias e olhar para aquele rosto pacífico.

SUNNY FOI EMBORA DO HOSPITAL. Quando o acidente de carro aconteceu, ela estava descendo a rua indo para casa. As mãos macias, brancas e de unhas pintadas seguravam o volante. O pé direito pressionava o chão do carro. Tinha a cabeça erguida, alerta, atenta. O cheiro de algum churrasco entrou pelas janelas abertas. E, mesmo assim, um acidente aconteceu. Na esquina da majestosa rua Harrington com a imponente avenida Gates, um SUV preto bateu na lateral larga da sua minivan prateada. Aconteceu na mesma rua onde ficava a sua casa. Aconteceu naquela tarde, no primeiro dia de Maxon no espaço. Ninguém morreu, mas a vida de todo mundo mudou radicalmente. Não havia como voltar atrás. Não havia como fingir que não acontecera. Os carros das outras pessoas são como meteoros. Às vezes eles, colidem com você, e não há nada que você possa fazer.

Depois da visita no hospital, ela prendeu o menino no assento da minivan e colocou o capacete na sua cabeça. Infelizmente, ele era o tipo de criança que vivia batendo a cabeça, e isso acontecia muito no carro. Ela passava bastante tempo falando alto com Bubber, embora ele não passasse muito tempo respondendo. Falar com ele dessa forma era parte das coisas que faziam para ajudá-lo com a dificuldade.

— Não importa em qual cadeira você vai se sentar, né? — falou ela. — É só dizer "Tudo bem" e se sentar em qualquer cadeira disponível. Porque, se fizer escândalo por causa da sua cadeira, vai perder o projeto de arte, não vai? E é só uma cadeira, não é? É legal ter cadeiras de cores diferentes. Não importa qual você vai receber. É só dizer "Tudo bem, é só uma cadeira. Pego a azul na próxima vez!", e se sentar na cadeira vermelha. Fala "Tudo bem!", Bubber.

— Tudo bem — repetiu o menino.

A voz soou alta, como a voz de um pato — caso patos soassem como robôs. E ele tinha que usar capacete. Até mesmo para se sentar no carro. Caso contrário, de vez em quando, batia a cabeça no assento do carro, várias e várias vezes, quando os pneus passavam pelas fissuras da rua. Apenas ouvir aquilo acontecer já era terrível; não era algo que Sunny gostava de ouvir.

— E aí você se senta — continuou Sunny — e nem pensa na cor da cadeira, é só se divertir com o projeto de arte. Porque, afinal de contas, o que é mais divertido: fazer escândalo ou o projeto?

— Fazer o projeto de arte — respondeu Bubber, como se fosse um pato.

— Então é só dizer "Tudo bem" e se sentar.

Sunny mexeu a mão de cima para baixo a fim de ilustrar a ação. Bubber cantarolou no assento do carro. Sunny já era ocupada demais só por ser a mãe de Bubber, mas havia outra coisa dentro dela, aquele bebê que a tornava grávida. O bebê tinha um coração que pulsava. Dava para ver quase todo o coração nas máquinas do consultório médico. No lado de fora, uma barriga gigante de grávida pousava sobre o seu colo como uma cesta. O cinto de segurança ficava por cima ou por baixo dela. Não tinha como voltar. Já estava ali. Apesar do que poderia ter sido feito para evitá-la e apesar de quaisquer opiniões que ela poderia ter emitido sobre como gerar outro filho era má ideia, ela já estava além do limite. Seria mãe de dois, sob os cabelos louros e pálidos, na minivan trapezoide, em sua propriedade magnífica. Embora Bubber não tivesse dado muito certo, embora tivesse saído com algumas conexões neurais cruzadas e gastas — conexões extras aqui, conexões faltando ali —, ela seria mãe novamente, porque todo mundo quer ter dois filhos. Um não basta.

Quando Sunny era pequena, nunca se imaginou tendo filhos. Nunca planejou ser mãe. Brincava de ser irmã, mas nunca de ser mãe. Talvez por isso quisesse outro bebê para Bubber. Para salvá-lo da situação de ser filho único, como ela.

O acidente de carro aconteceu em uma encruzilhada. Sunny olhou para a esquerda, direita, esquerda novamente. As ruas pareciam livres, mas então uma Land Rover preta veio na direção dela na rua que ela estava cruzando. Bateu na van com bastante força. *É o fim*, pensou ela. *O fim de mim, o fim do bebê. O fim de Bubber também.* Não haveria família. Depois de todo aquele esforço, o resultado seria negativo. Parecia monstruoso, impossível. Pensar nisso fazia com que o seu cérebro se sacudisse. Ela sentiu os ossos chacoalhando. *Coitado do Maxon*, pensou quando o airbag bateu-lhe no peito. *O que fizemos um com o outro?* Havia uma especificidade brutal naquele acidente, naquele local e horário, e, sob o peso da realidade, o coração dela parecia realmente ter parado.

Naquele momento, os raios de sol ainda viajavam milhares de quilômetros espaciais para aquecer o para-brisa à frente de Sunny, porém, com a boca tão contorcida, ela parecia mais um monstro. Os óculos escuros no rosto apontavam a direção que a van havia seguido. A Terra girou na direção oposta. A van se moveu sobre a Terra com uma inclinação insana. Depois da batida, os carros ainda se moveram um pouco, mas em direções diferentes. Os vetores foram todos modificados. Airbags chiaram. Uma árvore jovem foi derrubada. E, naquele trêmulo momento, uma peruca loura perfeita saiu da cabeça de Sunny e voou pela janela, pousando na rua dentro de uma poça cheia de folhas. Sob a peruca, ela era completamente careca.

Sua mãe estava morrendo, o marido se encontrava no espaço, o filho usava capacete porque precisava, e ela era careca. Seria possível que tal mulher de fato existisse? Será que essa mulher conseguiria se explicar? Naquele instante, ela teve tempo para ponderar.

Lá no céu, no espaço, Maxon fazia rotações conforme o programado. Sempre sabia que horas eram, embora o espaço estivesse além da noite e do dia. No momento do acidente, eram 15h21, horário de Houston. Lembrou-se de como o menino, Bubber, disse-lhe tchau de maneira bastante direta. "Ti-chau, papai." Como se permitiu ser beijado, conforme fora treinado, e como Maxon o beijou, conforme fora treinado também. É assim que pais agem, é assim que filhos agem, e é isso o que acontece quando o pai vai embora para o espaço. Como os olhos do menino vagaram em outra direção, contando os tacos no chão, medindo as sombras enquanto os braços seguravam o pescoço de Maxon sem querer deixá-lo ir.

Foi como qualquer outro dia de trabalho. Ouviu as palavras silenciosas dela: "Diz tchau pro papai." Tão habitual. Aos 4 anos, a mente era capaz de entender, mas o menino, não. Por que dar tchau? O que quer dizer "tchau"? Por que dizer isso? A palavra não carrega nenhuma informação; nenhuma conexão é feita quando você diz "oi" ou "tchau". É claro, é claro, uma convenção boba. Longe da Terra, Maxon se sentiu fisicamente sedento. Sedento por ver a esposa e a criança. Sedento pela silhueta de ambos, pelo formato que teriam à porta, entrando. Em meio às estrelas, enfiado naquele pequeno estilhaço de metal, sentiu a diferença deles em relação ao resto do planeta. Era como se Sunny fosse um alfinete em um mapa, e Bubber, o contorno colorido do território que ela apontava. Ele não conseguia vê-los, mas sabia onde estavam.

2*

ANOS ANTES, NA ÉPOCA DO NASCIMENTO DE SUNNY, O SOL SOFREU um eclipse total causado pela Lua. Ele desapareceu por completo e depois retornou, quente como antes.

A Lua raramente esconde o Sol da Terra por completo. Na verdade, isso só acontece de vez em quando e, quando acontece, você só consegue ver de certos lugares do mundo. Em todos os outros continentes, o tempo passa normalmente. Até mesmo a quilômetros de distância, a manhã prossegue sem interrupções. Mas aqui, na Birmânia, em 1981, o eclipse foi completo, e o Sol ficou coberto pelo tempo que o bebê precisou para nascer. Ao lado do Himalaia, a Terra foi coberta por um crepúsculo marrom, e havia uma coroa reluzente no céu. Em algum momento futuro, outro eclipse acontecerá por aqui, mas nunca mais nascerá um bebê como Sunny. Ela era única, e sua mãe soube disso desde o começo.

Foi somente na totalidade da escuridão que o trabalho de empurrar deu certo para essa mulher prestes a dar à luz. Estava deitada em um hospital público com cem leitos. Lutou com a ideia de libertar o bebê durante quatro horas. Lá fora, a sombra do Rung Tiang se lançava sobre o amontoado que é o vilarejo de Hakha, cada vez mais definida. O Sol tomou a forma de uma Lua crescente, um aro, uma fileira curvada de lindas miçangas. Lá fora, as pessoas ficaram aflitas. As mulheres, fumando um cachimbo, olharam para cima. Homens de chapéus em formato de cone pararam de arar as papoulas. A coroa de sol brilhou e se curvou em volta do disco negro da Lua, como se fosse o cabelo longo de uma sereia.

Profundamente envolvida pela penumbra da Lua, ela conseguiu parir. Depois de o Sol se esconder, custou-lhe empurrar umas duas boas vezes para que a cabecinha rígida emergisse. A cérvice determinada cobria aquela cabeça como uma mão segurando um ovo. A cabeça passou. Ombros foram retirados. O bebê saiu. A parteira a cobriu rapidamente, colocou-a sobre o peito da mãe e foi até a janela.

A Lua, entretanto, já havia começado a deslizar e o Sol cortava o outro lado do vale. Retornou da mesma maneira que sumira, quente como sempre, e as pessoas pararam de olhar para cima, caso contrário ficariam cegas. A vida continuou, e a pessoa que não era mãe, agora o era, e segurava sua bebê careca.

— Ela não tem cabelo — disse a parteira. — Nem cílios. É um bebê muito especial.

Naquela manhã, antes do eclipse, Emma Butcher concordava com a ideia de passar o resto da vida na Birmânia. Manteria o corpo, respiraria, sorriria e, um dia, morreria. Mas, depois do bebê, passou a não gostar da ideia de ficar naquele lugar. Levantou-se mãe daquele leito, pronta para lutar pelos dias que lhe restavam. Que diferença faz para uma mulher desistir de si e viver em silêncio, com as escolhas que fez? Porém, quando se torna mãe, a mulher não pode mais participar desse lento apodrecimento. Porque ninguém vai apodrecer a criança. E qualquer um que tentar, sofrerá as consequências da mãe.

À noite, o pai entrou repentinamente no hospital com um jarro capenga de flores escudo persa. Arrancou as plantas na selva ao lado da praia e as levou até as montanhas para celebrar. A planta estava pequena e sem brotos, mas suas folhas grandes e roxas se encontravam bem abertas sob a luz fraca do hospital. Ele colocou o jarro no parapeito escuro. Tinha algo animador para dizer, muito animador, e as axilas apresentavam marcas de suor por causa da correria para chegar e ver seu novo bebê. Tinha o constrangido entusiasmo de um homem mais velho que finalmente vira pai.

— Arrumei o nome perfeito — disse ele. — A bebê vai se chamar Ann. Não é perfeito? — Esticou as mãos e chegou perto.

A nova mãe se aproximou e olhou para o marido e sua planta. Vestia uma camisa preta de linho, desabotoada sobre o peito reluzente, e um chapéu ridículo de pescador. A bebê dormia na cama, entre o corpo e o braço da mãe, enrolada em um grande pano laranja. Seus olhos sem cílios estavam fechados como se fossem os olhos da estátua de uma santa, que também não têm nem cabelos, nem cílios. Os cabelos louros, quase brancos, da mãe caíam sobre as duas como uma cortina de metal, lisos como pedra polida. Os olhos azuis estavam fixos, os lábios, abertos em um sorriso beatífico. Tirara a camisola ensanguentada e se cobrira com um pano transparente da cor de salmão queimado. Deitada, parecia uma faca longa e fina na cama. Na ponta da faca, estava sua linda cabeça, talhada em pedra. Encontrava-se tão serena quanto um lago dentro de uma caverna.

Deixou o marido pegar a bebê e segurá-la. Viu ele levantá-la em direção à luz, olhando profundamente para o seu rosto, e então levar as bochechas murchas ao nariz da criança. Olhou para ele e viu que era velho. Perguntou-se o que exatamente havia feito a si própria ao se casar com um homem tão velho e ao ter a filha dele ali no calor da Birmânia. Se fosse um bebê escuro e desarrumado, gritando, ou uma coisa vermelha aos berros, ela não teria sentido o mesmo pulsar na garganta. Quando o viu segurando a estranha bebê com suas patas suadas, soube que tinha que levá-la de volta para a América, onde enfim poderia ser real. A Birmânia era um sonho, a missão deles era um escape. A bebê se posicionaria, se lançaria como um foguete e atearia fogo naquele mundo. Não ficaria ao léu nas rezas murmuradas do pai. Não murcharia na selva. As enfermeiras budistas haviam ido embora, de modo que, quando se levantasse, poderia ir também. Poderia partir. Poderia repensar velhas decisões. Ter um filho causa isso.

Mas, em vez disso, eles a levaram para o pequeno chalé aos pés da grande montanha, e juntos mantiveram a casa. Acabou que ir embora da Birmânia era difícil. Acabou que esteve presa esse tempo todo. Deu o nome Sunny à filha por causa do eclipse. O pai teve que ceder. Afinal de contas, sequer esteve presente enquanto a bebê chegava. Estava na costa coletando espécies. Sendo assim, o nome era Sunny Butcher.

QUANDO SUNNY FEZ 2 ANOS, eles ainda estavam na Birmânia, e nenhum cabelo crescera nela. Ainda mamava e ainda dormia nos braços da mãe, que trançava chapéus para a menina usando pano, usando junco, usando linha. Contrataram uma enfermeira, Nu, que ajudava Emma a cuidar da bebê e da casa. Sunny ficava andando pela casa com um pequeno lenço na cabeça e a barriga redonda saindo do quimono alaranjado. Suas feições ainda eram de elfa, os ombros e as pernas eram frágeis, porém a cabeça era enorme. Era uma criança de aparência estranha. O povo Chin sorria e assentia para ela. Para eles, a menina parecia um dos monges que insistiam em convertê-los de volta ao budismo. Os homens esticavam as duas mãos para ela. As mulheres não lhe tocavam as roupas. Embora a maioria dos Chin venerasse o Deus cristão, aderiam às suas tradições nativas.

O pai quis dar o nome Ann por causa de Ann Judson, uma das primeiras missionárias a chegar a Birmânia. Ann Judson foi vítima de inúmeras febres e, por fim, morreu por causa de uma. Na época dela, os locais censuravam os missionários cristãos prendendo seus pés com algemas e levantando-os até que apenas seus ombros estivessem no chão. Com mosquitos atacando, era uma punição difícil de aturar. Isso foi antes de os britânicos tomarem Birmânia, o que aconteceu antes de os comunistas a tomarem. Inúmeros cristãos foram para a cidade e para a província Chin naquele século.

O último missionário a chegar foi o pai de Sunny, ele com sua linda esposa. Quando se estabeleceram em Hakha pela primeira vez, Emma tinha 23 anos, e Bob, 40. Construíram uma bonita igreja de madeira ao lado do conjunto habitacional industrial. Cristãos vinham se encontrando em prédios nos arredores do país por mais de 150 anos. A igreja deles era apenas mais uma. Um único ventilador redondo no fundo do santuário movia o ar pela congregação. A esposa se sentava na primeira fileira com os joelhos unidos e para o lado. Usava chapéus no estilo das ladies norte-americanas e sentia falta de frutas não tropicais. O marido lutava para lhe ensinar a língua; insistia em falar Chin à mesa de jantar enquanto comiam arroz e legumes.

Um ano após sua chegada, todos os missionários foram expulsos. O país foi expurgado de todos os estrangeiros, tanto missionários quanto comerciantes. Homens com uniformes cinza vindos do outro lado das montanhas bateram à porta dos Butcher e os tiraram de casa. Eles deixaram tudo e fugiram imediatamente para a Índia, onde Bob se sentava na cozinha dos amigos missionários e transmitia um programa de rádio em Chin. Não usava o termo "contrarrevolucionário". Emma se preocupava: teriam que voltar para casa? Era capaz de viver na Birmânia com o marido entusiasmado, mas conseguiria morar na América com ele? Conseguiria ser esposa de um pastor e recepcionar reuniões para o estudo da Bíblia em casa? Rezava para que pudesse permanecer na Ásia. Parecia mais fácil.

Solta na Índia, vagava impulsionada pelo vento. Durante os hinos, apenas murmurava. As montanhas interferiam com o sinal do rádio, e Bob Butcher voltou para os Estados Unidos, mas Emma não quis ir. Ele deixou a linda esposa de lábios vermelhos na Índia com os outros missionários e foi para casa, determinado a encontrar uma forma de voltar sob um disfarce legítimo, como empresário, ou cientista, ou diplomata. Ela dormia em uma rede na varanda que era fechada com tela. Passou a época na Índia ensinando as crianças locais a ler, mas nunca imaginou ter uma criança sua. Não imaginava nada de bom resultando daquilo que faziam para a produção de um filho. Não queria que o sexo entre ela e Bob tivesse efeitos duradouros. Quando se levantava da cama todas as manhãs, ela se via se afastando disso e do que permanecia entre os lençóis. Nunca conversavam sobre o assunto. Só acontecia à noite, quando ela já havia caído no sono. Era como se precisasse estar dormindo para ele se aproximar dela. Caso Emma visse que aquilo estava prestes a acontecer, não o deixava chegar perto.

Foi assim que ele a abordou pela primeira vez, no meio da noite, quando ela dormia na casa do pai, em Indiana.

Emma havia feito a faculdade fora e retornado, retornado aos pais austeros e à fazenda brutalmente eficiente da família. Ele estava lá para uma semana de orações, um orador enfático quanto ao inferno que fez com que a igreja inteira ficasse de joelhos. Ela o conhecia desde a infância porque ele ia todos os anos, e a família sempre o recebia na casa. Primeiro, ia com a esposa, que morreu ao dar à luz e levou o bebê consigo para o paraíso. Depois, sozinho, dramático e intenso, derrubando copos de vidro durante o jantar e a abençoando, com uma mão sobre a sua testa. Naquela noite, quando retornou da faculdade e ele estava de visita, Emma dormia sob a colcha amarelo-limão de retalhos, e acordou e olhou para o homem no quarto dela. O relógio ticava ao seu lado. Uma sombra se moveu pelo teto.

— Escolho você, Emma — disse-lhe, com a voz rouca. Ela nunca o escutara falando baixo. Já o havia escutado berrando, ralhando, implorando, e até chorando. — Escolho você pra ir comigo pra Birmânia.

Ela sentiu um calafrio. Aquilo era um sonho? Ela só o via de terno, atrás do púlpito, todos escutando em atenção arrebatada. E, depois, de camisa de manga comprida, gravata aberta, contando histórias à mesa de jantar. Quando fez 12 anos, ele a batizou no rio e, em seu testemunho, Emma disse que gostaria de ser mais genuína em sua fé, de não apenas dizer as palavras, mas sim de viver a vida. Viajou na caçamba da caminhonete dele com os demais jovens que esperaram o ano todo para serem batizados durante a semana do renascimento cristão. Viu os largos ombros dele quicando, uma das mãos no volante, a outra segurando o topo da moldura da porta com firmeza, como se estivesse se instalando firmemente neste mundo.

E estava com Emma no escuro, no quarto dela. Era um momento privado somente entre os dois. Emma se sentiu paralisada e especial. Como não se sentir assim? Dentro do mundo confinado da igreja, da comunidade, da instituição superior cristã que frequentou, com seus meninos desconfortáveis e culpados, ele representava uma celebridade reluzente. Seus pais ficariam orgulhosos. E o que mais ela poderia fazer? Perto dele ninguém mais parecia completamente vivo. Sentiu-se com 12 anos novamente, nervosa, despreparada, e, no entanto, orgulhosa por ser uma mulher para ele agora. Orgulhosa por saber o que fazer. Nunca havia dito uma frase completa para o homem, mas fora a escolhida para ir para Birmânia, para ser sua assistente, e para substituir a sua falecida e santificada esposa.

A respiração dele estava pesada. Posicionava-se ao lado da cama, sem camisa; os olhos sonolentos dela viam apenas a parte superior do corpo, o peito largo brilhando sob a luz fraca da Lua. Ela sentiu o próprio corpo deitado sobre a cama como o de uma boneca de papel. Como seria aquela coisa? Sentiu um frio na barriga. A respiração dele preencheu o ambiente.

— Posso ir até você, Emma? — perguntou. Ela viu as sobrancelhas dele se franzirem. Assentiu com a cabeça.

E então ele afastou a coberta e a menina sentiu o frio do ar. Olhou para ela, a barriga, as pernas. Depois estava com ela na cama, joelhos cada um do lado de fora dos dela. Uma das grandes mãos abaixou o cós de flanela da sua calça, e a outra pressionou a clavícula de Emma, esfregando repetidas vezes. O pênis saiu da calça, e ela o sentiu quente e macio sobre as pernas no frio do quarto escuro, cutucando-a, empurrando por cima da calcinha. O queixo quadrado dele era tudo o que conseguia ver à frente; a outra parte do rosto do homem estava virada para cima. Ela moveu o quadril para encontrá-lo, abraçou-o e colocou a mãozinha na parte de baixo das costas quentes dele, cuja mão ardente deslizou para os seios dela, dedos buscando a pele com urgência, e depois foi para baixo e a abriu. O corpo pesava sobre Emma, e tudo o que ele fazia era muito potente, muito exigente. Agora sua testa se encontrava sobre o ombro dela, o quadril se movia, e os sons que ele emitia eram gemidos.

— Ah... ah — disse ele. — Ah... Deus... que delícia. — Mas ele também podia ser gracioso. — Ô, querida, sei que machuca.

Depois de um ano em exílio, Bob levou a esposa de volta para o país, junto de um laboratório ambulante para estudar as qualidades medicinais das orquídeas, apoiado pela Universidade de Chicago. A Guarda Vermelha estava queimando igrejas na China. Foi um tempo de perseguição e tormenta. Os cristãos tinham que entrar disfarçados de trabalhadores seculares, quando conseguiam tais empregos. Ou precisavam disseminar o evangelho por entre os nativos e torcer para que continuassem a disseminá-lo por conta própria. Bob Butcher agora era um cientista perante os olhos do mundo, mas, em segredo, continuava missionário. Oferecia reuniões no quarto da nova casa de dois cômodos em Hakha. Os participantes se amontoavam em torno da cama com moldura.

Marido e esposa viveram de forma humilde por doze anos. Emma plantava chá no pequeno jardim. Bob sussurrava sermões e brindava um tubo de ensaio no outro enquanto destilava óleos. O casal sempre ia dormir em paz, separadamente, cada um no próprio espaço. E então, de vez em quando, à noite, acontecia o despertar urgente, o agarro desesperado, as mãos grandes em torno dos braços dela ou lhe apertando o quadril, boca morna na dela, separando-a, penetrando-a. E também as exclamações de gratidão: "Obrigado. Ai, Deus, obrigado."

Às vezes, ela percebia que ainda estava em um sonho. Às vezes, acordava preenchida quando o empurrão rígido dele já estava lá dentro, o corpo já molhado em suor.

Bob fizera uma vasectomia depois que a primeira esposa faleceu na cama do parto. Ele teve a certeza então de que era a vontade de Deus. Emma sabia que jamais teriam filhos, e sentiu que o seu chamado era ser a esposa dele, desse homem cuja tragédia o tinha desprovido da vontade de reproduzir. Quando pensava em crianças, afastava a ideia, e encarava o sexo que faziam como algo distante das que via ao seu redor. E então, miraculosamente, Emma engravidou aos 37 anos. Ninguém esperava. O casal comemorou de maneira moderada, cada um horrorizado de uma maneira particular. O marido anunciou o feito à congregação secreta.

— Emma, minha esposa, vai ter um filho — disse a eles.

Assentiram em silêncio, sorriram e mostraram aprovação por meio de tapinhas nos braços uns dos outros.

Será que ela morreria no parto? Será que o bebê seria um homenzinho suado, uma prova? Não. Sunny nasceu, cresceu e aprendeu a andar pelo vilarejo. Sentava-se com os lindos quimonos em meio aos cachorros magricelas. Nu lavava as fraldas e queimava frutas aos deuses na varanda de trás. As horas de luz solar aumentaram. No vilarejo, a missão secreta deles estava a salvo porque grande parte do estado Chin da Birmânia era teimosamente cristã. Independentemente de quantas Bíblias eram queimadas, mais Bíblias podiam ser compradas da Índia ou traficadas dos Estados Unidos. Tudo estava a salvo, e a família ficaria ali indefinidamente, até que Sunny virasse uma senhora de idade; até que os lenços que usava na cabeça ficassem sujos e sua mãe morresse.

3*

SUNNY ERA UMA MULHER SEM CABELO ALGUM. NASCEU SEM cabelos, e eles jamais cresceram. Sem sobrancelhas, sem pelos nas axilas, sem pelos nas pernas. Em alguns momentos da vida, ela se perguntava se o mundo poderia algum dia ser verdadeiramente belo para ela, uma menina careca. Em outros momentos, no entanto, sentia que sua vida era como a de qualquer outra. Estava perto dos 30. Apesar de não ser a única mulher careca no mundo, nunca pesquisaram a fundo o problema. Era complicado. E o fato de não conseguirem explicar era meio bizarro. Desde a infância e a adolescência, e até na época do casamento e da maternidade, essa condição esquisita a fazia se sentir doente. A mãe tinha uma doença mais comum. Câncer. Sua vida estava perto do fim. Isso também era complicado.

A parte interna do corpo é obscura. As coisas que ocorrem lá dentro não podem ser vistas. Quando um órgão de alguém se torna defeituoso, ou quando há um bloqueio ou vazamento, essas coisas acontecem em silêncio e sem luz. Ninguém presencia nada. O silêncio úmido impera lá dentro. Há barulhos? Será que o fígado tem tato? Todo feto passa os primeiros meses lá, no escuro. Todo filho acena diante de um rosto cego, e toda filha abre uma boca vazia que não emite som. E, dentro do feto, outra escuridão. Não há som, entretanto. Seres humanos crescem e se esvaem na escuridão e no silêncio que há dentro da pele. Sunny veio careca, e permaneceu careca o resto da vida. Nasceu em dado momento e, em outro dado momento, morreria. O que aconteceria entre um fato e outro seria um episódio longo e sem cabelos.

Enquanto pessoas comuns tinham cabelos nas extremidades, ela não tinha nenhum. Ao dirigir e entrar em lojas, guardava o segredo de algo que deu errado. Alguma coisa não estava certa. Por causa da peruca, ninguém na Virgínia sabia disso, fora algumas pessoas próximas que precisavam saber. Marido. Médico. Mãe e filho. Não era algo que ficava à mostra para que todos vissem, como a mulher com a verruga estranha que lhe cobria metade do rosto, ou o homem com a cicatriz na orelha, ou o cara que perdeu a mão em uma explosão. Era um tipo diferente de segredo sob a peruca.

Quando a peruca saiu e caiu em uma poça, ninguém estava por perto para ajudá-la. Maxon se encontrava no espaço, pensando em robôs. As crianças estavam lá, é claro, mas não sabiam o que fazer para ajudar. Bubber era capaz de berrar e ficar com raiva, e conseguia também dizer que horas eram sem olhar para o relógio. O bebê dentro da sua barriga era capaz de sacudir as mãos e ter vontades, mas nenhum deles conseguia esticar o braço e manter a peruca na cabeça de Sunny quando ela escorregava. O acidente de carro foi inesperado demais.

A Land Rover veio na direção deles. Primeiro, a garganta fechada de Sunny e os braços contra o volante. Depois, o som da freada e a pancada. O airbag se abriu. A peruca saiu voando. As coisas pararam de se mover. Sunny recuperou a voz imediatamente, quase antes do silêncio.

— Estamos bem, estamos bem, está tudo bem, tudo tranquilo, você está bem — disse Sunny. — Você está bem?

— Para! — falou Bubber.

— Bubber. Alguém bateu na gente de carro, mas está tudo bem. Estamos bem.

Sem olhar para trás, esticou o braço e segurou o joelho do filho com força para que ele de fato sentisse o toque.

— Para, para! Para o *carro*! — berrou Bubber. Começou a procurar o fecho do cinto de segurança e a trava da porta. Não chorava. Seu rosto sardento estava vermelho, e os lábios, tensos de tanta indignação. — VOCÊ — berrou Bubber pela janela com película. — VOCÊ BATEU NA NOSSA VAN. VOCÊ NÃO DEVIA TER FEITO ISSO.

— Já chega, Bubber — disse Sunny. Ficou engasgada e tapou a boca.

— Mamãe, você vai passar bem? PASSAR BEM NO CARRO NÃO PODE.

— Não — respondeu ela. — Você fica na van. Fica sentado.

Olhou em volta. Forçou as duas mãos a segurarem o volante para não passá-las na sua cabeça. Tentou dar a partida e tirar a van da rua, ou talvez dirigir até sua casa. Imaginou-se passando pela peruca e deixando-a ali. Em casa, a salvo, poderia se arrastar pelo buraco do gato e ficar no subsolo. Poderia viver ali no escuro a vida inteira. Talvez latir e rosnar para estranhos, comer cachorros perdidos, visitar Maxon à noite passando pelos tubos de ventilação. Voltaria ao seu habitat quando ele caísse no sono. Sua pele se tornaria escura com o barro que fazia o jardim deles tão inapropriado para as samambaias. Os vizinhos ouviriam histórias sobre um zumbi de rosto vermelho que, de vez em quando, ia até a caixa de correio no meio da noite e enviava cartões postais. Mas é claro que a van não saiu do lugar, então ela desligou o motor.

Sunny abriu a porta. Vizinhos saíam de suas casas agora. Alguém corria na direção dela. Sentiu-se enjoada como se realmente fosse passar mal. Destravou o cinto de segurança e o tirou de cima da barriga, que parecia tomada por um fogo enraivecido, por correntes velozes, como se um cometa quicasse dentro dela, como se o bebê tivesse virado um bebê de fogo. Sentia dor nas costas. Ergueu-se sobre uma das pernas trêmulas, e depois sobre a outra. Acertou os óculos sobre o nariz. Em pé, no meio do próprio bairro, viu amigos e vizinhos saindo das casas como camponeses sujos: pesarosos, encardidos, medrosos. Sentiu o vento sobre a cabeça. É claro que era bom tirar a peruca. Sempre era. Essa parte não se discutia.

Olhou para as duas extremidades da rua. As árvores perdiam as folhas. Um caminhão de lixo coletava os restos da obra de alguém. Raízes retorcidas tomavam o espaço entre a calçada e o meio-fio, e estavam cheias de samambaias ou pequenos arvoredos e bolotas apodrecidas. As entradas das garagens, tão retas no passado, agora se encontravam tortas de uma maneira muito confusa. As casas se entortavam umas nas outras, e os telhados deslizavam como livros nas cabeças de adolescentes desajeitados. Ouviu uma sirene. Ouviu um bebê gritando. Afastou-se cambaleando da van com medo de cair sobre alguma tangente da Terra e derrapar nela em direção à morte.

Um homem corria na direção dela na calçada. Ela notou imediatamente quem era. O vizinho âncora, Les Weathers: alto, forte e louro. Devia ter acabado de chegar do trabalho. Os cabelos ainda estavam grudados para trás, uma onda lisa de plástico afastada do rosto bronzeado. Sua expressão transmitia preocupação e confusão ao mesmo tempo. Sunny cambaleou até a poça onde sua peruca se encontrava caída como um gato louro morto. Se ao menos conseguisse colocá-la de volta.

— A senhora está bem? — berrou Les Weathers, como o Superman.

Outras pessoas também vinham, Rache e Jenny. Aproximavam-se vagarosamente desde as suas casas idênticas feitas de tijolos, saltos-altos de couro em tons neutros pisando com cuidado em torno das porções mais molhadas da calçada.

Sunny assentiu com a cabeça. Era uma estranha para ele, que não sabia quem ela era.

— Está machucada? — perguntou alguém.

Sunny se virou de frente para Les Weathers. Ela o encarou e tirou os óculos escuros.

— Você é a Sunny? Sunny Mann? — perguntou ele, os olhos chocados.

Ela sorriu.

— Sunny, você é careca — disse ele.

De todas as vezes que essas palavras lhe foram ditas na vida, talvez essa tivesse sido a melhor. Melhor do que a mãe dizendo-as com tanta franqueza, do que a babá com tanta doçura, do que os alunos no ensino fundamental e suas diferentes maneiras de dizê-las. De certo modo, foi muito engraçado. Por cinco anos, desde que Sunny chegara recém-grávida à cidade, com calças rosa combinando com o casaco de gola V e saltos cinza-claro, tinha usado a peruca loura silenciosa. Usava-a religiosa e insistentemente, e aquelas pessoas todas a deixaram usá-la sem nem dizer nada. Tinha uma peruca com rabo de cavalo, outra com coque preso com palitos e mais uma comprida e ondulada para as saídas diárias. Sempre usara a peruca, desde que permitira que outro ser habitasse seu útero. Mas a grande verdade era, como Les Weathers tinha acabado de mencionar, que ela era careca. Feito um ovo.

Havia se perguntado várias vezes como seria caminhar por aquela mesma rua com os velhos olhos vermelhos de plástico e a reluzente cabeça careca para o mundo ver, mas quase se esqueceu de que um dia isso de fato poderia acontecer. Com isso e aquilo e aquilo outro, acabou quase apagando isso da mente. Cinco anos de peruca podem realmente fazer com que uma menina se sinta loura. Mas aquelas quatro palavras na boca de Les Weathers se esticaram no tempo para ela. Sunny. Você. É. Careca. Foi do começo de sua vida até o fim dela, todas as vezes que aquilo tinha sido dito e que seria dito novamente soaram como sinos. Teve que escutar.

Sunny se dirigiu até a poça, pegou a peruca, removeu algumas folhas secas e um graveto quebrado e a sacudiu como um pano velho. Depois, colocou-a de volta na cabeça.

— Chame a polícia — disse ela. — Chame um reboque. A van está toda fodida.

Jenny piscou os olhos arregalados ao ouvir Sunny dizer um palavrão na frente da criança.

— Rache já está ligando — falou ela. Todas as mães do bairro, até então nas cozinhas pensando no jantar enquanto os filhos quicavam em seus brinquedos assistindo a algum programa infantil na TV, foram até os gramados na frente das casas. O âncora, todo arrumado, engomado e limpo, deu um passo para trás. Agora ela estava de peruca, que lhe pingava água suja no rosto.

— Ótimo — disse. — Que maravilha.

Voltou para a van e abriu a porta de Bubber. Ele sacudia a cabeça para frente e para trás, para frente e para trás em movimentos estranhos e mecânicos, mãos batendo nos joelhos. Sunny destravou seu cinto, passou as mãos pelas costas do garoto e o tirou da van. Lá estava a mulher da SUV preta que batera em Sunny e tirara sua peruca. Era apenas outra mãe, só que mais boba, menor, mais jovem e menos importante. Morava em outra rua e estava indo buscar o seu bebê na casa dos avós depois de dar por encerrado o cômodo trabalho de meio expediente na livraria no centro da cidade. Havia uma cadeira vazia no assento traseiro. Ninguém tinha se machucado. Não tinha acontecido nada, na verdade. Não havia necessidade de uma ambulância.

Quando Bubber viu a outra mulher, colocou o queixo no peito e grunhiu como se quisesse matá-la. Sentia-se furioso, capaz de lhe tacar uma pedra. Sunny ficou com medo de colocá-lo no chão, então continuou com ele no colo. Sentou-se no meio-fio e esperou a chegada da polícia e do reboque. Sabia que tinha que lidar com ambos, e sabia que poderia ir a pé para casa depois, colocar Bubber na frente do computador, beber água e assistir ao programa da Oprah em paz. Poderia olhar para as pessoas na plateia e se lembrar de quem realmente era.

Então, seu estômago se endureceu e foi para baixo dentro do abdômen, e ela sentiu uma dor nas costas que definitivamente era uma contração. Com ou sem peruca, ainda havia um bebê dentro dela, e ele estava tentando sair.

CERTA VEZ, ELES ESTAVAM tentando transar, mas Maxon ainda se recuperava de um acidente de bicicleta e Sunny estava menstruada.

— Desculpa — disse ele. — Tem fluido saindo do meu curativo.

— Maxon — disse ela. — Você está até falando como um robô. Tem fluido saindo do seu curativo. Tem sangue saindo do meu útero. Essa é a diferença entre você e eu.

4*

Sunny estava no banco do carona do Lexus dourado de Les Weathers a caminho do médico. Bubber tinha ficado com a babá e a van estava sendo rebocada. Tudo estava sob controle. Ela não queria uma ambulância, afinal? Não, não queria. Les Weathers se ofereceu para levá-la ao médico, e os dois logo partiram. A vizinhança se reuniu em torno da careca da mesma maneira que a água de um lago se fecha sobre uma pedra jogada sobre sua superfície. As pessoas fizeram o que sabiam fazer. Quando todas as providências foram tomadas, a cabeça careca que se prostrava acima dos ombros de Sunny Mann não era mais visível para ninguém.

Eles poderiam, então, tentar se lembrar de como ela era quando combinava datas para colocar e retirar decorações externas com temas festivos. Nada de Natal antes do Dia de Ação de Graças. Nada de Halloween depois de 2 de novembro. Nada de Quatro de Julho antes de julho. Tudo muito lógico. Os vizinhos se perguntaram se o marido astronauta ainda treinaria a Liga do Lego. Perguntaram-se se a Ceia de Natal ainda estava de pé. O telefone sem fio na árvore. O dia de artes. Tudo. Como conseguiriam perguntar se ela estava bem? Há algo terrivelmente estranho em falar com alguém que está usando uma peruca óbvia quando você não sabe o porquê. Sentiam-se burros? Traídos? Ou apenas frustrados por não poderem mais tratá-la como uma amiga íntima?

— Então — disse Les Weathers —, desde quando você é careca?

— Desde sempre — respondeu Sunny.

— O Maxon sabe? — perguntou ele. Levou a mão do volante ao joelho, e de novo ao volante. Mexeu na caixa de câmbio.

— É claro que sabe — falou ela.

— E o Bubber? — perguntou Les Weathers.

— O que tem ele?

— Ele sabe?

ALGUMAS SEMANAS ANTES, a família se preparava para o almoço na cozinha. Bubber estava sentado à sua mesinha. Sunny abrira a gaveta de talheres para ele, e o menino brincava com as colheres, empilhando-as com um garfo entre cada uma. Maxon jogava coisas no chão para explicar a gravidade para Bubber, que estava mais concentrado nos garfos e colheres do que no pai. Sempre ficava olhando para coisas aleatórias quando alguém tentava lhe contar algo. Terapeutas falaram para os pais que ainda assim ele era capaz de usar a visão periférica. Maxon segurou um lápis e depois o deixou cair dos seus dedos magros.

— Sabe me dizer o que é a gravidade? — perguntou para Bubber.

— Quente — respondeu Bubber. — A gravidade é quente.

Sunny deu uma risadinha de trás da porta da geladeira, onde pegava alface para um sanduíche.

— A gravidade é uma força que todos os objetos têm — disse Maxon. — Qualquer massa tem gravidade.

— É uma atração — adicionou Sunny. — O calor é quente. A gravidade é uma atração.

— Quando alguma coisa tem gravidade — continuou Maxon —, ela faz com que outras coisas vão até ela, e, quanto maior essa coisa é, mais gravidade ela tem, e mais coisas vão até ela.

Bubber abriu e fechou a boca. Começou a desfazer a torre de colheres e garfos. Depois, falou, rapidamente:

— Júpiter tem a maior gravidade. Júpiter é o maior planeta. É um gigante de gás. Júpiter tem a massa de trezentas Terras, e o volume de mais de mil Terras.

— Até a mamãe tem gravidade — continuou Maxon. — Tá vendo?

Rocks, o cachorro, foi até Sunny e a cheirou, em busca de comida.

— Olha, estou atraindo o Rocks para cá com a minha gravidade — disse Sunny. Pegou o cachorro e o segurou contra sua barriga de grávida.

— A mamãe é Júpiter — falou Bubber, sem olhar para ela.

— Não sou Júpiter. Por que tenho que ser Júpiter? Por que não posso ser uma coisa fofa, como Vênus?

— Ih! — Maxon se moveu como se fosse atraído até Sunny. — Acho que o campo gravitacional de Vênus está me puxando também.

Sunny e Maxon se uniram e começaram a rodar em volta da barriga, com o cão esmagado entre eles, como se fossem dois bêbados dançando. Foram bailando até a sala de estar, bateram em uma cadeira e começaram a rir. Bubber havia saído da cadeira e ia na direção deles.

— Bubber, não! Salve-se! Não fique preso na atmosfera da mamãe!

Ele foi na direção dos pais e começou a correr ao redor deles com braços esticados para baixo e as pernas cruzando como tesouras.

— Não se preocupa, papai! — disse ele. — Sou só uma lua. Eu virei uma lua.

Foi uma das melhores frases que ele já havia dito. Naquela noite, Sunny a escreveu no diário do tratamento deles, dando ênfase ao uso da palavra "eu". Ela não estava usando a peruca naquela ocasião.

SUNNY LEVOU AS MÃOS ao rosto, depois as arrastou até a cabeça e tirou a peruca. Colocou-a sobre o colo e começou a tirar a sujeira e a alisar os fios. Teve outra contração, a quarta desde o acidente, e esperou que passasse. A dor nas costas era o equivalente à de uma machadada.

— Sim, Bubber sabe — respondeu ela.

— Então é como se fosse uma dentadura — disse Les Weathers. — Você tira pra dormir?

— Como uma dentadura — concordou, sem emoção. — Quer saber, Les? Pode parar aqui?

Sunny saiu do carro. Estavam perto da ponte da rua Granby. Passou pelos condomínios à margem do rio, caminhou a passos velozes pela calçada da ponte por cima da água. Inclinou-se sobre o parapeito e olhou para o afluente de outro rio, que permeava os bairros de Norfolk vagarosamente, feito hera.

Pegou a peruca com a mão direita. Olhou para ela, por dentro e por fora, e depois a atirou na água o mais longe que pôde. Ela aterrissou gentilmente, encharcou-se e flutuou. Sunny a observou por certo tempo. Depois voltou a andar pela ponte, entrou novamente no carro de Les Weathers e fechou a porta. Deu 46 passos a céu aberto na Virgínia sem usar peruca.

CERTA VEZ, QUANDO BUBBER ERA bebê e Maxon estava em um congresso, Sunny e a criança pegaram uma gripe ao mesmo tempo. Nada do que tinham em casa funcionou para fazê-lo dormir, então ela saiu às pressas para comprar outro remédio, e não levou a peruca. Estava doente e cansada demais para se importar. Colocou um casaco com capuz e óculos escuros, apertou o capuz em volta do rosto, pegou Bubber, correu até a porta e dirigiu até outro bairro para que ninguém a visse. Estava de pé no estacionamento, tirando Bubber da cadeira, quando um senhor acenou do outro lado do estacionamento. Ele veio se aproximando e a chamando.

— Oi, mama! — disse ele.

— Oi — respondeu ela, baixinho, protegida pelo capuz e pelos óculos.

— Ei, será que você pode dizer "oi"? — perguntou ele, cambaleando e chegando mais perto. Ela notou que o homem estava bêbado.

— Oi — falou ela mais alto e forçou um sorriso. Ele estava entre ela e a loja.

— É o meu SOBRINHO! — berrou o velho. — Puta que pariu! Toca aqui!

Ele levantou a mão, e Sunny seguiu adiante. Tocou na mão dele a caminho da loja. A mão estava seca, dura e fria. Ela prosseguiu e marchou determinada até a loja.

— Você! Você! — chamou o homem. — Continue linda, tá me ouvindo? Linda.

Lá dentro, Bubber vomitou no carrinho de compras; um vômito inocente de bebê na frente do corpo. Estava sentado no banquinho de crianças com as pernas penduradas. Ela não tinha nada que pudesse usar para limpar o vômito. Foi um desastre total. Naquela noite, Sunny teve a certeza de que jamais deveria sair de casa sem a peruca novamente. Não tinha como disfarçar. Ela precisava se comprometer totalmente.

— Nossa, você parece uma viciada jogando as drogas na privada — disse Les.

— Tenho mais perucas em casa — falou ela.

— É, nunca tinha visto você sem peruca, até hoje — comentou ele.

— Todas se parecem com aquela, só que com penteados diferentes. Rabo, trança...

Vindo pela ponte, o consultório ficava na primeira esquina. Les Weathers a deixou na entrada. Antes de Sunny sair do carro, o homem colocou a mão sobre a dela.

— Não vou mudar minha opinião sobre você agora que sei que você é careca.

— Tá bom — disse Sunny.

— Quer dizer, provavelmente não faço ideia de como é ser careca, mas prefiro achar que posso tentar entender o que você está passando. Caso queira conversar...

Sunny olhou para a mão de Les sobre a sua; ele a removeu.

— Quer que entre com você? Posso ficar dez, vinte minutos. Preciso voltar ao estúdio, mas posso ligar para eles e dizer que estou quase chegando. Estou preocupado com você. Maxon certamente gostaria que alguém cuidasse de você.

Sunny tentou visualizar Les Weathers, alto, louro e perfeitamente moldado, sentado ao lado dela no consultório. Ele se inclinaria para frente daquele jeito, juntaria os dedos e perguntaria quais opções tinham. Ficaria à porta enquanto ela recebia instruções, olharia pacientemente para o relógio. Manteria um sorriso bem grande e repleto de dentes, televisivo. Nas ocasiões raras em que conseguia arrastar Maxon para uma consulta pediátrica, ele geralmente ficava na sala de espera atrás do vaso de plantas mexendo no telefone, ou andava vigorosamente pelos corredores, partindo o ar como uma faca.

— Não, obrigada — disse ela. — Vou ficar bem. Rache vem me buscar. Estou com o meu celular.

O que Rache diria quando descobrisse que ela jogara a peruca fora de vez? Talvez dissesse para Sunny que era culpa do estresse, que poderia pegar outra peruca no armário e esquecer tudo aquilo. Rache estaria nervosa, certamente tentaria fazer com que tudo voltasse a ser como era antes.

"Está tudo bem, ouviu? Tudo bem, mesmo." — teria dito Rache. "Anda logo. Está tudo bem." Como se quisesse a Sunny careca fora do seu campo de visão. Les Weathers, no entanto, sempre seria Les Weathers. Parecia realmente querer ficar e ajudar. Sunny abaixou o espelho na frente do seu assento. Com cuidado, tirou os cílios e as sobrancelhas vagarosamente e os colocou dentro da bolsa. Ela olhou para ele, piscou e saiu do carro.

— Tchau, Carequinha — disse Les Weathers, piscando um olho e dando um joinha, como fazia toda noite ao final do telejornal. — Vejo você por aí.

E, com isso, foi embora.

5*

QUANDO CHEGOU AO CONSULTÓRIO, SENTOU-SE NA SALA DE ESPERA, em uma cadeira de costas para a janela e de frente para a porta. Teve que se sentar porque outra contração estava a caminho. A recepcionista não sabia quem era. Talvez tivesse pensado ser um homem. Sunny segurou a beirada da mesa redonda com a mão branca. A mão queria pegar a lâmpada. A mão queria quebrar a lâmpada. Não tinha como evitar o fato de o consultório parecer uma loja de móveis, com tudo tão em ordem, tão perfeito. Tapetes, estatuetas de bronze; a sala exalava harmonia. Com um carpete diferente, poderia ser uma boa sala de estar no bairro de Sunny. Era um consultório fingindo ser uma sala. Um decorador tentando pensar como uma grávida.

— Oi, você está bem?

— Não — respondeu Sunny.

O médico sabia sobre Sunny, porque ele já a havia examinado e essas coisas, mas a recepcionista, não. Era outra pessoa a ficar chocada ao vê-la careca. Espalhava-se como um ondular. Vários assuntos. Vários detalhes a serem lembrados e contados à mesa do jantar. Sunny estava sentada como um rasgo em uma das pinturas de paisagens na parede, um pequeno amontoado de descrença no centro de uma alucinação perfeita.

Levantou-se, pegou a bolsa e passou porta adentro sem que a enfermeira a chamasse. Foi direto para o consultório médico. O doutor, que olhava para um gravador, levantou a cabeça. Tinha cachos suntuosos, cor de mel e brilhosos, que flutuavam em torno do crânio como uma nuvem arenosa. E ali, na frente dele, careca, ela disse:

— Não posso ter esse bebê. Você tem que acabar com isso. Não dá.

Sunny estava certa disso desde a primeira contração, sentada no meio-fio, ao lado da van destruída com a água fria da poça lhe escorrendo pela nuca. Não que ela não quisesse mais ter o bebê. É que não tinha como.

Por muitos anos, ela vinha vivendo de maneira tão quieta, tão cheia de perucas, em uma aparente perfeição, que parecia adormecida. Sonhando com um marido, um bebê, qual modelo de ventilador de teto escolher, uma gaveta só para papel-alumínio e filme PVC. E ali, no seu sono, vinha vagando e girando em uma série de arcos e órbitas dentro dos quais era capaz de prover atitudes ideais de esposa e mãe. Quando a peruca foi arremessada, ela acordou, caiu da órbita, espalhou-se no céu em todos os vetores diferentes, por todos os ângulos mais malucos. Teve a certeza de que havia uma pessoinha dentro de si. Sabia que havia um pequeno orifício por onde aquela criatura deveria sair. Não era matematicamente possível. Não era saudável. As pessoas não podiam esperar que fizesse aquilo. Foi como se voltasse aos anos em que não era mãe. Em que não tinha cabelo algum. Em que não era nada além de uma criança assustada.

— Sunny, por que você não está usando sua peruca? — perguntou o médico.

— Ela caiu — respondeu Sunny —, no acidente de carro, ela caiu em uma poça. Então eu a joguei fora quando estava vindo para cá.

— E está sentindo que não tem como dar à luz ao bebê?

— Isso. Não é natural. Não é normal.

— Bem — disse o médico de cabelos cacheados —, não acho que isso seja verdadeiro. Você está apenas abalada. Precisamos dar uma olhada em você, é claro, fazer com que essas contrações parem. Aí você vai ficar bem.

Sunny se sentou em uma cadeira. Sua careca brilhou sob a luz rosa e nada hospitalar do consultório, com sua mesa de madeira de lei e luzes amarelas em abajures verdes.

— Não sou o tipo de pessoa que dá à luz — falou Sunny. — Não sou equipada pra isso. Não sou certa pra isso.

— Você já fez isso, Sunny. Obviamente.

— Foi diferente. Maxon estava aqui. E estava tudo funcionando. Agora não tem nada dando certo. Passei um tempão me preparando, e agora, sabe, tenho que refazer tudo. Aquele trabalho todo se perdeu. Já era. Preciso recomeçar e trabalhar mais. Preciso de mais meses para me preparar.

— Um bebê não é que nem um quadro branco — disse o médico. — Não tem como simplesmente apagar e começar do zero.

— Tenho medo por ele — falou Sunny. E pensou: *Não sou adequada. Não este corpo. Não esta cabeça. Não esta pessoa. Não sou adequada pra ser mãe. Você não sabe o que realmente sou.*

Nesse momento, outra contração aconteceu, e ela se segurou nos braços forrados com muito bom gosto da cadeira do consultório. Apertou os dentes uns contra os outros. O médico se inclinou na direção dela em sinal de compaixão.

— Vamos dar uma olhada no ultrassom e ver a posição do bebê — informou ele. — E depois vamos deitar você e checar os fluidos. Em seguida, decidiremos o que fazer.

Sunny começou a chorar. Ela sabia que seu rosto estava vermelho e enrugado.

Mais tarde, encontrava-se deitada na mesa de ultrassom vestindo a camisola hospitalar. Ser careca faz com que a mulher pareça indeterminada em relação ao gênero. Deitada na mesa de exame com a camisola listrada azul e a cabeça lisa exposta ao mundo, seria difícil determinar se Sunny era mulher ou homem. O fato de ser alta e ter lábios finos não ajudava. Até mesmo grávida, seus peitos eram lisos. Podia muito bem ser algum tipo de alienígena masculino deitado ali, barriga inchada com um bebê alienígena dentro. Embaixo da camisola, vestia calças cirúrgicas gigantescas. Quando o médico entrou e perguntou se ela estava pronta, parecia estar dando uma boa olhada em Sunny. O nariz dela era um bom nariz, o queixo era delicado, os olhos eram profundos e escuros, e a boca, rosada. Sem sobrancelhas e cílios, no entanto, era o rosto de uma estátua, sobre um corpo de gênero indefinido.

O médico ergueu o seu banco redondo, ao lado da cama, e dobrou a camisola de Sunny por cima do peito. Ali, na grande barriga pálida, ainda havia um buraco, uma pequena endentação por onde foi presa à mão no útero. O que acontece com o cano abaixo do umbigo quando o cordão umbilical é cortado? Sunny sabia que o dela ainda estava ali, e ali ficaria para sempre, levando a lugar nenhum. Levando para fora. Durante a gravidez, o buraco virou ao contrário. Isso aconteceu com Bubber, e agora acontecia novamente. Na gravidez de Bubber, ela se deu conta de uma verdade: no fundo daquele buraco horrível e vergonhoso por onde sua mãe já esteve presa a ela, amarrada a ela, havia uma verruga muito, mas muito pequena. Essa pequena verruga negra no fundo da sua barriga se tornou real apenas quando a gravidez fez o umbigo virar ao contrário, e ela a viu pela primeira vez. Isso era uma coisa relacionada à gravidez que as pesquisas não conseguiam explicar: como era possível que a parábola perfeita da sua barriga de grávida fosse acrescida de tal protuberância, e como era possível que essa protuberância tivesse a sua própria protuberância. Ela tinha dito para Maxon que, se fosse direto contra uma parede, aquela verruga faria o primeiro contato. E Maxon dissera:

— Amor, pra que se chocar contra uma parede se isso vai fazer com que você questione a integridade da sua parábola?

E ela respondera:

— Tá, uma linha tangente, então. Uma linha tangente.

O médico ligou a máquina de ultrassom, colocou-a ao lado de Sunny e aplicou um lubrificante transparente na pele. Colocou o bastão branco na gelatina gelada e se virou para um pequeno monitor granulado.

— Sim — disse ele. — Sim. — Moveu o bastão de um lado ao outro, para lá e para cá, e o girou, mantendo um ritmo. Deitado de costas, o corpo de Sunny se sentiu melhor. Não havia contrações. As formas granuladas no monitor mudavam e fluíam umas por cima das outras de maneira agradável. Somente olhos treinados podiam identificar os órgãos mostrados. Para Sunny, podiam ser montanhas lunares. Tripas de peixe. Florestas escuras. Se Maxon estivesse ao seu lado, será que seguraria sua mão? Se Les Weathers estivesse ao seu lado, realmente seria o Les Weathers do noticiário do Canal 10?

— Não quer ver o seu bebê? — perguntou o médico.

— Ele está bem? — quis saber Sunny.

— Veja — respondeu ele.

Se naquele instante Maxon estivesse olhando para o monitor de um computador no espaço, na cabine da espaçonave que o levava à Lua, talvez estivesse vendo o mesmo que ela. Ele poderia focar os olhos no ruído branco no monitor da espaçonave e ver as feições do bebê que se definia para conhecê-lo. "Oi!" diria ele, com o rosto se enrugando em um sorriso largo, cheio de dentes. Talvez berrasse. Talvez desse um soco cheio de alegria no ar, como em uma virada no placar, alguma coisa não relacionada ao trabalho. Mas não chamaria os companheiros astronautas para olhar, não mostraria a tela como se fosse um livro aberto. Não. Não iria exibi-la aos amigos e mostrar o que colocou ali, o que estava crescendo ali por causa dele. Não, não, ele se sentaria em silêncio, ombros para frente, óculos tortos, e assimilaria a cena toda para si. Não seria capaz de chamar ninguém. Teria que tomar medida, anotar a mudança de diâmetro do crânio desde o último ultrassom. Esticaria um dedo para tocar o coração pulsante e o cobriria, e depois o descobriria. Cobriria e descobriria.

Ela finalmente se virou e olhou para a tela. Suas entranhas lhe pareciam estranhas, artificiais, fabricadas em outro local, embaladas por estranhos, distantes.

— Ali — disse o doutor, apontando para um filete de luz. — Ali está o bebê, e aquele é o coração dele. Está batendo, sabe?

O órgão que correspondia ao coração do bebê ficava preto e branco obedecendo a um ritmo.

— O seu bebê ainda tem bastante líquido amniótico pra se mexer — disse o médico —, mas está em posição pélvica. A gente quer ver a cabeça dele aqui em baixo, no canal de parto, mas ela está aqui em cima.

— E? — perguntou Sunny.

— Temos que interromper o trabalho de parto. — O médico fez uma pausa. — Você não queria saber o sexo do bebê quando fizemos a última ultra. Quer saber agora?

— Diga — pediu Sunny.

— É uma menina.

Uma menina. Era como se ela não conseguisse se mover. Suas veias ficaram geladas de amor e medo.

NAS SEMANAS QUE ANTECEDERAM o lançamento da espaçonave, Maxon e Sunny receberam pedidos de entrevista por parte da mídia. Povoar a Lua com robôs e depois com humanos: era uma história em potencial. Não havia nenhuma outra esposa da NASA que fosse tão apresentável. Nenhum outro casal da NASA era tão esbelto. Quando Maxon e Sunny apareciam juntos em fotos, havia certa sensualidade que fazia as pessoas se perguntarem o que as intrigava nessa situação da Lua. Seria mesmo o fato de uma espaçonave estar levando robôs para morar na Lua ou era apenas aquela mulher bonita e elegante e seu marido astronauta, alto e assustado?

Em cooperação com o departamento de publicidade da NASA, Maxon foi para Nova York com dezoito horas de antecedência para participar de programas de entrevista. Brincou e sorriu, bateu papo e fingiu não compreender piadas de cunho sexual, o que foi bem engraçado. A princípio, entretanto, Sunny se recusou a aparecer.

— Estou grávida — disse. — Não posso voar. — Quando o *Today* disse que mandaria a equipe à sua casa, ela também rejeitou a ideia. Não queria interferir na vida do filho, visto que o pai já faria isso quando fosse para o espaço. Ela disse isso, e as pessoas com quem falou pareciam ter compreendido.

Finalmente, concordou em ser entrevistada pelo noticiário local de Norfolk. Dessa forma, não passaria a imagem de que tentava não ser notada. Pareceria um soldado. É disso que a chamariam. Ela reluziria com seu sacrifício. Usou a peruca mais incrível, do estilo que só se obtém com um cabeleireiro de duzentos dólares a hora, ou com cabelos humanos reais afixados permanentemente em determinado formato. Usou roupa coral, que diziam acumular calor sob a luz dos estúdios. Usou pérolas.

A emissora se localizava em um prédio de tijolos na Granby, uma rua sem nada especial, a não ser pela logo do canal, que ficava presa ao prédio. Lá dentro, o estúdio era um salão grande e seco pintado de preto, e cujo teto alto tinha canhões de luz. Cabos trançados iam da câmera ao cenário e passavam pelo seu entorno, como rios negros passando pelo salão escuro. Ela andou cuidadosamente pelos cabos até o cenário, apoiando-se em Maxon.

— Você vai vestir o quê, Maxon? — perguntou Sunny naquela manhã.

— O meu uniforme espacial — respondeu ele. — É o que sempre visto quando estou astronautando.

— Você nem está com o uniforme aqui — falou ela. Estava distraída demais com as sobrancelhas para perceber a piada.

— Bem, vou usar jardineira vermelha e chapéu de palha.

— É mesmo?

— E cantar o hino dos Estados Unidos.

— Maxon, não quero fazer isso — disse ela.

— Por quê? Você vai ficar ótima. Veja como você é incrível, o tempo todo. Nada abala você. Você é uma máquina.

— Maxon, qual o seu objetivo ao dizer uma coisa dessas?

— Que coisa?

Maxon tirou uma das sobrancelhas e a recolocou um tantinho mais alta.

— Receio fazer isso porque tenho medo de chorar ou vomitar ou alguma coisa desse tipo.

— Por quê?

— Você vai pro espaço. Estou preocupada. As pessoas se preocupam com os cônjuges mesmo quando vão ali em Kansas City em uma viagem de negócios.

— Bem, Kansas City é perigosa. A gravidade lá é 9/10 da gravidade na Virgínia.

— Isso nem é verdade.

— Aposto que consigo fazer com que o cara do noticiário acredite nisso.

— Cala a boca.

— Mas aposto que consigo.

No final, escolheu vestir uma camiseta polo da NASA e calça azul-marinho. Quando se sentaram no cenário, ela avaliou a aparência do marido e o achou aceitável.

— Você está bonito — disse a ele. — É só não falar sobre o robô que dança tango e vai dar tudo certo.

— Você vai se sair bem — falou Maxon. — E o robô que dança tango era a minha única história.

Les Weathers entrou no cenário, recém-saído do maquiador e do cabelereiro, sem dúvida. Ainda tinha a proteção de papel no colarinho para impedir que a camiseta extremamente branca ficasse borrada com a base.

— Oi, gente! Como estamos hoje? — Deu o seu sorriso enorme e apertou a mão de Maxon primeiro, depois a de Sunny. Sua mão era quente, forte e generosa. Ela sabia que Maxon não gostava de apertos de mãos. Ver a mão branquela de Maxon em torno da pata bronzeada de Les Weathers fez com que Sunny olhasse atentamente. Maxon não tinha cor abaixo da linha das luvas de bicicleta em torno dos punhos. *Eis o homem com o qual me casei*, pensou ela. *Tem punhos como garras de um falcão. Eis o homem com o qual não me casei. Tem o tom de pele de um leão exposto ao sol.* Ela se perguntou se haviam passado base nas mãos de Les Weathers.

— Ótimos — respondeu Maxon. — Estamos ótimos.

— Muito obrigado por concordarem em dar esta entrevista — disse Les Weathers para Maxon. E depois, em tom de conspiração, falou com Sunny: — Parabéns, WNFO, não é mesmo? Que furo de reportagem.

— Que furo de reportagem — repetiu Maxon. — Parabéns, WNFO.

— Les, você é muito gentil por nos convidar e nos ajudar a compartilhar o lançamento de Maxon com o mundo. Estou realmente grata — disse Sunny, com um sorriso radiante. Ela se sentou em uma cadeira entre Maxon e Les Weathers. Cruzou os tornozelos de forma que as sandálias plataforma ficassem perfeitamente alinhadas. Eles gravariam a entrevista e a exibiriam no noticiário da noite, horário de maior audiência. Ela seria vendida para emissoras afiliadas do país inteiro. Talvez o *Today* crescesse de vez depois disso.

Depende do que acontecer com a missão, dissera o produtor. Agora Sunny queria saber o que isso significava.

Será que Les Weathers estava tentando ficar famoso à custa da missão de Maxon à Lua? Um furo, os dentes corretos enfileirados e um homem com cabelos louros e belos conseguiria estourar. Mas apenas se algo terrível acontecesse. Ou pelo menos algo inesperado; o destino de um âncora depende de uma tragédia ou de uma revolução. Sunny olhou para Maxon, e de novo para Les Weathers, e sentiu uma onda de nervosismo.

— Você está bem? — perguntou Les Weathers.

— Ah, é a gravidez — respondeu ela. — Estou muitíssimo bem. Obrigada por se preocupar.

O produtor explicou para onde deviam olhar (Les Weathers, um para o outro), para onde não deviam olhar (câmeras) e como deviam sorrir e se comportar.

— Finjam que estão conversando com um amigo, numa festa — informou o produtor. — Estamos felizes aqui. Estamos indo pra Lua!

Eles já estavam fingindo que Les Weathers era um amigo. Isso não seria tão difícil.

A entrevista começou. O que isso significa para os Estados Unidos? O que isso significa para o mundo? Maxon deu as respostas que estavam no roteiro que ele vinha ensaiando. Era quase como se fosse um humanista, afirmando um destino nas estrelas. Descreveu o futuro brilhante, ocultando com sucesso o seu eu real na frente das câmeras. Ali, não era o cara conciso e ossudo prestes a deixar a Terra pela primeira vez. Estava animado, quase eufórico. Não disse "Reuni uma gangue de robôs e estou indo conquistar a Lua". Não disse "É assim que evoluímos. É assim que a nossa cultura se transforma".

Em vez disso, falou, em tom sério:

— É um grande passo pra humanidade. — Falou com graça: — Finalmente vamos começar a mobiliar a suíte da sogra. — Falou de maneira poética: — Máquinas no deserto cinza do horizonte do tempo.

Sunny sorriu e concordou, joelhos levemente unidos, cardigã coral cobrindo a barriga de grávida. Sentiu uma gota de suor descendo de dentro da peruca. Os holofotes eram quentes.

— E como se sente com isso tudo? — perguntou Les para Sunny, com carinho.

— Les — respondeu ela —, sou casada com um homem apaixonado por robôs. Por que ficaria surpresa por ele estar de caso com um harém de robôs, indo povoar o universo?

E todos riram. Caso Sunny fosse casada com um âncora de braços fortes em uma camisa bem-passada, estaria muito chocada se ele tivesse um harém de robôs para povoar o universo. A sua expectativa seria ir para a Noruega e ter uma suíte de verdade para a sogra, como aquelas que ficam em cima da garagem, e não uma em um corpo astral.

— Vamos falar sobre você, Sunny Mann — disse Les Weathers. — Esse lançamento vai acontecer em um momento difícil para sua família.

Apontou de maneira estranha, porém charmosa, para o barrigão de grávida de Sunny, e sorriu.

— Bem, o lançamento do Maxon foi marcado bem antes do meu — ronronou Sunny. — E a Lua não pode esperar.

— E você não está preocupado por deixar a sua esposa nesse momento? — pressionou Les.

Sunny tomou uma das mãos de Maxon. Estava fria e seca. O marido tinha mãos duras, dedos longos e fortes.

— Les — falou Maxon —, o momento depende do caminho orbital da Lua, o que afeta todos os detalhes do lançamento.

Sunny sabia que isso era conversa fiada. Sentiu o coração dar um pulo pesado dentro do peito.

— A menor variação seria capaz de causar um diferencial na força gravitacional, o que poderia desalinhar a telemetria de maneira significativa. Você sabe, por exemplo, sobre as variações na gravidade da Terra. Todos sabem que o Kansas tem noventa por cento da gravidade da Virgínia. Em algumas partes de Oklahoma, menos ainda.

— Ah — disse Les Weathers. — Acho que não sabia disso.

Maxon fez uma expressão que dizia "Estou deixando você saber desse segredo". Depois deu uma piscada diretamente para a câmera, para onde não devia olhar.

— Não estou preocupada com a minha hora — disse Sunny. — Nem com a do Maxon. Ele vai levar os robôs dele pra Lua, e, quando voltar, um bebê estará esperando pra lhe dar as boas-vindas.

— Já sabe se é menina ou menino?

Sunny deu uma risada suave.

— Les, estamos tão ocupados preparando a viagem do Maxon que ainda nem tive tempo de descobrir se esse bebê é humano.

6*

"HÁ TRÊS COISAS QUE ROBÔS NÃO PODEM FAZER", ESCREVEU Maxon. E, abaixo disso, na mesma página, fez três pontos recuados. Ao lado do primeiro, escreveu "Mostrar preferência sem razão (AMAR)", em seguida, "Duvidar de decisões racionais (ARREPENDER-SE)", e finalmente "Confiar em dados de uma fonte que já se mostrou insegura (PERDOAR)".

Amar, arrepender-se, perdoar. Sublinhou cada uma das palavras com três linhas escuras, e tocou cada sobrancelha com a caneta três vezes. Não notou que estava com a boca aberta. Não tinha nem 30 anos; de longe, era o astronauta mais jovem da NASA.

Faço o que os robôs não conseguem fazer, pensou. *Mas por que faço essas coisas?*

A espaçonave ia em direção à Lua. Maxon escrevia com sua caneta de astronauta. No caderno dele, centenas de listas, milhares de pontos e quilômetros de sublinhados. Era uma maneira de pensar. Estava em pé no seu armário de dormir, ereto e amarrado à cama. Os outros quatro astronautas se encontravam na cabine de comando, revisando procedimentos. Ninguém gostava de ficar no armário de dormir, exceto Maxon. Ele meio que sentia prazer. Não era hora de as luzes se apagarem, mas a espaçonave em direção à Lua estava quase no fim do primeiro dia no espaço.

A lista de coisas que um robô não podia fazer era mais curta agora, uma versão reduzida de outra lista maior que incluía coisas inusitadas, como "manifestar preferência significativa, porém irracional, por cores" e "lamentar a morte de um colega de trabalho". Maxon fazia com que os seus robôs trabalhassem melhor e durassem mais, tornando-os o mais próximos de ser humanos possível. Afinal de contas, humanos são resultado de uma grande evolução. Lógica e biologicamente, nada funciona melhor do que um ser humano. A premissa de Maxon era a de que qualquer falta visível, qualquer excentricidade, deve expressar alguma função necessária. O piscar rápido de Maxon. O bocejo felino de Sunny. Até mesmo a sensação de morrer de frio. Tudo isso é importante e faz com que o corpo funcione, tanto de maneira singular quanto em arranjo com outros corpos, todos funcionando em conjunto.

Por que um homem que bate palmas em um teatro precisa que a mulher ao seu lado também o faça? Por que uma mulher, ao se levantar da cadeira em um jogo de beisebol, espera que o homem à sua esquerda se levante logo em seguida? Por que fazem as coisas ao mesmo tempo — cada pessoa em seu assento, levantando-se, batendo palmas, torcendo? Maxon não fazia ideia. Mas sabia que o porquê não importava. Eles fazem isso, e deve haver uma razão. Deixar de bater palmas em um teatro pode resultar em olhares estranhos, testas franzidas e ombros cutucados. Sendo assim, Maxon escreveria:

ORIENTAÇÃO (GRUPO)
NA MATRIZ A

$$\begin{bmatrix} a_{11} \,{}_{11} & \cdot & \cdot & \cdot & c_n \\ \cdot & & \cdot & \cdot & \cdot\,\cdot \\ \cdot & & & & \\ a_m \,{}_1 & \cdot & \cdot & \cdot & a_{mn} \end{bmatrix}$$

Se um grupo (pessoas) é orientado
em uma matriz $n \times m$, o comportamento
de qualquer membro de qualquer membro a_{mn}
deve ser idêntico a todos os outros membros
na matriz Anm11. Se a_{11} está batendo palmas, $a_{11} \ldots a_{mn}$
devem bater palmas.

Que alguém em algum teatro contradiga isso.

— Tá fazendo o quê, gênio? — perguntou Fred Phillips. Enfiou a cabeça no armário de dormir de Maxon, segurando os dois lados da porta enquanto o corpo flutuava atrás dele.

— Trabalhando, Phillips — respondeu Maxon.

— Você não está trabalhando. Está sonhando. — Phillips sorriu alegremente e deu uma olhada nas anotações de Maxon. — Sonhando em fazer amor até dizer chega com os seus robôs. Mas não consegue fazer com que eles amem você de volta.

— Em primeiro lugar — disse Maxon —, vi o seu exame médico. O seu QI está na faixa da genialidade. Então me chamar de "gênio" não faz sentido. Em segundo lugar, não estou sonhando com um robô que consiga amar. Qualquer um pode programar um robô para fazer isso. Basta programar uma preferência ilógica. Fazer um robô amar você mais do que outras pessoas é que nem fazer com que ame a cor laranja mais do que outras cores. Podia ter feito isso há anos, mas é um comportamento sem sentido algum. E não vou fazer isso. — Qual era a diferença entre amar Sunny e amar a cor laranja? Phillips não compreenderia.

— Se você diz, gênio — falou Phillips. — Houston quer que a gente faça um sim do procedimento de aterrissagem. Quer observar? Ou está muito ocupado? Todos sabemos que você não tem nada pra fazer até pegar suas namoradinhas na órbita.

Phillips saiu do armário de Maxon, colocou o pé na porta e se impulsionou pelo tubo até o módulo de comando. Os armários de dormir se localizavam em torno de uma parede, com um cilindro vazio no meio por onde eles podiam entrar e sair, um de cada vez. Maxon não tinha claustrofobia. Possuía os requisitos necessários para viagens no espaço, e estava usando o uniforme para astronautar.

— Robôs não choram, gênio! — disse Phillips ao ir embora. Lema de Ito na Robótica: robôs não choram, robôs não riem, robôs não sonham.

Maxon respirou fundo. Sabia que era uma isca, mas já abria o cinto. O anzol estava no seu cérebro. Maxon havia criado robôs que faziam essas três coisas. James Ito era uma fraude, um idiota da IA que trabalhava para uma empresa de carros. Seu livro era uma farsa. Cultura popular, e não ciência. Quando Maxon o conheceu, não foi com a cara dele. Um humanista. O tipo de cara que prediria um futuro iluminado dizendo que a transformação oferecida por robôs era, de fato, uma reincidência de um mundo do passado. Uma esposa robô seria uma esposa pré-feminista. Um robô proletário seria um proletário pré-socialismo. Um mundo diferente — nem melhor nem pior, mas cheio de diferenças.

Robôs eram capazes de rir, chorar, sonhar e tudo mais. Por exemplo, havia um chamado Hera. Seis réplicas dele esperavam por Maxon em uma órbita em torno da Lua, no compartimento de carga da espaçonave que fora lançada na semana anterior, onde em breve estariam aterrissando. Hera ria de justaposições sem sentido, como um homem gordo vestindo roupas minúsculas ou um carrinho de mão cheio de chantilly. Sua gargalhada não era um som emitido a ouvidos humanos por meio de alto-falantes, feita para apreciação e aprovação. A risada constituía uma reação interna e sistêmica, um apertar das juntas, um sacudir de componentes, uma perda temporária de funções. E podia ser compartilhada com outros modelos Hera, podia se espalhar como um contágio naquele grupo.

— Incorreto — disse Maxon, seguindo-o. — Os Hera riem. É isso que os torna tão confiáveis.

— Não acredito nisso — falou Phillips. — Não tem por quê. Um robô que ri. Como assim?

Assim que se prendeu ao assento, Phillips disse:

— Prossiga, Houston. Espaçonave Eneida pronta pro sim. Tripulação presente.

Maxon estava acostumado com a linguagem dos pessimistas. Tinham medo. De vez em quando, seus rostos mostram isso, o mesmo que confusão, sobrancelhas para baixo e queixo em pé. Quando o software do Hera foi codificado pela primeira vez, pessoas disseram que era um tipo de abominação. Outras, que era um truque. Estavam interessadas em torque e tensão, no tamanho e na força dos robôs e em sua composição. Um artigo no *Jornal Internacional de Pesquisa Robótica* o chamou de "criador de miniaturas", com escárnio. Ele não leu o artigo, pois determinou pelo título que não gostaria. Para Maxon, não era uma questão de bom ou ruim, nem de por que, mas apenas uma questão de o que vem a seguir — e, no final das contas, nem era uma questão, mas sim apenas uma história. A história da humanidade, e de todas as formas em que podia viver.

Depois veio o modelo Juno, que vivenciava algo similar, um tremor dos motores e um apertar da hidráulica, quando era deixado sozinho, quando se distanciava dos outros modelos Juno, por determinado período. O choro dele se assemelhava à risada de Hera, embora não se espalhasse de maneira viral. Seus sensores visuais ficavam afetados e tinham que ser limpos, por ele ou por outro igual, que podia participar ou não, segundo suas próprias cláusulas se/então. Um artigo da *Wired* chamado "O Robô Solitário" descreveu um Juno se encontrando com outro e como tremiam quando separados. Isso foi antes de o seu código ser relacionado a uma armação de construção extremamente retangular. As revistas só se interessavam por funções humanoides de robôs humanoides. Bastava fazer com que se pareçam com escavadoras que você pode falar o que quiser.

O que não importava a Maxon era o formato exterior dos robôs. O que importava era como colocar um microscópio neles. Como fazê-los menores, maiores, trabalhar na corrente sanguínea humana, simplificar a mobilidade bípede. Tinha uma abundância de assistentes de pesquisa para lidar com esses detalhes técnicos. Seu trabalho era fazer o código, pensar, mais códigos, completar listas. Ele se movia pelos laboratórios feito um fantasma, cabelos de mechas claras caindo sobre as maçãs retas do rosto, mãos frouxas nas pontas dos braços longos, coluna convexa. Andava por horas na sua bicicleta, calculando sequências de comando no chão à sua frente; cada metro quadrado era uma parte vazia de um quadro branco — presente e depois apagada.

— Houston, estamos prontos para o procedimento — disse George Gompers, o comandante da missão. — Na espera.

As telas tremeluziram, e, em vez da visão clara do espaço, todos viram uma projeção holográfica na qual a Lua aparecia bem grande. Viram o módulo de carga com todos os robôs que levariam para a superfície lunar. O trabalho deles, enquanto em órbita, era aterrissar com essa carga, extrair três contêineres e depois converter o módulo de comando no de aterrissagem lunar. Enquanto o piloto, o engenheiro e o comandante repetiam ordens, lançavam pequenos foguetes, reposicionavam-se e alinhavam a espaçonave para o simulador de aterrissagem, Maxon olhava para o seu módulo de carga cheio de robôs.

Perguntou-se o que estavam fazendo ali, sobre o que sonhavam.

Todos os robôs de Maxon, assim como ele próprio, eram capazes de sonhar. Uma linhagem de códigos gerada aleatoriamente estimulava levemente os processadores durante o modo desligado, que era obrigatório, testando as reações quimiobiônicas enquanto os caminhos eletrônicos oficiais estavam desligados. Nem foi difícil quebrar essa premissa. Ela se partiu como um vaso de barro. Os robôs se lembravam dos eventos das suas vidas, das informações que gravaram. Nos sonhos, transpunham números, alinhavam configurações que não foram feitas para serem interpretadas juntas, e, quando "acordavam", geralmente tinham novas "ideias" na forma de padrões e conexões lidas no caos de um sono confuso.

Quanto mais parecido com humanos, melhor, fosse o robô pequeno feito um nanofragmento nas válvulas do coração ou grande igual uma grua portuária inteligente. Humanos funcionam. São sucesso evolucionário. Quanto mais evoluem, mais bem-sucedidos se tornam. Maxon imaginou certa vez que, naquele momento, pronto para pousar na Lua, sua lista de coisas que os robôs não podem fazer teria todos os itens riscados com uma linha grossa. Imaginou que a frase "essencialmente humano" já teria sido descartada àquela altura. Indiferente a todos os protestos, e implacavelmente, ele criou robôs sem face que sonham e riem, e que se aproximavam inexoravelmente da humanidade.

A IA era incrível. Isso precisava ser admitido. Os robôs de Maxon faziam o que os dos outros não conseguiam fazer, pensavam sobre o que outros robôs não pensavam. Por isso tinha tantas patentes e uma conta bancária tão inversamente proporcional à sua idade. Mas o mais importante, a razão que o levara a ser contratado pela NASA e estar a caminho da Lua, era que seus robôs conseguiam fazer outros robôs. Não apenas construí-los, mas de fato concebê-los. E o faziam.

Para criar uma colônia na Lua, muitos eram necessários. Robôs para construir a estação espacial, robôs para governá-la, robôs que não se importassem em respirar a atmosfera da Lua, nem se importassem com as temperaturas da Lua, robôs para cuidar de visitantes humanos. A colônia lunar proposta pertenceria a robôs por vários anos; isso era compreendido. Humanos seriam os seus convidados. O problema é que ninguém conseguia mandar um robô grande o suficiente para construir uma colônia lunar na Lua. Simplesmente não havia lugar em uma espaçonave para escavadoras, gruas, prensas.

Sendo assim, a resposta era enviar um robô capaz de fazer outro robô grande o suficiente. Juno e Hera eram os robôs-mãe: mães magras de metal que zuniam e giravam, construídas para explorar os materiais e fabricar robôs reais, os construtores de verdade, que recriariam o mundo na Lua. Apenas um robô que ri, chora e sonha poderia ser mãe. Um pensamento terrível para alguns. Uma perversidade, mas era a razão do fracasso de todos os demais. Todo esse negócio de limitação humana. Como se não fosse tudo eletricidade no final. Maxon não conseguia pensar em algum momento em que tivesse achado que algo feito por um robô fosse horrível.

Ele observou a simulação do processo de aterrissagem, observou o holograma do módulo de carga se aproximar, o engenheiro e o piloto discutindo sobre ângulos e coeficientes. Tirou a tampa da caneta e escreveu no caderno: "Você é um homem fraco e doente, e sua fragilidade na escuridão do espaço é um constrangimento para a espécie." *Lembre-se disso*, pensou. Mas acreditava mesmo nisso? Tentou esticar as pernas compridas dentro do tubo apertado entre o compartimento de dormir e a cabine de comando; um dos seus ombros se apoiou no encosto do assento de Phillips. Dentro do uniforme, os ossos eram uma jaula para o seu coração pulsante.

Olhou para os homens e para a maneira como conversavam, a maneira como Gompers preferia Tom Conrad, o piloto, a Phillips, o engenheiro. Viu como povoaram os seus espaços pessoais com fotos, a maneira como ouviam áudios enviados por suas esposas nos notebooks, a maneira como rezavam.

Você é como eles, pensou. *Você ama, você se arrepende, você perdoa. A sua visão fica embaçada. Até esquece coisas de vez em quando.* Amar, arrepender-se, perdoar. Eram três manchas, três borrões no tecido branco feito neve da sua pesquisa. Três itens com os quais ainda tinha de lidar: amor, arrependimento, perdão.

"GÊNIO, NÓS AMAMOS muito os seus robôs. Quando você vai fazer um robô que consiga amar a gente de volta? Entende o que quero dizer?", Phillips havia dito isso para ele certa vez, provocando-o durante um treinamento. Esperavam a base voltar a girar, testando suas reações às forças G. Em um salão redondo, a base ficava em uma das extremidades de um eixo central, como um ponteiro gigante no jogo Twister.

— Não é impossível, Phillips — respondeu Maxon. — O mundo é puramente elétrico e magnético.

— Beleza — disse Phillips. — Então, por que não?

— Você não compreende — falou Maxon. — É tudo eletricidade. Então a questão, na verdade, é: por quê?

— Não estou entendendo você, gênio — disse Phillips. — Você está fazendo com que pareça fácil, mas embola tudo no fim das contas.

A máquina começou a girá-los. No começo, foi devagar.

— Quieto, Tenente. Calado, Dr. Mann — ordenou Gompers, sempre rápido em lembrar a Maxon que ele não tinha patente militar. Mas Maxon já estava falando:

— Escuta. Das menores e mais obscuras sinapses no cérebro humano até as interações das galáxias com o universo, *tudo* é eletricidade. Se você consegue moldar a força da eletricidade, consegue duplicar qualquer outro impulso no mundo. Um robô é capaz de bocejar, desejar, atingir o clímax. Pode fazer exatamente o que os humanos fazem, da mesma maneira. Quer mesmo que um robô ame você? Quer que ele transe com você quando você transar com ele? Que nem uma mulher? Deixe-me contar uma coisa para você: não há diferença entre carbono e metal, água e lodo. Com um número quase infinito de frases condicionais, qualquer escolha pode ser replicada, não importa o quão aleatória ela seja. A única dificuldade em criar uma IA mais sofisticada é adquirir o espaço necessário pra conter esse leque de possibilidades. Não tem nada diferente entre o cérebro de um humano e o cérebro de um robô. Nada mesmo.

A essa altura, a máquina já estava girando tão rápido que as bochechas dele batiam. Os outros homens se encontravam quietos, intensos. Olhos bem abertos. Rostos esqueléticos, a pele toda repuxada.

— ENTENDEU? — gritou Maxon.

E até mesmo na pressão de um simulador de gravidade, Fred Phillips conseguiu girar os olhos para cima.

Quando a máquina parou, Phillips disse:

— Cara, sinto muito pela sua esposa.

— Como assim? — perguntou Maxon.

Por que os robôs não amavam? Por que não se sentirem bem consigo mesmos ao menos uma vez? Por que não preferir uma entidade, um epicentro elétrico em vez dos outros, por nenhum motivo, apenas por se sentir bem em fazer isso? Maxon sabia por quê. Eles não conseguiam amar porque ele não os fez amar. E ele não os fez amar porque não entendia por que deveriam amar. Não entendia por que ele deveria amar, por que qualquer pessoa deveria amar. Não era lógico. Não era racional porque não era benéfico. Essa era a verdade. Escolheu que eles não amassem porque amar desafiava o seu princípio base: se os humanos fazem, deve ser correto.

Mostrar preferência apenas com bons motivos, aceitar qualquer escolha feita com o melhor uso das informações disponíveis, suspeitar que uma fonte está fornecendo dados incorretos quando dados incorretos já foram recebidos dessa mesma fonte no passado; essas respostas eram benéficas para o robô, para o humano. Amar sem motivo algum, sofrer por uma escolha feita racionalmente, perdoar, demonstrar piedade, confiar em um poço envenenado que pode causar danos. E humanos fazem isso, por quê?

Ele entendia o valor do amor de uma mãe pelo filho. Isso tinha utilidade. Entendia o valor do amor de um soldado por outros combatentes. Isso tinha utilidade. Mas a estrutura familiar era tão integral à fundação de uma civilização, e a solidez de uma família era tão importante à sobrevivência da civilização, que escolher um companheiro baseando-se em um desejo ridículo parecia insanidade. Parecia destrutivo. Como podia ser?

E, no entanto, ele, Maxon Mann, o criador de miniaturas, o mestre dos androides, tendo decidido que todo amor romântico vai contra a sobrevivência da espécie, acabou se apaixonando. Apaixonou-se profunda, desesperada, inexoravelmente por Sunny, e aconteceu quase antes de começar a vida. Há mais de sete mil rotações da Terra. Certamente antes de compreender as ramificações do seu comportamento eletrobiológico.

Naquela noite, sua segunda no espaço, a sensação da inspiração quase o esmagava; a nave era tão pequena que respirar fundo quase fazia seu peitoral magro tocar a prateleira onde ficava o notebook e o catálogo da missão preso com velcro. Deixou que a cabeça tombasse para trás, os cachos crespos lhe acariciando a nuca. Uma das mãos fechou os olhos, a outra segurava a caneta sobre aquelas três palavras; amar, arrepender-se, perdoar. Quando finalmente dormiu, embalado por uma computação cíclica por trás das pálpebras, a caneta saiu rabiscando o papel — uma anotação final subconsciente. Primeiro havia Asimov e sua lei ficcional da robótica, escrita para proteger a humanidade da IA que havia criado. Depois, as leis de Ito, uma desculpa para a falha de programadores que não ousavam tentar recriar a mente humana. E agora, as leis de Maxon, porque foi o único restante que sabia quando deveria parar de apertar os botões que ele mesmo conectara. As Três Leis da Robótica, por Maxon Mann: robôs não sabem amar. Robôs não sabem se arrepender. Robôs não sabem perdoar.

7*

As contrações pararam. Fluidos foram drenados para dentro dela. Foi para casa. A noite chegou e todos dormiram. Amanheceu e a babá levou Bubber para a escolinha. Saiu pela porta com a cabeça empinada, capacete, lanche e calças de emergência em uma mochila em formato de cavalo. Sunny deveria permanecer deitada o máximo que pudesse, e foi o que fez. Ficou deitada no seu quarto cor de abóbora. Abaixou a cabeça careca na capa de seda rendada do edredom, unido de maneira cuidadosa, em cor e contexto histórico, com o tamborete que havia achado em promoção — que, por sua vez, estava cuidadosamente coordenado com a cadeira Morris no canto do quarto, ao lado do abajur abóbora. O tema da decoração do quarto dela fluía no cômodo como uma elipse gentil por uma série de pontos perfeitamente orientados. Não havia varão de cortina, estante de sapatos ou despertador que destoasse do gráfico. Na TV, o canal da NASA era transmitido sem som. Maxon, entretanto, não estava na tela.

Ela caiu no sono e sonhou com uma matriz de todos os possíveis bebês que poderiam estar em seu ventre naquele momento. Os possíveis bebês se espalhavam por um cubo tridimensional. Na coordenada zero, zero, zero, havia um bebê normal do sexo masculino, parecido com Maxon. Alto, olhos insanos, braços compridos, pálido. Dali, a mudança de bebês radiava por uma tabela tridimensional que tinha o volume de um cubo. Na interseção de cada linha, havia outra criança mirrada, agachada e encolhida, pelada e enrugada. Cor dos olhos, cor dos cabelos, mãos de pianista, pernas com nodos, pescoço curto. Ao longo desse eixo, mais e mais sardas. Naquele eixo, mais e mais cabelo. É claro que não há como ter incrementos no gênero. Sendo assim, sozinho, o bebê no ponto oposto do cubo, com olhos grandes de alienígena e cabeça careca de alienígena, dedos grossos e pernas curtas, era do sexo feminino. Ela girava, como os outros bebês, mas na direção contrária. Já era diferente.

O telefone tocou, acordando-a. Era o diretor da escola.

— Sra. Mann — disse ele. — Seria muito bom se a senhora ficasse conosco hoje quando viesse buscar o Bubber. Marquei uma reunião com a nossa psiquiatra.

Ele não sabia do acidente de carro, ela não lhe contara. Não sabia da peruca também.

Sunny se sentou, segurou o telefone com firmeza na cabeça e disse:

— Não.

— Sra. Mann — continuou ele, com voz monofônica —, Bubber teve um ataque esta manhã. Agora ele está usando o capacete de novo, e estamos todos bem. Não precisa se preocupar, mas os comportamentos que temos visto estão se tornando proibitivos.

— E proíbem o quê? — perguntou Sunny.

— Com todo o respeito, Sra. Mann, temos instalações extraordinárias e inúmeros recursos — falou o diretor —, no entanto, não conseguimos entender Bubber e o comportamento dele.

— Mas achei que a Srta. Mary estivesse trabalhando com ele. — Sunny gastara muito dinheiro naquela escola. A Srta. Mary era um dos inúmeros recursos.

— Já que a senhora está mencionando a Srta. Mary — disse o diretor —, na reunião de hoje, ela gostaria de falar sobre os resultados de alguns testes. Eles precisam ser lidos e discutidos.

Bubber já passara por vários testes, e Sunny já havia lido e discutido sobre eles com todos os médicos de todos os tipos. O que ela deveria fazer agora era procurar pelos documentos a serem levados e pelos números a serem consultados e comparados.

Em vez disso, disse:

— Quer saber de uma coisa? Chega de testes.

E se pegou pensando: *Isso não será tolerado.* Desligou o telefone, levantou-se e alongou o corpo todo, feito um gato, finalizando com um movimento circular da nuca. Em um dia normal, ela agora pegaria uma peruca, pentearia os fios, e a colocaria. Em vez disso, vestiu-se, entrou no carro de Maxon e foi até a escola buscar Bubber. Sentiu-se um tanto forte com a cabeça careca. Naquele momento, só conseguia pensar em Bubber sendo testado de novo e se sentia chateada porque novamente diriam que ele tinha limitações.

Sunny era a mãe com o laço multicolorido simbolizando ativismo no ímã na parte traseira da van. Até então, ela havia sido uma grande fã de testes.

Quando chegou à escola, outros pais também esperavam seus filhos. Era como um encontro de minivans no estacionamento. A maioria prateada. Algumas vermelhas. Outras, azul-petróleo. Quando compraram a sua, Maxon queria preta, mas Sunny se recusou.

— Nunca vi uma minivan preta — argumentou ela. — Temos que nos misturar ao ambiente.

— Bem, se você nunca viu uma minivan preta, não seria porque elas se misturam muito bem? — argumentou Maxon.

Compraram a prateada, entretanto. Nas estradas, era praticamente invisível. A peruca e a minivan formavam uma capa de invisibilidade. Passando pelas fileiras de outros carros — com fitas de outras cores, bolas de futebol, adesivos em preto e branco em formato oval com destinos de férias —, Sunny se lembrou da primeira dentre as três coisas terríveis que dissera a Maxon um dia antes de ele viajar para o espaço: "A culpa é sua por a gente não se encaixar aqui. Estou dando o meu melhor. O que sobrou, Maxon? É tudo você. Você nem tenta. Não chega nem a fazer um esforço decente." De todas as crianças da escola, Bubber era o único autista. Ele esticava os limites do que a escola conseguia fazer. Viviam dizendo isso a ela.

Na calçada, um pequeno córrego de crianças passou por Sunny; as poucas meninas com suas mochilas brilhosas, acessórios de cabelo reluzentes, sapatos de couro barulhentos, mas confortáveis, cada uma segurando um pai ou uma mãe sem graça, retos, puxando-as. As crianças não olharam para Sunny ao passarem por ela. Eram desapaixonadas. Ela poderia ser uma ave falante, ou um rinoceronte. Elas agiam como criancinhas programadas descendo pela calçada, já pensando no almoço. Os pais, por outro lado, não conseguiram esconder a surpresa diante da careca de Sunny. Eram mulheres com quem conversava todos os dias, esperando a hora da saída na chuva, ou no show de Natal, ou no supermercado, perto do cesto de toranjas. Não sabia o nome delas, mas eram Mãe do Taylor, Mãe do Conrad, Mãe da Chelsea, que passavam diretamente por ela, olhando para a outra direção com cuidado, sorrindo com os lábios em uma linha fina. Uma mulher careca e maluca foi à escola hoje.

Lá dentro, o diretor distribuía projetos de arte para o dever de casa, cuidava para que os casacos fossem embora com as crianças certas e entregava pirulitos sem corantes. Na verdade, era um homem sem cabelos. Tinha sobrancelhas, pelos no queixo, no resto todo, mas sua cabeça era reluzente e vazia. Sunny nunca se esquecera desse fato, mas, desde que começara a usar a peruca, notava carecas com menos interesse do que antes. Antigamente seria "Opa! Toca aqui, irmão!". Mas a peruca representava apenas mais um estilo de cabelo, dentre os vários que nós, seres humanos normais, podemos escolher. Agora, era como se ela fosse um animal em processo de identificação com a própria espécie.

Os pais começaram a ir embora. As crianças foram entregues aos seus responsáveis. Sobraram apenas as três pessoas carecas na sala: o diretor da pré-escola, Sunny e o bebê dentro dela. Sr. Dave era o diretor. Ele a reconheceu mesmo sem o cabelo falso que vinha usando.

— Olá, Sra. Mann — disse.

— Sou careca — falou Sunny. — Usei peruca esse tempo todo. Sobrancelhas e cílios postiços também.

— Sente-se — pediu o Sr. Dave. — Você está bem?

— Estou. É que, sabe, a peruca saiu voando ontem. Sofremos um acidente de carro, Bubber e eu. A peruca... bem, optei por não colocá-la de novo.

Sr. Dave assentiu de maneira compreensiva. Nunca levantava a voz. Nunca berrara com ela, nunca lhe dera um soco, nunca espumara de raiva falando com ela. Eles tinham suas divergências, mas ele sempre permanecia quieto. Ela se perguntava se ele era capaz de perder o controle. Sempre apreciara o jeito calmo dele.

— Bubber sabe que você tomou essa decisão? — perguntou o diretor.

— Bem, sabe — respondeu Sunny. — Estava lá quando a peruca saiu voando.

— E ficou chateado com isso? — questionou o Sr. Dave. — Ele estava com muita raiva hoje. Pensamos se teria alguma relação com seu marido.

— Meu marido está no espaço. A decolagem foi ontem.

— Eu sei — falou o Sr. Dave.

— Bem, achamos que não seria boa ideia eu e o Bubber irmos ver a decolagem. Achamos que seria demais.

— OK — disse o Sr. Dave. — Eu entendo.

Sunny tentou se sentar em uma das cadeiras da recepção, mas o Sr. Dave pediu a ela que entrasse no prédio com ele e o acompanhasse até o escritório, onde as cadeiras eram mais confortáveis.

A psiquiatra já estava lá. Tinha longos cabelos grisalhos partidos ao meio; uma cortina ao redor dos óculos grandes demais, da boca em um tom escuro de rosa, das bochechas lineares. Fechou uma pasta que estava aberta sobre o seu colo e se levantou. Abriu um sorriso grande e amarelo e esticou a mão.

— Você conhece a Srta. Mary — disse o Sr. Dave.

— Fico muito feliz em vê-la de novo, Sra. Mann — falou a psiquiatra. — Tive uma conversa muito interessante com o seu filho, Robert.

— Nós o chamamos de "Bubber". Cadê ele?

— Ainda está com a Srta. Tanya — informou o Sr. Dave. — Estão fazendo uma aula extra de artes para que possamos ter esta reunião.

— Não sabia que ele estava sendo testado de novo — disse Sunny. — Não sabia que vocês podiam fazer isso sem a minha autorização.

— Tudo bem — falou o Sr. Dave. — A gente só queria ter uma boa ideia do que estava acontecendo com o Bubber antes de decidir o que é melhor pra ele.

— E o que está acontecendo com o Bubber?

— Não quer se sentar? — A Srta. Mary a convidou para que se juntasse a eles à mesa. Deu um papel a Sunny. — Sra. Mann, pedi ao Bubber que desenhasse o bicho de estimação favorito dele, e foi isso que ele me deu.

O desenho representava Rocks, o cachorro, em caneta e tinta. Era preto e branco com nariz amassado, orelhas pontudas de morcego, sem rabo. O desenho era infantil, com linhas simples e muitos exageros. No entanto, a pele do cachorro parecia invisível e todos os seus órgãos internos foram desenhados com as mesmas linhas infantis e exageradas; nenhum sistema deixou de ser representado, incluindo o linfático. Os órgãos estavam uns sobre os outros, e os vasos sanguíneos iam de uma ponta a outra. Tudo tinha legendas claras, todos os nomes escritos de acordo com uma lógica fonética. O cachorro emitia um balão de diálogo e, dentro dele, as palavras "Au Au".

A Srta. Mary deu outro papel a Sunny.

— E este foi o que ele me deu quando pedi que desenhasse a mamãe.

Sunny pegou a outra folha. Havia uma pessoa feita de palitos em um dos cantos da folha com um chumaço obrigatório de cabelos nos lados da cabeça; um triângulo representava uma saia, e lia-se uma legenda: Mamãe. O resto da página estava tomada por alguma coisa que parecia um mapa sobreposto por um desenho topográfico. Havia prédios, fazendas e inúmeros tratores nas vias que radiavam dos prédios até as fazendas. Tudo feito em um rabisco rápido e infantil, mas com os detalhes todos ali. Todas as rodas e as cargas dos tratores variavam. Um porco, uma pilha de sacos, uma máquina estranha. Legendas. Explicações entre parênteses. Sinais.

— Ele me vê com cabelos — disse Sunny.

Estava chocada. Pensou em como sua mãe se sentiria nessa situação. Uma avó sentiria decepção, resignação? Diria que todos os seus esforços com Sunny haviam sido em vão? Aos olhos do neto, a filha usava peruca. Teria fracassado enquanto mãe. Lembrou-se da segunda coisa terrível que dissera para Maxon um dia antes da viagem ao espaço: "Minha mãe nunca achou que você daria um bom marido. Você e os seus malditos robôs. Ela disse que eu não deveria me casar com você, e olhe para a gente agora." *Nunca vamos dar certo. Nenhum de nós.*

— Bem — disse a psiquiatra, retirando os papéis das mãos de Sunny —, a nossa escola está cheia de crianças com talentos especiais, mas fica claro que Bubber é uma espécie de erudito. Uma criança de 4 anos não faz desenhos como esses.

— Ah, erudito — falou Sunny. — Mas isso certamente não é um problema. Deve haver outra coisa.

— Bem, tem este último desenho — disse a Srta. Mary, segurando um papel para que todos olhassem juntos. — Neste eu pedi que desenhasse os amigos.

Havia um hexágono no papel. Em cada ponta, um círculo com uma letra maiúscula. Os pontos estavam conectados pela parte externa, e alguns também se conectavam pelo centro. As linhas que faziam as conexões tinham tamanhos diferentes. Ao lado de algumas delas, havia números ou letras. Viam-se também filas de letras separadas com vírgulas. Alguns pontos não estavam conectados. Na base do papel, havia nomes diferentes seguidos de uma lista de Xs. Ben XX. Sarah XXXXX. Jacob X. Zoe XXXX. Sam XXX. Dessa forma. O desenho fez Sunny se lembrar dos trabalhos que Bubber realizara com cifras. Ele sempre criava sua própria maneira de escrever as coisas.

— O que é isto? — perguntou a Srta. Mary, apontando o hexágono.

— Bem, não sei — respondeu Sunny —, mas, se tivesse que chutar, diria que ele tem seis amigos e que essas linhas e símbolos mostram como são relacionados entre si. Ou talvez ele tenha cinco amigos e seja este aqui, conectado aos cinco. Sim, o círculo tem um B.

— Mas a senhora entende o que quero dizer? — falou a Srta. Mary.

— O que quer dizer?

— Temos isto — disse a Srta. Mary, mostrando os papéis que havia trazido —, depois temos as pontuações das respostas auditivas dele, que são iguais às de uma criança surda.

— Ele não é surdo — afirmou Sunny.

— Não, não é surdo, mas ainda não consegue escutar. Não consegue responder. Não responde. Berra se não tem a cadeira que quer, mesmo que sejam todas azuis. Mesmo que todos os lápis sejam vermelhos, ele berra se não conseguir o que quer. Ontem, ele jogou a caneca de café da Srta. Kim no chão, quebrou tudo. Ela ficou apavorada! O comportamento do Bubber está fora da nossa capacidade... e...

O Sr. Dave a interrompeu.

— Sra. Mann — disse ele —, nós amamos o Bubber. Ele é realmente a criança mais incrível.

— Obviamente ele sabe os nomes deles — falou Sunny. — Ou pelo menos as iniciais dos nomes.

— Já tentamos falar para a senhora, Sra. Mann, que Bubber precisa de uma intervenção mais aprofundada. Ele é muito especial. Os seus médicos...

— Elas não têm todas o mesmo tom de azul — disse Sunny. — E os lápis não são todos do mesmo tamanho. Ele percebe diferenças que outras crianças não percebem. Só isso. Querem que ele tome mais drogas? É isso? Ele já toma Adderall, Dextroanfetamina... a única coisa que resta é...

— Haloperidol — sugeriu o Sr. Dave, com o tom mais delicado possível, como se oferecesse um passeio de barco em uma tarde ensolarada.

— O seu marido é engenheiro? — perguntou a Srta. Mary.

— Ele é astronauta — respondeu Sunny. Não era inteiramente verdade.

— Bem, tecnologia — disse o Sr. Dave.

— E?

— É mais uma peça do quebra-cabeça — informou a Srta. Mary.

Sunny se lembrou da última coisa terrível que tinha falado para Maxon na véspera de sua partida: "É tudo culpa sua, ele ser desse jeito. É você. Você fodeu com tudo. Você! As merdas dos seus genes, o seu cérebro, é como se fosse um bebê Maxon. Diz pra mim que você não vê isso. Diz que não se vê quando olha pra ele. Você fez isso. Você fez isso com o nosso filho, é quem você é, você está todo nele. Agora me mostre uma expressão facial que combine com isso."

— Srta. Mary, quero agradecer pelas informações — disse o Sr. Dave. — Agora eu gostaria de falar a sós com a Sra. Mann.

A Srta. Mary saiu, deixando os desenhos sobre a mesa. Sunny os pegou. Ficaram sozinhos, ela e o Sr. Dave. Apenas duas pessoas carecas conversando sobre quais eram as suas opções. Na sala ao lado, um menininho com claros cabelos arrepiados cor de laranja estava fazendo círculos de tinta num papel, monitorado por uma loura na casa dos 40 com marias--chiquinhas.

— Sra. Mann — começou o Sr. Dave —, gostaríamos de trabalhar junto com a senhora. Podemos mudar o horário da terapia, arrumar mais tempo de aula particular com as professoras. Mas preciso que a senhora converse com os médicos e reorganize a medicação. A hora é esta.

Sunny se levantou. Sentiu os dentes querendo se estraçalhar até virarem pó.

— Cadê o meu filho? — perguntou ela.

Quando o Sr. Dave levou Bubber para a entrada, ele estava pulando em uma perna só.

— MAMÃE — disse ele, pulando nos braços dela. — A parte de cima saiu.

Ela se agachou para pegá-lo e ele passou a mãozinha de maneira casual sobre a cabeça da mãe, que pegou a aquarela que ele estava fazendo. Ainda pingava. Viu a espaçonave e as legendas e palavras que ele tentara formar com o pincel grosso demais se misturando umas nas outras.

— Foguete — disse Bubber a plenos pulmões. Ela o apertou com força e, por mais que estivesse grávida, segurou-o no colo, pegou sua mochilinha e o tirou dali. Pensou: *Nunca mais vamos voltar aqui. Vamos achar outra escola, uma escola que goste das legendas lunáticas e que tenha os tamanhos certos de lápis. Mesmo que a gente tenha de ir pra Lua.*

Uma semana ou um dia antes, com ondas louras lhe tocando os ombros e se encaracolando por trás das orelhas, ela teria parado na recepção, inclinado para frente e marcado outra consulta. Teria comprado outro pequeno frasco marrom, administrado doses, continuado a sorrir e a deixar e pegar e acomodar e avançar. Teria ido para casa, teria orientado o marido magricela para que dissesse e fizesse as coisas certas em alguma festa, teria o vestido, falado sobre a importância de optar pelo básico. Agora, nutria sentimentos diferentes em relação a tudo. Mais impaciente e mais severa. Sentiu como se vivesse sob um céu nublado, embaixo d'água, escutando em volume baixo, vendo a distância. Sem a peruca, o que via era muito horrível. Sim, o mundo todo. Simplesmente não havia por que fingir que estava tudo bem. Sentiu-se na merda por ter falado de maneira tão rude com Maxon. Desejou ser capaz de retirar cada palavra.

8*

Ela tentou ver o mundo como Bubber o via. Cada placa na rua, cada outdoor, cada letreiro de loja, cada casa ou carro constituía um grupo de letras e números. O que ele via nessas pequenas coleções? Elas se mostravam para ele, letra por letra, como borboletas laranja ou como balas de revólver? Os arco-íris simplesmente brilhavam ou pareciam mais luzes estroboscópicas iluminando o seu cérebro? Eram como sons de harpa? Olhar diretamente para todas as letras, em todos os lugares, podia ser um exagero para qualquer pessoa. Perguntou-se se Bubber escolheria uma vida diferente, caso pudesse. Ou se pararia de tomar remédios e enlouqueceria de vez, pintando e bordando.

Uma criança nessas condições era capaz de ler da mesma maneira que outra era capaz de ouvir, bela e involuntariamente. Ele se lembrava de tudo o que lia. Bem simples. Bem elegante. Era uma coisa genética esquisita, ou talvez tenha acontecido com ele quando ainda bebê. Era curável com pílulas, ou não era. Era autismo, ou alguma outra coisa que todos chamavam de autismo. Era algo que jamais fora visto na Terra, muito especial, muito novo. Sunny se sentia responsável, e tinha pena, mas, em segredo, também se sentia sombria e orgulhosa. Talvez não existissem sociedades para isso, nem consciência. Talvez não existisse um evento anual para arrecadar fundos. Ele era uma criança humana com um cérebro confinado em um capacete azul. Ela nunca mais escreveria um convite para um leilão silencioso. Nunca mais conseguiria ir a uma consulta médica. Não seria tão idiota e cabeluda.

ANOS ANTES, QUANDO ainda não tinha filhos, Sunny também tinha sido desprovida de perucas. Nem pensara em colocar uma. Não foi criada para colocar perucas. Passou pela escola, pela faculdade e vivia na Terra sem colar cílios no rosto, sem grudar duas sobrancelhas. A mãe disse que colocar peruca seria o mesmo que vestir roupa de palhaço. No primeiro ano do Ensino Médio, quando todo mundo tem pelo menos um momento de fraqueza, ela chorou e pediu uma peruca. A mãe perguntou se queria também sapatos grandes e vermelhos, flor que jorra água e nariz vermelho. Se gostaria de um carrinho, de um travesseiro que imita barulhos de peido, de um cachorro que late. Ela respondeu que não. Foi a oradora careca do Ensino Médio.

Mais tarde, na faculdade, a sua cabeça lhe deu uma ideia para uma peruca interessante que queria fazer. Começou a fazer perucas para os outros. Perucas artísticas, não para encobrir a perda de cabelo ou para simular cabelo. Um navio de batalha construído com quadrados de papel laminado, cada um com um milímetro a mais do que o outro. Uma cabeça de tigre com arame de cobre. Um buquê com flores fractais. Um símbolo de pi feito com plumas. Algumas pessoas diziam que eram chapéus, mas, para Sunny, eram perucas, e era assim que as chamava. Era a careca fabricante de perucas. Incrível. Organizou uma exposição na galeria de arte da faculdade. As perucas eram leves e confortáveis, mas ela nunca as usava. Era como tentar fazer cócegas em si mesma. Ninguém consegue fazer isso. Não funciona. Entrou na faculdade para estudar matemática e arte. Casou-se com Maxon. Ainda sem perucas. Então, certo dia, Maxon decidiu que deviam ter um filho.

— Este é o momento certo pra termos um filho — disse ele.

Os dois estavam sentados em uma praia em Evanston numa tarde amena de primavera. Uma brisa calorosa bateu no Lago Michigan, mas não levantou areia. Era um dia perfeito para se deitar e deixar os joelhos relaxarem, deixar a barriga tomar sol. Sunny usava um biquíni verde-menta. Maxon, uma camiseta cheia de furos e short marrom com bolsos. Estava sentado de pernas cruzadas ao lado da esposa. Sunny se esticou de uma ponta da canga até a outra, pernas e braços longos retos, expondo as partes internas das juntas. As amarras do biquíni eram nós, e não laços. Os óculos escuros que usava eram dois círculos largos unidos sobre o nariz. Acima dele, a cúpula branca da sua cabeça lisa, brilhando por causa do protetor solar. Imitava poses de modelo, o que sempre fazia Maxon rir.

— Não tô a fim — disse ela lentamente. — Não me obrigue, seu homem ruim.

— Resposta errada. Seria certa se eu estivesse pedindo pra você limpar o carro — falou Maxon. — Nesse caso, você pode simplesmente não estar a fim.

— Também não estou a fim de limpar o carro. Vamos mudar de assunto.

Ela esticou o braço e fez carinho nas costas dele, passando a mão para cima e para baixo na espinha, no local que era uma fileira protuberante de ossos.

— Está na hora de ser pai — insistiu Maxon. — Quero que a gente tenha um filho. E acho que você deveria me escutar.

— Imagine eu — disse Sunny, fazendo uma barriga imaginária com as mãos — com um monte grande e branco bem aqui.

— Você já tem um monte grande e branco bem aqui — brincou Maxon, cutucando a cabeça de Sunny. — Talvez você consiga gerar o bebê na cabeça.

Sunny se virou com trejeitos de barriga para baixo e expôs as costas ao céu.

— Imagina o tipo de bebê bizarro que sairia daqui — disse-lhe devagar. — Realmente quer dar isso ao mundo?

PRIMEIRAMENTE, SUNNY BASEOU sua relutância na aritmética. Estavam no apartamento deles, em Chicago, andando de um lado para o outro nas cadeiras com rodas. O escritório era o maior cômodo do apartamento, com enormes janelas industriais que tomavam uma das paredes. Ali, um desumidificador gemia e plantas mortas viravam pó. Maxon levava plantas para casa de vez em quando. Acreditava que eram coisas que apartamentos precisavam ter. Sunny as matava furtivamente com produtos de limpeza, ou incentivava o gato a usá-las para fazer xixi. Uma vez matou uma laranjeira de médio porte na despensa. Levou tempo para morrer, e depois permaneceu ali, morta, durante seis meses. Sunny não gostava de plantas em casa naquela época. Achava que elas deviam ficar em locais abertos, onde há terra. Mais tarde, percebeu que ter plantas era necessário. Mas isso foi naquela época, antes de começar a ter esse tipo de percepção.

— Um mais um não dá três — disse Sunny, girando de um lado para o outro com os calcanhares presos na tábua corrida entalhada. — Um mais um dá dois. Você e eu. Dois. Um mais um dá dois.

— Ah, pelo amor de Deus, abre essas pernas, mulher — disse Maxon, brincando, é claro. Falava com sua voz de fazer piadas. Segurava um quebra-cabeça de metal e estava embaralhando, desembaralhando, embaralhando, desembaralhando.

— Minhas pernas vão se abrir imediatamente, e bastante, se conseguir me mostrar um sistema em que um mais um dê três.

— Não existe — respondeu Maxon. — Mas que tal isto?

Pegou uma canetinha, foi até o quadro branco e desenhou dois pontos e uma linha que os conectava. Vestia uma calça com vários bolsos que lhe caía abaixo do quadril e uma camiseta branca com mangas tingidas de preto e um logo desbotado de uma universidade sobre o peito vasto e côncavo.

— Esses somos nós — disse ele. — Você e eu. E o nosso ótimo relacionamento.

— Maravilha — falou Sunny. — Bota uma legenda pra mim.

Maxon colocou S no ponto que era ela.

— Não, não sou mais S, sou E. Esposa.

Maxon usou o punho para apagar e mudou a letra. Colocou M de marido para si próprio.

— Agora, aqui — disse Maxon, colocando outro ponto na metade da linha entre o E e o M — é onde germinamos o nosso bebê. Bem aqui.

— Então o bebê vai ficar entre nós dois. Ótimo. Por que você quer um bebê mesmo?

— Porque ter filhos é o que deve acontecer agora. É o que os humanos fazem nesta etapa.

— Você que está dizendo.

— Espera — falou Maxon. — Olha. Olha. Aqui estão os nossos dois pontos, mas a gente tem que empurrar pra eles se juntarem. Empurrar, empurrar, empurrar... sabe, *empurrar*?

— Soa familiar — comentou Sunny.

— E, quando a gente se junta, esse pontinho do bebê sai da reta, é esmagado pra fora, perpendicular, pra formar... um... triângulo.

Maxon terminou de desenhar o novo diagrama, com E e M e o novo ponto, C, fazendo um triângulo, e linhas conectando E e M a C.

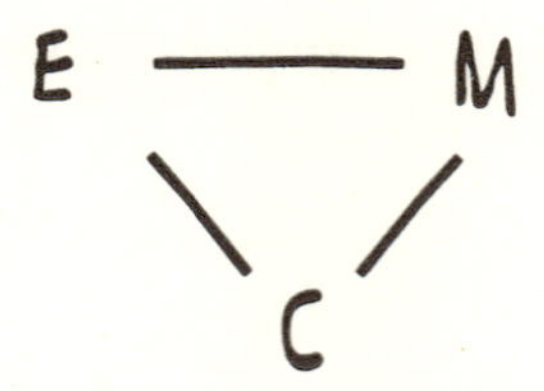

— Agora, olha isso — falou Maxon conectando E a M de novo. — Mais próximos do que nunca.

— Duas vezes mais próximos — disse Sunny.

— Está convencida?

— Não.

Ela pegou a canetinha da mão de Maxon e o empurrou até uma cadeira. Furtiva, elegante, com um vestido vermelho estilo ciganinha nos ombros e que batia no chão. Desenhou outro triângulo, este com as letras M, P e C, e depois uma seta de um triângulo para o outro.

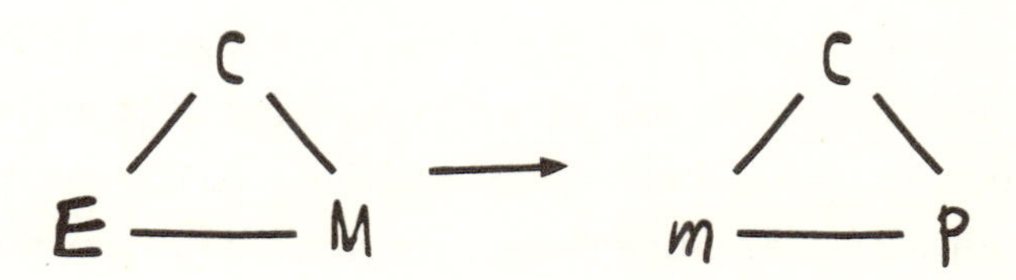

— Como vamos daqui pra cá? — perguntou ela. — Mãe, pai, criança. Como chegamos aqui?

— Acho que você deveria começar com o marido em cima da esposa — sugeriu ele.

— Por que é M em cima de E? Por que não E sobre M? — questionou ela.

— Não tem como inseminar a esposa quando ela está em cima. A esposa precisa estar embaixo.

— Então M em cima de E dá P em cima de M?

— Sim. Resolvemos tudo.

— Não deve ser tão simples assim.

— É simples, sim — disse Maxon. — É por isso que tanta gente idiota consegue fazer isso.

— Meu Deus, peraí. Não, tem um problema. Não é isso que você está pensando, mas tem uma coisa faltando. Uma coisa significativa. — Agora ela usou o punho para apagar parte do que havia escrito e escreveu:

$$\frac{M}{E + C_1} = \frac{P}{m}$$

— E mais o quê?

— Você vai ver — disse ela com pesar. — Você vai ver.

Primeiro, fez com que Maxon começasse a deixar os cabelos crescerem. Ele raspava tudo havia anos. Agora, ela o obrigava a não raspar. E os cabelos começaram a aparecer. Sunny os avaliava, esfregava as mãos neles, puxava-os e os desarrumava. De manhã, vinha deslizando na cadeira do escritório, sentava-se na frente dele e juntava testa com testa. Ela roçava a cabeça na dele, sentindo o cabelo que crescia. Eles sempre brincavam disso; giravam as respectivas cadeiras de trabalho em torno das cabeças, como se estivessem grudados, como se fossem gêmeos siameses. As cadeiras eram como luas negras de plástico, ficando no centro. Maxon colocava a mão sobre a cabeça de Sunny, e ela colocava a mão na dele, e giravam até ela se sentir enjoada e gargalhar absurdamente. Agora, entretanto, ela não riu quando os cabelos dele a espetaram. Imaginou que deveria ser como grama crescendo na pele, como talhos de milho. Deveria ser bem terrível. Uma sujeira que você jamais consegue limpar. Uma infestação. Um problema. Ela e Maxon faziam coisas bobas como essa. Como as que as crianças fazem. Ela imaginou que, quando tivessem cabelos e fossem pais, não brincariam de girar as cadeiras. Teriam que tomar cuidado com seus talos de milhos, tocá-los toda hora e penteá-los.

Quando o cabelo grosso e castanho-claro de Maxon media três centímetros e começava a ficar encaracolado sobre a testa, ela sabia que estava ovulando. Dirigiu até a loja de perucas e comprou uma. A compra da sua primeira peruca foi um momento que esperara com ansiedade desde a época em que tinha idade suficiente para entender que era careca e que uma peruca esconderia isso. Sonhava em andar em meio à multidão, despercebida. Imaginou-se sentada em um banco com uma fileira de outras pessoas, todas com os joelhos alinhados, todas idênticas. Sunny teria que olhar com muita atenção para identificar qual era o seu corpo. No entanto, em pé na loja de perucas, sentiu-se chateada. Sabia que a mãe ficaria com raiva dela se soubesse daquilo. Sabia que a mãe diria que estava sendo boba. De todas as coisas gentis e encorajadoras que ouviu em seus anos como careca, aquela de que mais se lembrava era um elogio da mãe: você é quem você é, Sunny. Você é quem você é. E tenho orgulho de você. Tudo em você é uma parte sua. É tudo parte da Sunny.

Na loja de perucas, nenhuma explicação foi necessária. Ao entrar em uma loja de perucas quando você é careca, há apenas uma coisa que pode querer comprar. Não é um chapéu. Não é um cachecol. É uma peruca. Sunny escolheu uma loura, lisa e longa, porque parecia o tipo de peruca que uma professora de jardim de infância escolheria. Parecia um cabelo que poderia ser encontrado na cabeça da mãe de um bebezinho. Todos acharam que ela colocaria a peruca imediatamente e sairia da loja com ela. Mas não. Fez isso mais tarde. Primeiro, deu o último passeio de carro na rua e a última caminhada na calçada com sua careca à mostra. Mais uma corrida escada acima até chegar ao apartamento espaçoso. Então, entrou no banheiro, apagou a luz, tirou as roupas de sempre e colocou a peruca. Quando acendeu a luz novamente, a peruca estava no lugar. E, depois disso, permaneceu de peruca. Estava lá sempre que olhava no espelho. Maxon chegou em casa depois de um passeio de bicicleta, cheio de cabelos, conforme a ordem de Sunny. Ficou surpreso ao vê-la. Ainda se encontrava nua, apenas ela e a peruca, esperando por ele. Maxon ficou parado no vão da porta do quarto, preenchendo-o. Estava suado e apertado na Lycra e segurava o capacete. Colocou as mãos para os lados como se ela fosse uma onda arrebentando sobre ele, toda a sua nudez, todo o seu cabelo novo.

— O que está fazendo?

— Esperando pra ser inseminada.

— Por que está usando uma peruca? — perguntou ele.

— Para que dê certo.

— C1 é cabelo?

— É.

— Isso não está certo. Você não precisa de peruca. Por que teria que usar peruca?

— Tudo bem, então, vamos só foder e depois a gente joga a peruca fora.

— Preciso tomar um banho.

Depois, no entanto, não jogaram a peruca fora. Maxon tentou convencê-la a tirá-la, mas ela estava encolhida na ponta da cadeira do escritório, toda dobrada com o sêmen dentro de si e a peruca ao seu redor. A sensação era boa e interessante; fazia cócegas.

Maxon usava o computador aleatoriamente. Deu uma olhada avaliadora nela.

— Sunny, você não precisa usar peruca pra ser mãe. Isso já foi comprovado. Seu sistema reprodutivo é bem separado da sua pele.

— Você não sabe de nada — falou Sunny. — Como é que pode saber do que preciso pra ser mãe?

Sunny abriu os cabelos em volta de si como um manto. Era um gesto que jamais fizera em toda a sua longa e feliz vida. Agora, fazia-o de maneira reflexiva, como se o potencial do ato produzisse uma realidade. Maxon a viu fazendo isso. Talvez devesse se sentir um tanto envergonhado por ter contribuído com aquilo, pela forma como colocou a peruca na cabeça dela e amarrou o avental em sua cintura. Pela maneira como o mundo mudou quando um bebê foi colocado lá dentro. Pela bola que chutou de cima do monte, a bola que agora quicava para baixo fora de controle, e não tinha volta. Muito provável que não tenha sentido vergonha. Simplesmente sabia que era isso que os humanos faziam, e era tudo que sabia. Sem dúvidas, sem arrependimentos. Ela era capaz de sentir o corpo mudando embaixo da peruca, entrando no formato correto para abrigar uma família jovem e saudável. Sentia a sua variável se alterando de E para M. Dali em diante, ela andaria de maneira diferente, falaria de maneira diferente, abandonaria todas as coisas prejudiciais. Protegeria o ser que se formava dentro dela.

Havia um grande ovo dentro de um tubo apertado, e também pequenos nadadores tentando entrar nele. Aqui em cima, aqui em cima, e depois lá embaixo, lá embaixo, empurrando e indo em frente. Em três horas, eles se conectaram. O ovo veio flutuando dentro dela e se prendeu na parede uterina. Suas células mudaram e ele virou uma forma com vida. Produziu braços, pernas e rins. Formou o osso macio de um crânio infantil. A pele se formou no escuro. No escuro, o tecido do coração se movia. E, acima disso tudo, em certa noite mágica, quando a peruca de Sunny estava completamente penteada, completamente arrumada, total e rigorosamente no lugar certo, o topo do seu feto se expandiu em gloriosos cabelos, reluzentes como um cometa, laranja como o pôr do sol do Sul. E o bebê por fim saiu dela: era Bubber. E, para ela, ele era perfeito. Era um pequeno Maxon. Era verdade.

9*

Maxon teve um sono intermitente na longa noite escura, preso à cama. A espaçonave girava conforme era arremessada em direção à Lua, formando um arco preguiçoso ao longo de sua trajetória. Maxon sonhou que estava de pé em um buraco e não conseguia se esticar. Sonhou que estava de volta ao poço. Apertou os olhos e sentiu o esôfago se fechar e a língua inchar. Sonhou que estava naquela merda de tubo com os braços presos à lateral do corpo. Queria levantar as mãos e coçar os cotovelos na parede de pedra, mas, ao acordar, não haveria parede de pedra para se coçar, pois estava em uma espaçonave. Não sentia medo de locais fechados porque não era claustrofóbico. Uma tautologia de pesadelos. Finalmente, soube que era manhã porque as luzes se acenderam no compartimento.

Checou o relógio. O que significava o tempo a caminho da Lua? O que significava a rotação da Terra, exceto por uma questão de navegação, exceto pela física? O que significava, à consciência em ciclos do corpo humano, que a Terra girava lá longe sem que ele estivesse pisando nela, sem o seu corpo prostrado, adormecido, esticado sobre as camas em que já se deitara — pés sempre sobrando, cabeça sempre encostada na parede.

Para um homem tão comprido, conter-se era essencial. Estava sempre trombando nas coisas. O pavio de Maxon também era longo; sua paciência era ainda maior do que suas pernas. Houve momentos em que seus limites foram ultrapassados, e a sua habilidade de tolerar os pequenos sons das pernas batendo em objetos era a primeira coisa a se esvair. Eram tantas pilhas, tantas prateleiras cheias de papéis, jarros, caixas de sapato, latas vazias, amontoados de equipamentos de pesca, pedaços de couro, e a sujeira e os detritos de uma casa cheia de meninos. Por isso Sunny e Maxon não tinham muitos enfeites na casa deles. As superfícies eram lisas e limpas, uma vela aqui e um buquê de eucaliptos ali arrumados de maneira brutal por Maxon para que se amontoassem o mínimo possível, só o suficiente para parecer que moravam em um lar decente. Quando se casaram, Sunny não dava a mínima. Não tinha sentimentos relacionados à maneira como as coisas deviam ficar nas bancadas ou mesas. Não fazia diferença para ela.

Quando se mudaram para a Virgínia, ela começou a fazer alterações na organização; pedia a ele que trocasse a posição dos objetos de acordo com as estações do ano. Comprou um relógio de antiquário e o colocou entre as duas velas, equidistante. Fez outras aquisições, e havia também pedreiros trabalhando. Maxon teve a certeza de que ela começara a se importar com a casa. Foi quando Sunny começou a se tornar diferente, quando se mudaram para a Virgínia a fim de que ele ficasse no laboratório em Langley. Quando, juntos, fizeram um menino.

Maxon escreveu em seu caderno durante a noite. Baixou a cabeça e viu que tinha escrito "As grandes decepções de Sunny:" e abaixo disso desenhou três círculos fortes. Ao lado do primeiro, escreveu "Eu", depois "O meu comportamento" e, finalmente, "O meu material genético". Viu as palavras "Sunny disse:" e mais três círculos abaixo. Escreveu "Por que você não consegue ser uma porra de um ser humano normal?", "A culpa é toda sua por Bubber ser como é" e "Odeio admitir que minha mãe tem razão, mas ela *estava* certa. Ela tinha razão!".

Maxon sabia que em algum outro lugar do caderno havia uma página que dizia isto:

```
texto ELOGIO = «Que bom você
      dizer isso.»;
texto GRATIDÃO = «Obrigada por
      me avisar.»;
se (OPINIÃO = ELOGIO)
    retornar ELOGIO;
senão (OPINIÃO = CRÍTICA)
    retornar GRATIDÃO;
outro
    Escrever à Memória (OPINIÃO);
```

— Obrigado por me avisar — disse ele às palavras de Sunny. E, sem mais hesitação, virou a página, alisou a folha nova e começou o dia de trabalho. Pensou na mãe e nos seus cabelos lisos e dourados, seus pronunciamentos pertinentes, sua doença prolongada. Porém, logo afastou a imagem da cabeça.

ELA FOI ATÉ O clube e colocou a roupa de natação em Bubber, pois era isso que faziam depois da escolinha às terças e quintas. O horário de Bubber era sagrado, uma pontualidade britânica, de modo a ajudá-lo a se encaixar no mundo. Ele ficou dançando sobre um pé e sobre o outro no vestiário com a mão na porta esperando que a mãe também viesse. A piscina tinha formato de L, rasa na parte menor e mais funda na parte mais comprida, para os nadadores. Os óculos de Bubber eram verde-claros, e o calção tinha desenhos de bichinhos vermelhos e amarelos. Quando Sunny finalmente chegou, o menino se jogou na piscina sem nem olhar para ela, sem nem se dar conta, imediatamente tomado pelo próprio mundo. Sunny sentiu o cheiro do cloro, viu ferrugem nos ralos, e um deficiente físico no ofurô, rosto franzido e perseverante. Ela havia se olhado nos espelhos grandes do vestiário da academia. Sob a luz fluorescente, sua cabeça parecia mais pontuda, mais cinza.

Ela se posicionou na rampa que ia até a piscina; vestia o maiô de gestante com saia. Sua barriga gigante estava encostada no corrimão. Era onde sempre ficava. A regra do clube dizia que o responsável devia permanecer a um braço de distância da criança, caso fosse muito pequena. Então, lá estava ela. Bubber era um nadador incrível, sempre tinha sido. Nunca teve medo de se afogar, nem por um momento. Na verdade, quando ainda menor, saiu bem da borda da piscina, assustando todo mundo. Mais tarde, aprendeu a nadar, e agora era perito nisso. Nunca se sacudia na água. Nunca se debatia nem berrava. Assim, iam ao clube duas vezes na semana.

Normalmente, quando estava de peruca, ela ficava na rampa e não molhava os cabelos. Hoje, caso quisesse, podia mergulhar até o fundo da piscina. Inclinou a cabeça para ver Bubber. Ele tinha um pequeno sapo de plástico, que pulava dentro e fora de uma boia com a ajuda do menino. Havia efeitos sonoros acompanhando os pulos, algo parecido com uma fita sendo rebobinada. O sapo pulou várias e várias vezes. A impressão que dava era a de que o menino nunca se cansaria de brincar com o sapo. A pele de Sunny estava gelada, pois ela se posicionara embaixo de uma das saídas gigantes de ar. Sentia a cabeça muito gelada. Na verdade, estava congelando.

Talvez, sem a peruca, ela fosse uma das mães que entrava na água e a sentia em ondas quentes e frescas ao seu redor, levitando-a. Ou talvez, naquele estágio da maternidade, naquele estado avançado de ser usuária de peruca, Sunny havia escrito na própria pele o objetivo real da vida naquele momento, apenas calar a boca e tomar conta do filho. O menino curtia a água, e Sunny precisava apenas ficar de pé ali e garantir que ele não se afogasse. Essa era a sua posição padrão. Ficava em seu corpo de mamãe no local da mamãe. Tudo o que tinha que fazer naquele momento que se repetia, das 13 até as 14 horas, terças e quintas, era cuidar da criança. Deveria se sentir confortável naquele momento? Não. Deveria curtir a água? Não. Ela teve vários momentos na vida em que se sentiu confortável e curtiu água. Agora era o momento de proteger a criança e promover a sua felicidade enquanto a piscina enriquecia sua vida e desenvolvia mente e corpo. Então, por que obscurecer isso com o seu conforto ou desconforto? Com peruca ou sem peruca. Foi o que disse a si mesma para evitar cair na água, ir até o fundo, enquanto brincava com os próprios pés e olhava para as luzes.

Ela se lembrou de um tempo anterior aos olhares avaliativos das pessoas acerca da sua capacidade de ser uma boa esposa e mãe. Naquela época, divertiu-se muito na praia. Caminhou na areia quente vestindo biquíni, andando como se tivesse inventado as pernas, cabeça besuntada de óleo de coco, chapéu de sol em mãos. Nadava como um golfinho, sem touca, sem cabelos se enroscando nos óculos de natação. Foi um tempo bom, mas e daí? Havia pessoas sem pernas passeando, ou pessoas cujos filhos haviam caído pela janela e morrido, ou pessoas que não tinham como ir ao clube porque moravam em algum fim de mundo do interior. Ela nunca soube, antes de ter um filho, o quanto se preocuparia com ele. Sentia uma preocupação real e verdadeira.

Sunny fez aulas de natação quando criança. Sua mãe acreditava que todas as crianças deviam saber nadar, cavalgar e tocar piano. O que ocupava a mente da mãe naquelas longas horas de aula? Quando Sunny passou três minutos tentando nadar bem rápido enquanto o treinador gigante do Ensino Médio não dava descanso: a mãe dela estava sentada perto da piscina? Não conseguia se lembrar. Estava pensando nela? Estava comparando-a, para sua grande desvantagem, com os outros nadadores? Talvez a mãe estivesse pensando: *Essa é minha filha. A careca.* Emma havia sido mergulhadora. Falava francês. Formou-se como uma das melhores da sala. Sunny foi uma nadadora preguiçosa, propensa a ficar boiando e a nadar sem rumo por baixo d'água. Falava muito mal alemão, e se formou em algo que a mãe julgava incompreensível.

Emma não queria que Sunny usasse peruca, mas a peruca fez Sunny vislumbrar muito mais. Em geral, vislumbrava criar um bom grupo de crianças, crianças nobres e normais. De peruca, parecia uma simples mulher. Sem a peruca, parecia outra coisa. Ela se perguntava se gostaria de viver outra vida, caso tivesse a opção. Se mudaria alguma coisa em si mesma, caso tivesse um frasco de pílulas mágicas. E se os cabelos nascessem como os das outras pessoas, em talos e amontoados, forçando saída pela pele até se soltarem no ar e serem puxados e manuseados? Será que ela receberia esse cabelo de bom grado? O que Maxon diria se voltasse do espaço e visse que cabelos tinham crescido na sua cabeça? O que diria quando viesse para casa e descobrisse que ela havia abandonado as perucas?

Bubber agora brincava de cavalinho na piscina. Quando Maxon estava ali, Bubber brincava disso com ele. Bubber montava na boia espaguete, o pai segurava as duas pontas e impulsionava o cavalo com força para cima e para baixo, e em círculos grandes ou pequenos. Agora, Bubber fazia uma versão mais branda da brincadeira, sozinho. Uma criança brincando com o pai berra mais alto, ri com mais intensidade, pula com mais vontade, bota mais fé em tudo. Uma criança brincando sozinha escuta um diálogo interno, e tem a expressão de quem escuta, mesmo quando dá gritos.

— Estou brincando de cavalinho — disse Bubber bem alto para uma criança ao seu lado, a qual não entendeu o que ele disse. *Ser Bubber é isso,* pensou Sunny. *Ninguém o entende. Ele precisa de mais remédios. Ou menos. Talvez de bem menos.*

Com Maxon por perto, as coisas seriam diferentes. Estariam jogando no computador, lado a lado. Sairiam para jantar no único lugar onde Bubber conseguia ficar parado em público. Ele seria o piloto deles em um passeio de carro pela cidade. Ele tiraria a peruca, colocaria a peruca, transformaria a peruca em um cisne, colocaria a peruca em uma estaca e fingiria conversar com ela. Maxon, entretanto, estava no espaço, flutuando como um homem ao mar, pernas e braços soltos e rodopiando. Talvez ela mergulhasse em três metros d'água e desse uma cambalhota, duas cambalhotas, oito, nove, dez cambalhotas, até que voltasse à superfície, a cabeça emergindo como um melão. E talvez ele a circulasse como um peixe atencioso. Tudo seria macio e ágil nessa cena, nenhuma protuberância se movendo perto deles, nenhum empecilho na pele. Eles se atariam, deslizariam dentro e fora um do outro, tudo sem tocar o chão. Era assim que ela visualizava Maxon na espaçonave, e como se visualizava no fundo da piscina.

Olhando para os ladrilhos da rampa, notou uma pequena gota de alguma coisa. A pequena gota era vermelha e gelatinosa e flutuava na beira d'água na inclinação da rampa ao alcance de qualquer uma das crianças. Sunny imaginou que outra mãe naquele mesmo dia, de pé tomando conta do filho, tivesse expelido um pedaço de alguma coisa antes que essa coisa pudesse se tornar outro filho. E o pedaço ficou ali nos ladrilhos azuis gelados como um cadáver numa praia solitária. E essa outra mãe saiu de perto porque não queria passar mais nenhuma tarde de pé na água fria que cobria até os joelhos. Ela nem limpou a gota, tamanha foi a sua irritação.

10*

Quando Sunny chegou ao hospital para visitar a mãe naquele dia, viu as coisas de maneira diferente do que no dia anterior. Antes, fora tudo lindo, a mãe dormia. Hoje, nada foi lindo. Ela estacionou na mesma vaga para visitantes de sempre, ao lado do prédio de tijolos vermelhos. Antes, parecia um castelo; agora, uma prisão. O dia queimava ao seu redor conforme passava pelos corredores do hospital segurando Bubber com firmeza pela mão. Os quadris se moviam ao redor da barriga de grávida e de tudo o que carregava. Os corredores fediam a sopa de galinha, urina e desinfetante. Portas se abriam e se fechavam sem fazer barulho. Seres humanos andavam como androides em uniformes roxos. Moviam-se em bandos. Apodreciam nos andadores, nas macas. Tudo acontece em hospitais: o nascimento, a vida, a morte. Mas ninguém quer estar em um hospital, onde tudo acontece. Querem apenas sair.

A caminho do CTI, Sunny teve que passar por vários moribundos, por vários auxiliares de enfermagem ociosos. A todo lugar que ia, rostos inchados, pálidos e redondos se viravam para ela como luas que se revelam. Ela via as orelhas, os cabelos e a parte de trás da cabeça das pessoas. Em seguida, os mesmos rostos com olhos um pouco mais abertos. Algumas pessoas sorriam educadamente. Ela se lembrou da sensação de ser confundida com uma paciente com câncer. A pena e o medo das pessoas a circulavam como elétrons.

Na porta do CTI, apertou um botão e falou com uma enfermeira para que sua entrada fosse liberada.

— Vim visitar a minha mãe, Emma Butcher — disse ela. Sua voz soava como sempre. Passou pelo microfone como sempre passava.

As portas se abriram com um chiado e imediatamente se fecharam, de modo que Sunny e Bubber tiveram que se apressar para passar. Lá dentro, um cheiro seco e frio. Os quartos do CTI irradiavam em um semicírculo ao redor do posto das enfermeiras, curvados no chão branco como caixas de vidro em uma fileira. Sunny começou a se encaminhar para o quarto da mãe.

— Sra. Mann? — chamou a enfermeira. Sunny olhou para ela e assentiu com a cabeça. Era uma enfermeira jovem com rabo de cavalo castanho. Sua identificação dizia que se chamava Sharon. A mulher reconheceu Bubber e a gravidez, mas nunca vira Sunny sem peruca. Acenou para ela. — Desculpe — disse. — Eu não sabia.

Sunny e Bubber passaram pela porta de vidro de mãos dadas. Bubber estalava os dedos da outra mão. Como a mãe reagiria ao ver Sunny sem a peruca? Será que se sentaria na cama, tiraria as cobertas de cima do corpo e comemoraria?

Os aparelhos respiravam por ela. Um deles tinha uma sanfona que abria e fechava, bombeando ar e o sugando de volta. Outro esguichava fluido para dentro e para fora dela; coisa boa para dentro, coisa ruim para fora, tudo em tubos plásticos e recipientes turvos. Essas máquinas se amontoavam no quarto inteiro. Estava escuro; Sunny viu os monitores e mostradores acesos. Dois estavam no chão, ambos tirados de sondas. Nas paredes, esparadrapos velhos prendiam desenhos e fotos de Bubber. Estavam em todos os cantos, na haste de papel-toalha na pia, no respirador, todos presos por um esparadrapo amarelo, todos tortos.

E lá estava a mãe, na cama. Sempre foi alta, mas havia encolhido. A coluna estava curvada. A cabeça, caída para um dos lados do travesseiro, onde o tubo de respiração entrava na sua boca, e uma ferida enorme se formara na parte lateral do seu rosto. Alguém colocara creme sobre ela, mas ainda estava vermelha. A mãe perdera grande parte dos cabelos, e o resto tinha o formato do pente que usaram para penteá-la. Seus olhos estavam fechados. O peito subia e descia. As mãos e os pés estavam inchados, balões cheios com pele amarelada repleta de manchas. Sunny colocou a mão sobre a da mãe, e estava fria. Arrumou o cobertor sobre o corpo dela. Esse corpo parecia já ter começado a se decompor, e, no entanto, o ar e os fluidos ainda eram bombeados para dentro dele pelas máquinas, e depois retirados. A vida era simulada. Um beliscão produziria uma resposta de dor.

Sunny se sentou na cadeira ao lado da cama, onde geralmente se sentava. Bubber subiu na cama, onde geralmente subia, e ficou sentado quieto com seu livro. Conforme a mãe passava da sua própria casa para a de Sunny, para a emergência, para a internação e então para o CTI, Bubber e Sunny se sentavam ao seu lado e em cima dessa ou daquela cama, assistindo à jornada como turistas em um passeio de barco observando crocodilos. Agora, Sunny estava de pé na margem do rio, com lama até os joelhos, observando os répteis devorando a presa. Não fez nada a não ser observar aqueles répteis por duas semanas. Que tipo de monstro fica observando um crocodilo comer a própria mãe e não faz nada a não ser cerrar os dentes? Ela começou a chorar. A mãe lhe dissera certa vez: "Sunny, aconteça o que acontecer, estou ao seu lado. Sempre estarei ao seu lado. Independentemente do que acontecer." E agora a mãe estava naquela situação, totalmente contorcida com as vísceras em crise.

QUANDO SUNNY ERA PEQUENA, tinha um pônei. O animal era velho e rabugento, mas ela se apaixonou por ele do jeito que uma menina de 8 anos se apaixona por cavalos, e nenhum outro pônei lhe satisfaria. O nome dele era Pocket, e ele era uma graça, castanho-claro com uma estrela branca na testa. Sem sela, era tão fofo quanto um cachorrinho, e seguia Sunny pela fazenda piscando os olhos com charme. Ela podia montar nele e guiá-lo com os joelhos e uma corda macia, ele não relutava. Todavia, quando tentava montá-lo com sela e rédeas, o bicho se tornava um pesadelo. Agia como se houvesse carrapichos sob a cilha e punhais embaixo da sela. Abaixava as orelhas e quicava com raiva, e, de vez em quando, levantava a cabeça inesperadamente, erguendo as narinas várias vezes e batendo em Sunny com o osso que cavalos têm no topo da cabeça.

Sunny tinha certeza de que ele estava sentindo dor, então levaram Pocket para consultas caras e longas em todos os veterinários da área. O último veterinário finalmente disse para a mãe que o cavalo era apenas inteligente e forte, e que decidira que não seria montado. Ele precisaria ser domado para que mudasse o comportamento. Na opinião do veterinário, não era um animal apropriado para uma criança. Sunny se lembrou de implorar à mãe dizendo que não aguentaria machucar Pocket, que isso mataria o espírito dele. Cheia de emoções pré-adolescentes inspiradas em *Beleza negra* e outras histórias ficcionais sobre violência contra cavalos, ela jurou que jamais perdoaria se a mãe o vendesse ou o machucasse. Ela simplesmente montaria nele sem sela, e não se preocuparia com feiras e coisas do tipo.

Eles possuíam um pequeno cercado para treinar cavalos na propriedade, construído no meio do campo e cheio de talhas de cedro. Depois que aquele último veterinário foi embora, a mãe mandou Sunny selar Pocket e encontrá-la. Quando Sunny chegou lá, andando ao lado do pônei, viu a mãe segurando um chicote. O rosto pálido dela estava obscuro, seus cabelos louros, em uma trança, e ela usava calças, coisa que raramente fazia.

— Você não sabe montar! — disse Sunny.

— Claro que sei. Nasci antes de você, sabia?

— O que vai fazer?

— Me dá esse pônei — ordenou a mãe.

— Não! — berrou Sunny. — Você vai matar ele!

— Se ele morrer, vai ser por escolha própria — entoou aquela mulher dura que usava calças. Sunny se encolheu.

A mãe pegou a guia das mãos da filha e subiu na sela com agilidade surpreendente para uma pessoa que Sunny jamais tinha visto chegar perto de um cavalo por vontade própria. Pocket era um pônei grande, mas a mãe era ainda maior, portanto o par formava uma imagem ridícula. Ela virou e entrou pelo portão do cercado.

— Feche o portão — disse para Sunny.

Pocket deu voltas e mais voltas, trotando de forma tensa. A mãe mantinha as rédeas em uma das mãos e segurava o chicote na outra, pronta para fazer qualquer coisa com ele — a menina não sabia o quê. Cavalgou com cuidado, quase agachada sobre a sela, e o pônei parecia não ter vontade de se comportar mal. Ela pediu a ele que desacelerasse até que estivesse apenas andando e depois comandou um trote. Diante dessa ofensa, Pocket perdeu a concentração, empinou as orelhas e começou a sacudir a cabeça.

— Não! — gritou ela. — Não pode, não.

Lá veio o pescoço erguido, lá veio o osso em direção ao rosto de Emma, e veio também o chicote, que atingiu o animal bem no meio das orelhas. Sunny berrou.

Aquele osso é duro se atinge o rosto de uma menina, mas é também um centro nervoso, e Pocket desabou. A mãe se soltou dele enquanto caía, e ela mesma caiu de lado, e depois foi até o cavalo prostrado, ainda consciente, segurando-o pelas narinas. O chicote saiu rolando para o meio do mato. Ela apertou a parte macia do nariz do bicho e berrou com ele.

— Você não se atreva a machucar essa criança, você não a faça chorar ou enterro você, sua carcaça inútil, tá ouvindo? — A cada "você", ela dava um soco no meio das narinas do bicho. Sunny ficou aterrorizada e impressionada.

Pocket se ergueu cambaleando.

— Vem, Sunny — chamou a mãe. — Sua vez.

Sunny montou em silêncio, colocou os pés nos estribilhos, pegou as rédeas e deu a volta mais segura e satisfatória que já dera em Pocket. A mãe subiu na cerca e se sentou silenciosamente em uma parte do portão. Dali em diante, era onde se sentava toda vez que Sunny montava o pônei. Não importava o que mais acontecia, lá ficava ela, montando guarda. Pocket tinha seus momentos de desobediência de vez em quando, mas nunca mais levantou a cabeça para bater em Sunny. E nunca mais mostrou o mesmo grau de inquietude. Periodicamente, enquanto era escovado e banhado, a mãe chegava perto dele e torcia-lhe a orelha, primeiro com gentileza, depois com mais força.

— O pônei gosta daqui? Gosta da sua bela casa? Gosta de estar vivo? O pônei sabe a sorte que tem? — E Sunny sabia que Pocket jamais se esqueceu daquele dia em que alguém lhe deu uma chicotada na cabeça.

Ela acabou ficando grande demais para Pocket. A mãe comprou um cavalo maior e melhor, mas nunca vendeu o pônei. Ele viveu a vida inteira na fazenda. Quando Sunny foi para a faculdade, Pocket e Emma sentiram a falta dela juntos. E a morte do pônei foi um acontecimento muito triste.

HAVIA ALGUNS MESES, Sunny disse as seguintes palavras: "Mãe, a única coisa que há de errado com você cabe em uma noz!" De fato, tinha a impressão de que nada podia ser tão ruim. Ela achava que passaria muito mais tempo com a mãe, que talvez teria que achar um asilo para ela. Talvez visitá-la na costa do Caribe. Elas foram enganadas por um diagnóstico errado. Na verdade, havia tumores enraivecidos perdidos dentro da mãe, maiores do que nozes. Então, pensando bem, aqueles meses de analgésicos escondidos e de deixar a mãe chorando no banheiro pareceram cruéis. Porém, antes que pudesse se dar conta, estava deitada ao lado de Emma em uma cama, e a mãe, cheia de uma doença que ninguém conseguia perceber ou compreender, mexeu o corpo com cuidado sobre a bolsa de água quente para segurar a Sunny grávida nos braços.

— Não se preocupe. — disse ela para a mãe. — Você vai estar fora dessa cama amanhã. É só essa droga de diverticulite. Fique longe das amêndoas.

Para Sunny prosseguir com a vida, a mãe tinha que melhorar. Ainda assim, para que se sentisse bem ao sair do hospital naquele dia, percebeu com uma urgência nova e nada familiar que a mãe tinha que ter a permissão para seguir em frente e morrer. Em termos médicos, não havia nada mais que pudesse ser feito. Era um lugar de paralisia. Ela não se permitiu ver isso, mas era verdade. Sunny se sentiu bastante sozinha no mundo. O único jeito de continuar respirando era fazendo carinho no braço de Bubber e no braço da mãe, juntos. Era simplesmente terrível. Se Maxon estivesse ali, talvez se inclinasse sobre o ombro dela e dissesse alguma coisa monstruosamente imprópria, como "Quer ouvir umas piadas sobre bebês mortos?". Ela se viraria e daria um tapa nele. Mas, agora, do jeito que estava, só conseguia ficar sentada e parada, xingando-o por ter ido para o espaço num momento daqueles.

Maxon jamais diria "Não posso ir para o espaço em um momento como este". Afinal de contas, um cronograma havia sido feito, horários tinham sido decididos. Mas ele poderia dizer, e disse, com ela naquele estágio avançado de gravidez e a mãe no CTI:

— É claro que você não precisa ir ver o lançamento. Seria desnecessário.

E ela poderia dizer, e disse:

— Está tudo bem, meu bem.

O médico de Emma entrou no quarto. Era um homem baixo e gordo, com uma das mãos deformada, além de piadista. Tinha três dedos colados uns nos outros, e a deformidade toda era meio curvada, como um gancho. Uma das suas piadas favoritas era colocar as mãos para o céu e dizer "Senhor, faça com que as minhas duas mãos fiquem iguais!", e então ele fingia grudar os dedos da mão boa, da mesma forma que eram os dedos em gancho. Fora engraçado na época do diagnóstico errado de diverticulite. Não era mais agora, com a mãe de Sunny sucumbindo ao câncer.

— Sunny, você está com um penteado diferente! — disse ele alegremente ao pegar o prontuário na caixa ao lado da porta.

— Tenho uma deficiência — retrucou ela.

— Bem, então somos dois — falou o médico.

— Precisamos desligar os aparelhos — disse Sunny. — Agora.

— E o que fez com que finalmente chegasse a essa conclusão? — perguntou o médico, ainda olhando para o prontuário.

— Olhe pra ela — falou Sunny. — Está morrendo, definhando aos poucos.

— Tenho olhado pra ela por duas semanas — disse o médico. — Você é quem tem ignorado o óbvio.

— Perdão — respondeu ela. — O senhor está certo.

O médico se virou e saiu do quarto, levando a mão idiota consigo. Sunny não sabia se ele voltaria ou se alguém mais voltaria. Virou-se para a mãe e lhe fez carinho no braço. Ela era uma estranha agora. Uma pessoa que ela havia torturado. Uma pessoa que ela havia segurado embaixo d'água, enfiado entre as algas, e depois mantido ali enquanto ela arregalava os olhos, enquanto seus pulmões pediam ar e a pele formava polpas. Uma pessoa que ela, Sunny, podia ter salvado, mas não salvou. Uma pessoa que ela preservara para seu próprio uso. A mãe estava deitada como uma boneca numa caixa.

Foi mantida para dizer coisas, para que coisas fossem retiradas de sua boca. Sunny, você é maravilhosa. Sunny, você pode fazer qualquer coisa. Enquanto ela já pertencia a outro mundo, a filha usava aparelhos para prendê-la neste.

— Desculpe — disse à mãe. — Eu imploro, desculpe.

Inclinou-se na cama e colocou o rosto no braço teso e gelado da mãe, e soube, dentro do coração, que a mãe não estava com raiva dela.

Em algum momento do passado, houve uma ocasião em que ela disse "eu odeio você" para a mãe. Foi no Ensino Médio, quando Sunny se revoltou por ser careca, lutou contra isso e exigiu uma peruca. Tinha visto um anúncio de cura para calvície na parte de trás de uma revista sobre cavalos. É claro que o anúncio era destinado a homens, mas ele pulou da página da revista como se tivesse sido feito só para ela. O Orchid Cure era um produto feito de óleos naturais e extratos de plantas, comercializado por um médico indiano, Chandrasekhar. Ela bateu o dedo no anúncio na mesa de jantar conforme a mãe observava com serenidade e em silêncio.

— É uma farsa — disse a mãe. — Não há cura.

— Você não sabe disso! — gritou Sunny, tomada por uma onda de calor no rosto. — Você não sabe o que eu tenho.

— Você precisa se acalmar, querida. Não faz sentido ficar surtando.

— É disto que preciso — insistiu Sunny, jogando a revista no outro lado da mesa. — Isso foi feito pra mim. Por que não me deixa tentar? Eu pago com o meu próprio dinheiro.

A mãe balançou a cabeça; não se aborrecia, não discutia.

— É bom querer coisas, Sunny — disse ela. — É bom até precisar delas.

— Eu odeio você! — berrou Sunny. — Eu odeio você!

Ela saiu furiosa da sala, mas não antes de ouvir a mãe dizer:

— É bom até odiar as coisas.

Uma enfermeira entrou no quarto.

— Quer que eu chame alguém pra você? — perguntou.

— Não tem ninguém pra chamar — respondeu Sunny. — A minha mãe está aqui, o meu pai morreu e o meu marido está no espaço.

A enfermeira assentiu de maneira consoladora.

— Tenho alguns documentos pra você assinar.

— Você vai fazer agora mesmo? — perguntou Sunny.

— Sim — informou a enfermeira, como se fosse óbvio.

Depois que os papéis foram assinados, ela levou Bubber ao banheiro. Vomitou calmamente na pia, o que irritou o menino, e chorou mais um pouco. Ficou preocupada em ter uma contração. Sabia que, estando grávida e sozinha na Terra, e sendo mãe de Bubber, teria que ser bastante prática quanto ao que acontecia. Teria que escrever o próprio nome onde fosse necessário e organizar coisas que eram necessárias. Não seria a pessoa que chora, que se encolhe embaixo da cama, que foge para o mato. Sabia que a mãe gostaria que ela fizesse o possível para manter o equilíbrio. Encontrava-se sozinha na Terra, no planeta inteiro. Maxon não estava em lugar algum do globo. Era uma situação única para ela. Era como se ele estivesse temporariamente morto. Se estivesse ali, faria aquilo tudo para Sunny e nem se importaria.

Ela imaginou uma caixa na qual pudesse colocar tudo o que acontecia com ela e com a mãe; uma caixa que pudesse abrir mais tarde, ou nunca mais. Sabia que devia colocar a vastidão da morte, o vazio das últimas horas de vida, o medo de se colocar perante o mundo sem um mediador, pois, se continuasse com essas coisas nas mãos, não conseguiria continuar vivendo, dirigindo, alimentando um filho e gestando outro. Então, inventou a caixa. Cabia embaixo da cama, ao lado da outra que continha a morte do pai e toda aquela tristeza. Então, poderia se mudar para uma nova casa e comprar uma nova cama.

Quando voltou do banheiro, a enfermeira estava pronta. Não havia muito o que fazer para matar uma pessoa entrevada, para deixar de mantê-la viva. O respirador tinha que ser desligado, o tubo, retirado da garganta da mãe. Em outra ocasião, o médico dissera que tirar o tubo da sua boca definitivamente a mataria. Já haviam discutido sobre aquilo tudo, quando Sunny estava adormecida sob a peruca. Naquela época, o mais importante era o que fazer para que a grama ao redor da casa da mãe na Pensilvânia fosse cortada. Foi para casa e disse para Maxon: "Ela parece melhor. Logo, logo volta pra casa. O médico garantiu." Ele disse que seria rápido. Sunny não percebeu que a situação era realmente delicada esse tempo todo.

— A senhora deveria ficar atrás da janela, onde pode proteger o seu menino. Virar a cabeça dele pro outro lado — disse a enfermeira. — Às vezes, acontecem coisas.

Que tipo de coisas poderiam acontecer? Ela se sacudiria? O corpo cairia da cama? Balançaria como um homem na corda-bamba? Talvez fosse preciso que ela saísse correndo pela porta que deslizava com um barulho, que se soltasse no universo. Sunny saiu do quarto, mas isso era errado. Ela sabia que precisava de mais um minuto do coração pulsante, do cérebro transmitindo eletricidade. Mais um minuto antes de sua mãe morrer.

Voltou rapidamente para o quarto, empurrou a enfermeira e pegou a mão inchada da mãe.

— Mamãe — disse ela —, escuta.

Talvez fosse a última coisa que diria à mãe, que jamais saberia qual foi a resolução da guerra, jamais saberia o que aconteceu nos seus programas favoritos, não saberia se o bairro inteiro pegasse fogo ou se Sunny fosse presa ou se Maxon aterrissasse na Lua. Não saberia se o bebê havia nascido ou evaporado, nem saberia que era uma menina. Nunca mais diria nada. A última coisa que se lembrava de ouvir a mãe dizendo era que tinha um pouco de medo da nova faxineira. "Tem alguma coisa estranha nela", disse a mãe, "e não sei dizer o quê".

— Perdi a minha peruca — disse Sunny, abaixando-se para colocar a mão da mãe na própria cabeça. — Tirei e não vou colocar outra de novo. Tinha que contar isso pra você. Não vou mais usar peruca.

Ela sentiu a mão gelada deslizando por sua cabeça, sem força. Sem eletricidade. Abaixou a mão novamente e assentiu com a cabeça para a enfermeira, que desligou as máquinas. Sunny segurou Bubber ao lado do corpo e olhou para trás por cima do ombro. O médico Capitão Gancho estava no corredor. A mãe estava na cama. A enfermeira removeu o tubo de respiração, e um som ríspido soou, como o de uma máquina parando de funcionar. Porém, Emma não morreu naquele instante. A garganta respirou uma vez, depois outra. Ela continuou vivendo. Sunny olhou para o médico. Ele balançou a cabeça. Ela sentiu a janela de vidro entre eles se partindo em pedaços, explodindo por cima dele todo, como se o quarto tivesse estourado com a pressão que ela vinha usando para guardar tudo o que acontecia em uma caixinha apertada. O médico balançou a cabeça e entrou no quarto. Verificou o pulso da mãe.

— Ela está aguentando — informou ele.

— Você está brincando — disse Sunny.

— Não vai aguentar por muito tempo — falou o médico.

— Não posso ficar aqui. Tenho que ir.

O médico deu uma olhada desanimada nela.

Apenas Maxon poderia ter compreendido o que ela estava fazendo. Era como se existisse uma cachoeira de vidro, e comer o vidro fosse a única maneira de impedir que o bebê e Bubber se cortassem, então ela comia o vidro o mais rápido possível. Não podia parar de comer para dar explicações aos médicos. A mãe estava aguentando firme. Por enquanto, era o que fazia. Era decisão sua, não de Sunny. Escolha dela. Talvez, no final das contas, melhorasse. Sunny fechou a caixa, cheia e firme, e pegou Bubber pela mão.

— Dá um beijo na vovó — disse para o filho. — Temos que ir.

— Mas espera. Vamos ter que mudar sua mãe de quarto — disse a enfermeira. — Ela não pode mais ficar no CTI.

— Tudo bem, é só me ligar — falou Sunny.

O peso do hospital todo estava nos seus pulmões, pressionando o bebê. Precisava ir. Tinha que mover as pernas e tirar as crianças dali. Era o momento de se locomover. Quando um estilingue é puxado até o final, ele deve ser atirado. Não se pode ficar naquela posição para sempre.

A MÃE NÃO ESTAVA morrendo. Estava vivendo. Estava pensando. Dentro do casulo do seu corpo em falecimento, ocorria um processo de pensamento. Sem peso, locomovia-se pela memória e pelas outras coisas que existiam lá dentro. Permanecia presa, sempre, a um fio de dor e lamento que a segurava pelos braços e pelas pernas, ao torso no qual o tumor a devorada. No entanto, lembrava-se de tudo o que já vira. Era apenas uma questão de levar tudo à superfície, dar uma sacudida e virar tudo ao contrário.

11*

As primeiras memórias de Sunny eram da Birmânia. Quando tinha 3 anos, Sunny e os pais estavam sentados à mesa de jantar. No centro da mesa, uma tigela de peixe ao curry. Em outro prato, frango assado. Havia também salada verde com tomates fatiados. A família se encontrava ajoelhada ao redor da mesa sobre almofadas de veludo, e um pano azul estava sob os pratos. O pai esticou as mãos para o lado, e mãe e filha deram as mãos entre elas e para ele, que fez as orações de agradecimento. Um ventilador elétrico na janela mandava jorros de ar e o cheiro de palmeiras para lá e para cá na sala, balançando alguns fios de cabelo soltos de Emma.

Alguém bateu à porta. Ela viu soldados nas escadas. Emma pegou a filha e a colocou de lado, fora do caminho. Nu veio e a segurou também, protegendo-a. O pai estava afobado e rosa. Botas entraram naquele andar. Havia moscas sobre o curry. O ventilador ia e vinha. Sunny sentia medo. A mãe ainda mastigava o jantar, engolindo, tentando fazer com que descesse.

O pai fora desmascarado como missionário cristão e levado imediatamente como prisioneiro pela junta militar. Ele os entendeu perfeitamente quando se explicaram. O general Ne Win autorizou pessoalmente a sua execução, disseram os soldados. O general apenas queria fazer o certo. Não negava que Bob Butcher fosse um grande cientista. E quem o conhecia talvez se voluntariasse para dizer que ele não demonstrava nada além do carisma e da honra mais penosos. Nunca ofereceu a mão esquerda a nenhuma mulher, como ele mesmo disse, e esmagou todos os que queriam enfraquecer a união.

Mas como foi que esses homens de cinza das montanhas voltaram à sua casa, entraram no laboratório e abriram o armário secreto cheio de Bíblias e hinos? Quem contou a história que fez os soldados de faces chatas levarem Bob Butcher até a delegacia junto com a caixa empoeirada de uísque contrabandeado que tentou usar como propina? Ninguém queria dinheiro na Birmânia. Você podia se banhar em esmeraldas colhidas no seu jardim, mas não podia comê-las, fumá-las ou usá-las para matar os vizinhos. Havia templos banhados em ouro e, ao mesmo tempo, ninguém conseguia pegar um ônibus. Quem daria importância para as ofertas tilintantes de um missionário lavado de suor?

DEPOIS DE O MARIDO ser levado embora e de a porta ser fechada na cara delas, o coração de Emma Butcher se acelerou dentro do corpo. Ela foi para o quarto, levando a filhinha pela mão. Pegou uma imagem dourada de um dos deuses ancestrais da Birmânia; estava no armário embaixo das camisolas. Enquanto a filha observava, a mãe colocou essa imagem, O Jovem Senhor do Balanço, na sala de estar da casinha de bonecas de Sunny, bem no canto. Tirou um incenso de um dos bolsos do roupão e o acendeu com as mãos trêmulas, colocando-o na frente da casinha. Sunny foi se ajoelhar ao seu lado com Nu. Nu estava composta e sorridente, e cantou uma música. Elas ficaram encarando o deus em miniatura sentado no pequeno tapete na frente das cadeiras e da mesa de bambu. Sunny foi correndo até a cozinha e voltou com uma uva. As mulheres da casa escondiam esse animismo de Bob Butcher da mesma maneira que ele escondera as Bíblias dos comunistas. Nos seus mais de doze anos de serviço, Nu ensinou aquilo para Emma, e Sunny aprendeu das duas. Todos faziam suas cerimônias religiosas às escondidas. Batismo e sacrifício com frutas. Comunhão e incenso. Cheiros e sinos.

Emma rezou por bênçãos e proteção. A vida continuou sem o marido. Uma carta chegou depois de uma semana. Bob Butcher estava preso em Rangum e sua execução fora marcada para dali a quatro dias. Ela chamou Sunny, que estava no jardim de chás, e começou a empacotar a casa toda. Deu uma pequena bolsa de pano à menina e mandou que escolhesse qualquer tesouro que conseguisse colocar ali e que pudesse carregar sozinha. Sunny escolheu a imagem de ouro e alguns dos seus chapéus trançados. Um galho cujas folhas desabrochavam, coletado no jardim. O bule de chá que pertencia à família. Emma pegou algumas roupas e cuidadosamente reuniu todas as anotações da pesquisa do marido. Colocou tudo em uma pasta de couro com uma coleção de garrafas e ampolas, e tudo o que sobrou deu para Nu, além de um maço de dinheiro. Sunny chorou quando deixou a empregada, e ficou repetindo "Nu-nu" sem parar. Emma também chorou, e disse:

— Nu, assim que puder, vou mandar buscarem você. Não se preocupe. Ainda vamos nos ver de novo. — E deixaram o sítio ao pé da montanha para sempre.

Viajaram até Mandalay, as duas em um único assento de um ônibus caindo aos pedaços, Sunny no colo da mãe tapando o nariz e chorando ocasionalmente. Emma ficou sentada com a postura ereta, o rosto sem lágrimas. Manteve os olhos voltados para frente e a boca sem se mexer, nem mesmo a língua. Usou um pouco do dinheiro para comprar uma comida azeda de que não gostaram; Sunny sequer conseguiu comê-la. Emma gostaria de poder alimentar Sunny, mas ela já havia desmamado. Isso a teria feito se sentir melhor.

Foi assim que chegaram a Mandalay. A empoeirada vista do lugar onde estavam, às margens do rio Irrawaddy, não era bonita. A despeito de Kipling, não viam nem o pagode de Moulmein, nem o nascer do dia emergindo como um trovão. Entretanto, conseguiam ouvir o vento nas palmeiras, levando poeira consigo; um vento seco que as deixou com sede, e que girava os cabelos de Emma e a ponta do véu de Sunny. No final, deram um jeito de descer o rio em uma balsa conduzida por um homem gordo que trocou a viagem pela Bíblia pessoal de Emma. Levaram dez horas até Rangum.

As velas triangulares dos barcos de pesca arredondados formavam picos afiados contra o horizonte. Os chifres pontudos dos búfalos na água marcavam os locais onde estavam arrastando arados ou apenas caminhando no raso. Nada mais era protuberante. Pequenos vilarejos agrícolas abraçavam as margens do rio quente e reto, e canoas longas feitas de teca deslizavam, impulsionadas por bastões ou remos. Emma abraçava Sunny contra o peito e prendia as bolsas entre as pernas. Perto delas, uma senhora sentada em um cesto grande lamentava ter nascido mulher. Um jovem monge estava de cócoras embaixo do corrimão. Sua cabeça, e até mesmo as sobrancelhas, haviam sido raspadas em um ritual de iniciação. Emma tremia. Ninguém conseguia dormir em um barco como aquele, nem mesmo no rio Irauádi. Não dava para distinguir um monge comum de um espião do governo coberto com uma manta laranja.

OUTRA MEMÓRIA. ELAS ESTAVAM, bolsa de pano e pasta de couro em mãos, na praça diante do elaborado pagode Sula em Rangum. Sunny se lembrava do formato do rosto da mãe, tão sereno. A ponta dourada do pagode reluzente se erguia no centro da construção, camadas e mais camadas de ouro cada vez menores até o topo. Ao redor do pico central havia uma cerca de ouro e, atrás dela, algumas pessoas congregavam. O dia estava quente, e Sunny não descansara direito. Estava pendurada na mão da mãe. Deixou a cabeça cair para trás, por cima dos ombros, pescoço mole. No cume do pagode, havia um pequeno formato de chapéu e uma linda estrela.

A mãe trocava o peso do corpo de uma perna para outra, porém não se encostou na parede branca atrás delas. Ficou de pé com a postura reta. Na praça, Sunny viu uma mulher com aros de ouro em torno do pescoço. Os aros estavam esticando o seu pescoço, dobrando-lhe o tamanho, e, no topo, a cabeça da mulher era enrugada e reta. Viu os grandes *chinthes*, estátuas sagradas de leões, com dentes enormes e barbas verdes. Viu bebês marrons sendo carregados nas costas das mães. Viu um homem com apenas um braço e metade de uma perna onde deveria existir uma perna inteira. Estava sentado no chão. Viu crianças famintas reunidas em torno de sacos de lixo do lado de fora de um restaurante. Sunny tinha apenas

3 anos. Sua mãe teve que ajudá-la a lembrar mais tarde — as coisas que viu, as coisas das quais sabia. Algumas pessoas vestiam trapos, outras estavam cobertas com manta laranja. A mãe segurava a sua mão. E então algumas pessoas vestidas de marrom foram jogadas do terraço do pagode dourado, por cima da cerca de ouro. Ficaram balançando na ponta, e iam de um lado para outro, como se dançassem.

A mãe de Sunny a puxou, e as duas começaram a andar em direção ao porto. Sunny perguntou à mãe se elas veriam o pai em breve. A mãe disse que nunca mais o encontrariam. Anos depois, um levante violento contra o governo aconteceria na frente do pagode Sula. Milhares de protestantes seriam silenciados com golpes de baioneta no rosto. Após serem assassinados, ficariam deitados na rua com os crânios quebrados. O protesto seguiu por meses, até que as pessoas começaram a se perguntar se a Birmânia já havia sido um lugar bonito em algum momento do passado. Havia dor por todos os lados. Na Birmânia, as coisas pareciam nunca melhorar. Para Sunny e Emma, era o fim. Não queriam mais saber do país e do rio Irauádi. Não queriam mais budismo, imagens e monções. Entraram em um barco junto com outras pessoas e foram para a América. Deixaram todos os vestígios da Birmânia para trás.

Ninguém sabe que fim levou Bob Butcher. Mas pelo menos a sua esposa voltou para os Estados Unidos, onde Sunny começou sua vida como uma criança norte-americana.

12*

INTERNAMENTE, SUNNY NÃO ACEITOU DE VERDADE QUE O PAI estava morto. Não aprendeu a lição dos corpos dependurados. Dentro do seu coração, acreditava que ele havia sobrevivido. Talvez nunca tivesse sido colocado lá em cima, com o corpo balançando no pagode. Afinal de contas, ninguém viu seu rosto. Talvez tivesse ficado na prisão e escapado anos depois. Talvez tivesse fugido pela selva, confuso e, provavelmente, triste. Imaginá-lo como um fugitivo nesse mundo era mais agradável do que a outra possibilidade. Ela não tinha uma memória visual muito boa dele, nem mesmo logo que morreu. A memória de Sunny naquela época não registrava detalhes. Mas ela sabia dele, do seu formato largo, da energia devassadora ao seu redor. Gostava de imaginá-lo como um ser livre, livre como uma pantera.

Se o pai estivesse caçando nas florestas da Birmânia, procurando o seu lar, então ela nunca estaria sozinha neste mundo. Talvez ele acabasse se encontrando e fosse atrás dela. Poderia estar pronto para entrar em contato com ela a qualquer momento. No meio do trânsito da cidade, em qualquer carro que passava, lá poderia estar o rosto de formato indefinido procurando-a. Evidentemente, ele também teria suas razões para permanecer nas sombras. Seria necessário que fosse cuidadoso. Afinal, o que aconteceu com ele uma vez poderia acontecer outra. O contato humano poderia ter consequências.

Ela nunca identificou o rosto dele em outros veículos. No entanto, isso não a impedia de se perguntar se seu rosto chamava a atenção de outras pessoas que via, de homens de idade paterna. Achava que talvez o seu olhar cruzasse com o de uma pessoa que nunca tivesse visto um rosto como o dela. A pessoa talvez dissesse: "Siga aquela menina, preciso saber onde ela mora." Uma pessoa firme e distinta talvez aparecesse em sua porta, talvez se apaixonasse por sua mãe e se tornasse um pai. Talvez fosse o mesmo pai de antes, mas em um disfarce astuto. Durante a vida, conheceu homens que tinham um lado paterno. Um homem de cabelos grisalhos. Um professor que lhe disse: "Não vale a pena fazer uma matéria que não seja lotada de coisas pra decorar logo de cara. Tudo o que vale a pena começa dessa forma."

A tragédia da ausência do pai nunca chegou a ser um evento intensamente grave para ela. Quando Sunny cresceu e começou a entender o mundo, o pai se tornou parte dele. Uma parte já morta. Sua ausência era o retrato da família. Com o passar dos anos, ela tinha cada vez menos noção do que estava perdendo, mas isso não fez com que deixasse de sentir saudade. Fixou-se nele. Rezou por ele. Tentou pesquisar sobre ele, mas mal conseguia compreender. Dizia para si mesma: *Isto é familiar. Isto é meu, carne da minha carne, sangue do meu sangue.* Pensava: *Ele estava sentindo alguma coisa quando escreveu isto, quando estava vivo. Comunicou isto pra mim, outras pessoas que leem este artigo só recebem informações sobre esse sujeito de testes científicos e suas reações a todos esses óleos.* Ela sonhava que o pai ainda estava em algum lugar publicando, sob algum pseudônimo, mais propriedades químicas da flora da Birmânia, as pétalas primorosas de uma orquídea selvagem sendo amassadas em seu pilão.

A crença de que o pai ainda estava vivo não a impedia de contar histórias sobre a morte dele. Aprendeu rapidamente, quando entrou na escola, que ter um pai assassinado pelos comunistas aumentava imediatamente sua fama. Sem contar que já atraía certa notoriedade pelo simples fato de ser careca.

Na escola, mencionava Bob Butcher de vez em quando, chamando-o de "Meu pai que morreu", "Meu pai que foi assassinado pelos comunistas" ou "Meu pai que não está mais entre nós". Havia outras crianças na escola cujos pais haviam morrido. O pai de um dos alunos morrera de infarto aos 45 anos. Aquela pobre criança, depois de ter visto o túmulo do pai e de ter chorado lágrimas verdadeiras, nariz escorrendo, não conseguiu traduzir essa experiência em nenhum tipo de status social porque sempre chegava à escola com estrume nos sapatos marrons, então outras crianças não davam a mínima para o que o entristecia. Ele podia visitar o túmulo do pai; ninguém o abraçava. Contudo, havia muita curiosidade por parte da comunidade em relação à família de Sunny em geral. Então, uma das meninas de Foxburg, cuja família ainda tinha dinheiro, acabou pedindo a Sunny que contasse exatamente como seu pai havia morrido.

— O que houve com o seu pai? — perguntou essa menina a Sunny. — Como foi que morreu, afinal de contas?

Sunny, com instinto social muito forte, mesmo aos 11 anos, conseguiu fugir da pergunta. Em vez de desvendar o seu mistério naquele momento, foi sábia o suficiente para dizer:

— Vou contar pra vocês, mas não hoje.

Mascava o chiclete de maneira misteriosa; girou os olhos para cima e bateu a porta do armário. Depois abriu um sorriso brilhante e saiu andando pelo corredor.

— Um dia vocês saberão — disse Sunny quando foi pressionada por outra riquinha de rabo de cavalo e cachos severos da região. — Na semana que vem, provavelmente na aula de educação física. Na hora da corrida. É só me achar.

Sunny nunca fez exercício algum nem no ensino fundamental, nem no ensino médio, mas assistia aos treinos do time de corrida quase todos os dias. Tinha uma queda por um dos meninos. Alguns alunos se aproximavam, como sempre acontecia, para esperar por suas mães na saída, ou para matar a aula de educação física, ou o ensaio da banda, coisas do tipo. Agora, no entanto, estavam todos sentados perto de Sunny, que se sentava ereta no banco e assistia aos corredores dando voltas. Olhavam para ela com expectativa, mas ela não tinha muito que dizer sobre o assunto. No meio da semana, alguém disse:

— E aí, vai contar logo pra gente?

Sunny respondeu abruptamente que aquele seria o dia em que contaria tudo. Fechou o caderno de matemática com energia e o colocou ao seu lado; mordeu o lápis distraidamente e depois o jogou fora por cima do ombro.

— Meu pai morreu — disse ela — em um platô. Estava na região mais alta do Tibete.

A brisa morna soprou o vale verde, vinda do rio. A pista ficava escondida em um pequeno vale atrás da escola. Naquela terra de montes, não havia nem um acre de terreno plano no país inteiro, o que fazia com que ter piscinas fosse impossível. Crianças ao seu redor se viraram para ela, esqueletos obscurecidos pelo formato dos seus cabelos. Um casal usava chapéus. Seus traseiros faziam com que as arquibancadas estalassem; a tinta verde desgastada impregnava em suas calças jeans.

— Isso fica perto da China — adicionou ela. — No lado de fora. — Um dos alunos assentiu com a cabeça. Outro aluno olhou para um colega e murmurou baixinho que "Não fica, não". Os corredores passaram bem rápido, mais uma volta foi contada no asfalto. Sunny tossiu para limpar a garganta.

— Era inverno no Tibete — continuou —, e os comunistas tinham armas. — Agora os alunos se esticaram e prestaram mais atenção. Sunny uniu as mãos e as virou ao contrário, esticando os cotovelos. Deu um bocejo.

— Eram quantos comunistas? — perguntou uma menina.

— Três — respondeu Sunny. — Eram três comunistas de uniforme marrom. Eram os uniformes do Exército Popular de Libertação chinês. Eles deviam exterminar todos os missionários, até os que tinham mulher e filhos pra sustentar. Meu pai deixou a gente para fugir dos comunistas. Estava escondido em um monastério budista, mas, quando foram até lá, o encontraram. Ele estava em uma sala escura entre dois jarros de água feitos de barro. Devia estar rezando, ou alguma coisa assim. Entraram na sala e derrubaram os jarros no chão, um de cada vez. As tampas de barro se quebraram, e a água se espalhou por todos os cantos. Meu pai se levantou no meio desse bando de jarro quebrando e outras coisas de monastério e disse "Estou aqui". E eles o arrastaram até a montanha, até a pedra lisa. Tinha um bando de monges, hum, morrendo em volta dele, levando golpes de baioneta.

— Mas o que ele fez? — perguntou um menino de short vermelho. — Por que ele se meteu em confusão?

— Porque não era comunista, lógico — respondeu Sunny, com gentileza.

Os outros alunos olharam para o menino de short vermelho como se ele fosse um debiloide.

— Então, levaram o meu pai pra essa rocha, um de cada lado, e o outro marchando atrás. Isso foi desconfortável. Jogaram ele em uma parte plana do chão. "Você acredita no comunismo?", perguntaram pra ele. "Não", respondeu o meu pai. "Nunca vou acreditar no comunismo!"

A voz de Sunny ecoou na pista de corrida. Ela ergueu um punho magro e o chacoalhou.

— Eles chutaram o estômago dele e começaram a andar em círculos em volta dele, dando chutes. "Você acredita no comunismo?", ficaram perguntando, mas ele sempre dizia "Não!", e chutavam de novo. As botas dos oficiais eram secas e duras, e eles tinham pernas curtas. Mas não havia terra, não há terra no Tibete, apenas pedras. Esses soldados tinham rostos retos de orientais, mas muito duros e malvados. Aí, no final, todos se viraram pro meu pai, apontaram as armas pra cabeça dele, o levantaram até ficar ajoelhado e atiraram nele. Pra matar.

— Caraca — disse um menino, impressionado.

A mãe de alguém chegou ao estacionamento e deu uma buzinada. O grupo de corredores se separara, havia uma sequência longa atrás dos mais rápidos. Sunny observou um menino alto e magro de cabeça raspada correndo mecanicamente na frente de todo mundo. Outros o seguiam, ofegantes, conquistando mais um quilômetro.

— No Tibete, não dá pra enterrar as pessoas — continuou Sunny. — Não dá pra cavar; as pedras são muito duras. Então eles partiram o meu pai em pedaços com um grande machado de aço, e deixaram ele lá pros urubus. Não falaram enquanto faziam isso, só meio que pá, pá, pá. A pedra ficou lavada com o sangue dele, que formou piscinas vermelhas em vários lugares. Em seguida, desceram a montanha. Depois que os urubus comeram meu pai, os ossos ficaram secos, e no final tudo foi levado pelo vento e virou parte do solo. Ossos brancos.

— Como é que você sabe disso? — perguntou o cínico de short vermelho.

— Cala a boca, cara! — falou o menino ao seu lado, empurrando-o da arquibancada.

— Sunny, isso é horrível — disse a menina com rabo de cavalo encaracolado. — Você deve se sentir péssima.

Sunny assentiu e olhou para os corredores. Entrelaçou os dedos na nuca sobre o cachecol. Seus olhos estavam cheios de lágrimas.

SUNNY RECONTOU A HISTÓRIA na faculdade. Escreveu um poema sobre isso na eletiva de poesia. Nessa versão, seu pai ficou pendurado pelos pés em uma barra presa à parede de uma prisão na Birmânia.

A diferença era que a cabeça e os ombros dele estavam no chão. Ficou pendurado ali até morrer, e apenas a sua mãe pôde se aproximar dele, só pelo outro lado da barra de aço. A cela era escura e cheia de mofo. O prisioneiro estava pelado. A agonia, escreveu no poema, só aumentou diante dos mosquitos. A sujeira, informou aos leitores, só era amenizada pela morte. Por ser contra o governo, atividade subversiva, por danificar a república e pelo cristianismo, o seu pai foi enforcado e deixado lá para apodrecer.

Sua mãe caminhou de Mandalay até Rangum, corpo pesado de grávida, e teve a filha no escuro, em um matagal atrás de um palácio em ruínas. Colocou o bebê no seu próprio turbante, limpou-se e, naquela mesma noite, foi visitar o marido. Foi levada à cela dele, onde permanecia sozinho no final de um prédio comprido e baixo. Ela se aproximou da porta e o chamou. Passou o bebê pelas barras da cela para mostrar ao pai o que ele havia produzido. Um corvo estava sentado em silêncio na janela. Uma cobra passou por debaixo da parede. O bebê chorou e estremeceu ali no escuro, e o pai virou a cabeça torturada e abriu um sorriso ao vê-la. *Aquele bebê*, disse Sunny enquanto a turma discutia a sua obra, *era eu. Aquele bebê era eu*. Não adicionou o eclipse a essa versão da história. Achou que seria muito distante da realidade.

O poema foi publicado na revista literária da faculdade, e os alunos editores convidaram Sunny para ler a obra na pequena capela do campus. Ao fim da leitura do poema, houve silêncio na capela, seguido de aplausos.

Quando Sunny e Maxon se mudaram para a Virgínia, ela fez um *open house*. Convidou todo mundo que morava na mesma rua, e todos foram. Havia taças de Martini para todos. A casa estava perfeita, como se saída das páginas de uma revista. Tapetes em tom pistache, chão de tábuas corridas de nogueira, acabamento de níquel escovado nas lâmpadas embutidas e uma árvore artificial dourada, folhas reluzentes e curvadas como em uma árvore de dinheiro no canto da sala. Tudo era novo, até a poltrona e o banco de couro desgastado, mas tudo parecia ter 100 anos, como uma casa na qual decisões vitais foram tomadas; uma casa que foi deixada e para onde se retornou de viagens longínquas. Uma casa na qual tratados foram assinados. Uma casa genuína.

Haviam se desfeito da mesa de centro antiga, um pedaço gigante de vidro verde. Não era nem um pouco seguro para crianças, mas esse era o menor dos seus problemas.

— Não fica bem — disse ela para Maxon. — E, para ser franca, querido, nem você. — Maxon, assim como a magnífica mesa verde, não teria sido incluído nas páginas da revista. Sunny não queria vender a mesa, então a rolou até a rua dos fundos e a deixou ali, como um ponto de interrogação transparente na cidade.

Nunca levaria Maxon rolando até a rua dos fundos. Todavia, se tivesse como confinar Maxon no escritório naquela noite, teria fechado a grande porta pesada e selado tudo com fita adesiva, para que nem mesmo a menor marca ou indicação de Maxon aparecesse.

Não que ele quisesse estar na festa. Não foi o caso de dizer "Posso ir?". Na verdade, ele disse claramente:

— Não me sinto confortável com ninguém vindo nesta casa. Pelo visto, você convidou o bairro inteiro.

— Maxon, quanto mais, melhor — falou Sunny, animada e sorrindo para a pia enquanto lavava cenouras.

— Que frase horrível — comentou ele. Pegou uma Diet Coke na geladeira.

— Mas é sério, faz sentido no meio social — disse Sunny — e, neste caso, os números estão a seu favor.

— Como assim? — perguntou ele, abrindo a lata.

Ela gesticulou com uma cenoura em mãos e um brilho nos olhos.

— Quanto mais gente, menos você tem que falar, não é? Se eu convidasse só uma pessoa, você teria que falar muito. Mas, com vinte pessoas aqui, você pode desaparecer no sofá. Concorda, sorri, e ninguém vai notar.

Maxon tirou os ímãs da geladeira, o calendário da coleta de lixo, os cartões-postais e atacou com a canetinha. Ele sempre tinha uma dessas em algum lugar. Sunny gostava de ficar observando-o enquanto trabalhava, amava vê-lo transpondo as coisas para a sua língua. Em um momento como aquele, quando ele se desfazia de tudo, ela sabia que eles estavam se comunicando de verdade.

— Então, desse jeito? — quis saber ele.

$$\text{Se } n = \# \text{ de pessoas}$$

$$\lim n - \infty (1/n) = w$$

— E w é o número de palavras pelas quais sou responsável? — Fez uma pausa, esperando, canetinha ainda a postos perto da última equação.

— Sim, quero dizer, pode chegar a 50% se n for igual a dois. Como num jantar a dois, por exemplo. Mas, se n for igual a vinte, fica indiferente.

— Ótimo — disse ele. — Tá, tudo bem. Entendi o que você está querendo dizer. Mas, por enquanto, vou voltar pro meu escritório, onde n é igual a um.

— Maxon, onde n é igual a um, não há conversa!

Ela o deixou ir. Mas tinha que permitir que saísse do escritório, caso ele quisesse. Eles sabiam quem ele era. Talvez compreendessem o seu comportamento dentro do contexto. Quando chegou perto da hora, Sunny deu os toques finais na peruca, pediu à empregada que desse atenção especial aos rodapés, e torceu para que Maxon acabasse não aparecendo. Talvez se a casa parecesse magnífica o suficiente, não notassem a ausência dele.

O toque final favorito, pensou ela, era um armário de vidro onde ficavam suas raridades: uma imagem de um deus da Birmânia, um cesto de pinhos da floresta próxima à casa da mãe e, na prateleira de cima, uma caneta Mont-Blanc de 10 mil dólares. A caneta nunca fora usada, então ficava ali sob uma luz, completamente cheia de tinta. Ela a achou em um catálogo cheio de outras coisas do gênero, canetas tão caras que tinham que ser mantidas em armários, carteiras feitas de pele de carneiro, todas as coisas que pessoas reais usam, pais responsáveis, e não esquisitões que vinham de outros planetas ou continentes e decidiam ter filhos. Sunny olhava para ela com amor, como se fosse o seu verdadeiro marido, aquela caneta, feita de maneira tão perfeita e fundida com tanta elegância. Olá, diria aos convidados. Sou Sunny Mann e este é o meu marido, Maxon. E apontaria para a caneta. Todos os convidados inclinariam as cabeças na direção da caneta, assentiriam e sorririam. A caneta reluziria perfeitamente. Não diria nada estranho nem estalaria os dedos, fazendo um barulho alto.

Sunny estava grávida, ainda se acostumando à sensação de ter uma peruca na cabeça e à sensação de outra pessoa se movendo dentro dela, nutrida pela sua corrente sanguínea, segurando a respiração, esperando para emergir. Ela realmente tentava fazer com que tudo estivesse propício para o bebê sair. Realmente tentava corrigir os erros que haviam sido estabelecidos no universo, todos os pais omissos, a careca e a condição que as pessoas chamavam generosamente de "excentricidade", agora que Maxon era milionário.

Os primeiros convidados a chegarem foram Rache e o marido, Bill, depois Jenny e o marido, Roland. Outros chegaram. As mulheres permitiram que Sunny guardasse seus casacos e levaram os pratos cobertos com filme plástico até a cozinha. Havia biscoitinhos com cobertura e tigelas de carambolas perfuradas com palitos coloridos. Os homens concordavam, sorriam e se olhavam, e então começavam a conversar e se sentavam nas poltronas de couro, todas combinando. A conversa fluía apropriadamente.

Sunny se viu dizendo as coisas que devia dizer, coisas que seriam aprovadas pelos vizinhos. Percebeu que falava com uma energia confiante que anteriormente só sentiu em situações em que não usava a peruca. Esse jantar a fez se sentir bem. Fez com que sentisse que seu lugar era na peruca, no mundo das pessoas que passaram a vida toda com cabelos.

Não é uma peruca, é um chapéu. Não é um chapéu, é uma cabeça de cabelos. Não é uma cabeça de cabelos, é um uniforme, pensou ela. Enquanto isso, sua boca dizia alguma coisa sobre o jardineiro que todos contratavam. Sua boca concordava. Também deveria contratá-lo? Ah, ela ligaria para ele. No fundo, sabia que o contrataria, acharia algum problema nele e o despediria. Acharia outro jardineiro, alguém que todos adorariam. Eles não iam querer ser vistos com nenhum outro jardineiro podando os seus jardins. Em um mês, o jardineiro dela estaria aparando plantas para o prefeito. Sunny encheu os pulmões de ar. Seus pés mal tocavam os ladrilhos da cozinha. Pousou a mão graciosamente sobre o balcão, imitando o gesto de Rache quando tirou uma poeira invisível da superfície lustrosa da pia.

Então, a porta do escritório se abriu. Maxon saiu. Ela notou, pela primeira vez naquele dia, que ele usava uma camiseta do Joy Division e calças azul-claras de moletom. Não, ela balançou a cabeça para ele. Você não pode vir aqui vestindo isso. Volta pro escritório. Mas ele não olhou para ela. Carregava um quadro branco grande embaixo do braço e uma canetinha vermelha. A sala ficou em silêncio, e todos os vizinhos olharam para ele. Sunny olhou para ele e sentiu medo. Havia um labirinto no quadro branco. E ela não conseguia acreditar que ele tinha levado o labirinto dele para a festa.

Sunny sabia que aquele tipo de labirinto era um recurso medieval para meditação, uma entrada, uma saída. Um labirinto não é como uma confusão de caminhos sem saída. É apenas um grupo de idas e vindas que levam você inevitavelmente ao centro. Ela sabia disso porque conversava sobre isso com Maxon o tempo todo naquele momento da vida. Ficavam trocando informações sobre isso o tempo todo. Desenhavam esses labirintos em guardanapos, na frente da lavadora de louças, na careca de Sunny.

Na verdade, essa história do labirinto foi ideia dela no começo, pois fizera uma peruca nesse estilo na faculdade, as linhas e cantos de um labirinto oval se estendiam sobre os ossos e as partes planas da sua cabeça. No centro do labirinto, havia um pequeno inseto com a cabeça desenhada para dentro do couro cabeludo de Sunny. Mas Maxon não conseguiu esquecer isso; manteve fotos do labirinto dela, modificou-o, comparou-o ao famoso labirinto que viu em Chartres. Tornou-se obcecado com a ideia do processo de tomada de decisão como uma única linha — não um conjunto de galhos, não um diagrama, nada disso —, mas uma única linha dando voltas sobre si mesma. Ele tentava estruturar a sua lógica sobre inteligência artificial em torno dessa ideia — a de que o robô não lidaria com uma série de escolhas que se bifurcam, mas que vivenciaria uma sequência única de pensamentos, ao longo da qual decisões eram tomadas. E, assim que essas decisões eram tomadas, a escolha não utilizada não existia mais — na verdade, nunca existira.

— Se você olhar dessa maneira — disse Maxon certa vez —, tudo fica muito simples. Você precisa de cerca de metade dos códigos que acha que precisa. As pessoas simplesmente não conseguem se livrar do velho se/ou.

— As pessoas em geral? Ou as que fazem códigos? — Sunny queria saber.

— Os que fazem códigos são pessoas — respondeu Maxon.

Agora, Maxon foi até a geladeira e a abriu. Estava lá de pé com o quadro branco em uma das mãos, o labirinto desenhado virado para ele, e pegou um saco de ervilhas. Sunny se deu conta de que o marido se esquecera da festa. Ele abriu o saco com os dentes, colocou-o sobre a bancada e pegou algumas ervilhas; ainda olhava para o quadro, e estava com a canetinha atrás da orelha direita. Um dos homens tossiu para limpar a garganta e disse:

— Oi, cara.

A surpresa de Maxon foi real. Ele deu um pulo para trás, deixou o quadro branco cair no chão, fazendo um barulho alto, e olhou para o grupo de olhos arregalados que estava na sala. Olhou para Sunny. Estava balançando a cabeça, balançando bem devagar. Ela teve a impressão de que talvez o apoiasse demais, pois lá estava ele abrindo a boca, pronto para cumprir com o seu bocado da conversa.

— Nossa, OLÁ — disse Maxon, alto demais. — OLÁ, PESSOAL.

Pegou o quadro branco, engasgou-se com as ervilhas. Quando virou a cabeça, Sunny viu que ele estava com um fone de ouvido operado por Bluetooth.

— Maxon, desliga — disse Sunny, fazendo sinal para que tirasse o fone. Ele obedeceu como se houvesse escorpiões o mordendo; jogou o fone na bancada da cozinha. Conforme a conversa voltou a fluir na sala, Maxon foi andando até Sunny, mãos esticadas para lhe abraçar a cintura. Sunny viu a mão se aproximando, manchada por ser usada para apagar a canetinha vermelha; teve a certeza de que ele já deveria ter desenhado aquele labirinto de cinquenta a cem vezes desde que foi para o escritório depois do almoço. O borrão vermelho mancharia a jaqueta fofa que ela vestia — manga presa nos ombros de maneira artística, zíper balançando jovialmente em torno da sua barriga de grávida. Ela o segurou pelo cotovelo e tomou a mão dele nas suas, aproximando-o de si. Deu-lhe um tapinha nas costas.

— Está ótimo, está indo muito bem — disse ele, baixinho. — Indo muito bem. — Olhou para o labirinto fixamente; um dedo manchado de vermelho marcou um caminho nele.

— Que bom, amor — falou ela, com calma. — Por que você não volta pra lá? Pode levar um prato.

O olhar de Maxon, entretanto, havia encontrado o armário de curiosidades; ele olhava atentamente para a Mont Blanc que estava ali.

— O que é aquilo? — perguntou ele.

— Bem, é o armário, Maxon — respondeu Sunny. Fez um gesto incoerente e deu uma olhada nos vizinhos, como quem diz: "Sim, ele é estranho. Mas é superinteligente, fazer o quê?"

— Não — disse Maxon, tocando a fechadura do armário. — Estou falando da caneta. O que está fazendo ali?

— Ah, a caneta — falou Sunny. Ela sentiu um pouco de suor entre a cabeça e a peruca, que deslizou um pouco. Sentiu-se sem equilíbrio e fraca, como se o bebê tivesse virado um balão, como se a peruca fosse feita de cimento, como se fosse cair sobre a balaustrada, dentro do abismo. A sala ficou em silêncio. Todos estavam sem entender.

— O que uma caneta está fazendo no armário de curiosidades? — perguntou Maxon. — Isso é estranho.

— Não, é... — começou Sunny. — O catálogo...

— É meio estranho mesmo — contribuiu Roland, querendo ajudar. Levantou-se para olhar para o armário. — A não ser que... É a caneta do seu avô, ou alguma coisa desse tipo?

O fato de uma caneta não pertencer a um armário, apesar de ter sido mostrada dessa forma no catálogo, tornou-se imediatamente óbvio para Sunny, embora não tenha sido nada óbvio antes. Maxon olhou para ela, e os vizinhos olharam para ela, cabelos louros saindo dos poros da sua cabeça.

— Esses pinhos são da floresta onde cresci — disse ela alegremente. — E essa imagem — continuou, apontando para a pequena escultura de pernas cruzadas e chapéu pontudo. — Essa imagem é da Birmânia. Onde nasci. É um espírito guardião das florestas...

— Birmânia? — perguntou Rache.

— Isso, Birmânia. Hoje se chama Myanmar. Mas nasci lá. E meu pai morreu lá.

— Meus pêsames — continuou Rache, apoiando a mão sobre a jaqueta fofa de Sunny. A sua mão, assim como a de todo mundo, era levemente amaciada com pequenos pelos claros. Não era o caso da mão de Sunny, mas ninguém notava isso. Só queriam saber como o seu pai morrera.

— Ele era um missionário — disse Sunny. — Estava trabalhando lá, construindo uma igreja cristã lá. Mas isso era ilegal, segundo os comunistas. Ter uma igreja. Então ele foi preso. Infelizmente.

Ela estava apressando a história, deformando-a. Maxon, entretanto, tirava a caneta do armário, girando-a na mão, tentando fazer com que escrevesse no seu punho. Não estava escutando. Talvez achasse que já escutara aquilo antes. Ela se sentiu tão exposta... como se sua calcinha estivesse aparecendo, como se o teto da casa tivesse desabado, como se tivesse dito um palavrão na igreja.

— E levado pra cadeia — disse ela. — Pra cadeia.

— Nossa, cadeia, no outro lado do mundo — falou Rache. — Isso dá medo. Ele morreu na cadeia?

— Bem — comentou Sunny —, acabou escapando.

— Jura? — perguntou Bill, com seu tom extremamente alto. — Como conseguiu fazer isso?

— Não era uma prisão muito segura — respondeu Sunny. Pelo menos não estavam mais falando sobre a caneta. Quem gasta aquela quantidade de dinheiro num instrumento de escrita? — Estava em Rangum. Um forte britânico bem antigo, sem manutenção alguma. Na verdade, escapou colocando a manga da camisa entre um lado da porta e a parede quando a fecharam. Depois, a abriu quando o guarda foi embora, porque a tranca ficou emperrada. E, de alguma maneira, saiu do prédio. Ele, hum, vocês sabem, foi andando devagar pelos corredores escuros e tal. Mas, quando saiu, é claro que não estava realmente a salvo. Precisou entrar na selva. Estava escuro. Era noite. Ele rastejou com a cara no chão até sentir a escuridão espessa e completa da floresta da parte baixa da Birmânia. Aí soube que estava a salvo.

Agora a plateia se encontrava realmente com ela. Todos os olhos de coruja estavam virados para Sunny.

— Ele se levantou e correu pela floresta, embriagado com a liberdade. Como se nem ligasse para o que fazia ou para onde ia. E não percebeu, não sabia, na verdade, que tinha um barranco. Estava tão escuro que caiu no barranco e escorregou até o final dele, quebrando a perna. A fratura aconteceu de um jeito que ficou claro pra ele que a perna não daria conta de subir de novo. Pensou em esperar até de manhã e ficar atento, talvez alguém estivesse acampando por perto. Talvez algum pescador estivesse a caminho do rio.

Maxon parecia prestes a voltar para o escritório discretamente. Ela aumentou o volume da voz, e ele parou.

— Talvez uma criança correndo por ali que pudesse pedir ajuda. Ele sabia que não tinha como sair dali sozinho, mas sentiu medo de pedir ajuda e chamar a atenção dos soldados. Achou que, se fosse discreto, talvez não percebessem que ele havia fugido e não fossem procurar por ele. Mas se perguntou também se conseguiria sobreviver naquele barranco com os animais, os insetos... a selva da Birmânia tem muitas ameaças e, se você não estiver preparado, pode se dar muito mal.

— Mas e a perna dele? — perguntou Jenny com curiosidade, dando uma mordida no *pretzel* de amêndoa.

— A perna dele estava ruim, meio que andando em ziguezague — respondeu ela. Maxon se encostou na bancada da cozinha, o rosto agora mostrava atenção total; havia uma linha franzida entre suas sobrancelhas, indicando que a pessoa a quem escutava dizia algo interessante. — Ele mal conseguia ficar parado. Tentou se acalmar, tentou focar outra coisa, mas estava perdendo a consciência. Acho que devia estar em choque. Acho que desmaiou.

Jenny assentiu e colocou o resto do *pretzel* discretamente no prato.

— E, no final das contas, os soldados realmente acabaram indo até lá naquela noite. Chegaram com lanternas e, mesmo de olhos fechados, meu pai viu a luz se movimentando de um lado pro outro lá em cima. Com dor, e talvez um pouco em choque, acabou retomando a consciência, e, quando viu a luz, fez sinal. Foi um reflexo, como falar um palavrão se você fura a mão com uma caneta de ponta fina. O suficiente para alertar os soldados de que ele estava lá; viraram a luz para o final do barranco, e o encontraram.

— Merda — disse Bill, baixinho.

— Ele os chamou, mesmo depois de ver que eram soldados, e percebeu o que havia feito. Achou que fossem levá-lo de volta à prisão, talvez executá-lo; pelo menos que o tirariam daquele barranco. Mexeu a perna e sentiu como se estivesse sendo arrancada do seu quadril. Os soldados só falavam entre si. E falavam em chinês, então meu pai não entendeu. Apontavam a lanterna pra ele o tempo todo. Eles o viram ali, com a perna dobrada no formato de um sigma, coberto de folhas de pinheiro, onde tentara escalar o barranco. E foram embora. Sem falar nada, sem avisar nada, simplesmente foram embora e o deixaram lá. Não fizeram nada para salvá-lo. Decidiram deixá-lo morrer.

Maxon colocou a cabeça entre as mãos, cotovelos sobre a bancada da cozinha, escondendo os olhos. Depois levantou a cabeça, olhos claros.

— Nossa — falou ele.

— E ele morreu ali, naquele barranco, sozinho. Destruído sobre a perna quebrada.

— Vou voltar pro escritório — disse Maxon. — Boa noite, pessoal. Vamos colocar essa caneta aqui de novo por segurança. É a caneta que o tio Chuck usou pra assinar a Magna Carta, sabe.

ERA TARDE DA noite, três anos depois. Maxon tinha ido dormir. Sunny estava dentro do closet com as perucas. Escrevia no diário do tratamento de Bubber. Em uma prateleira comprida e baixa que tomava uma parede inteira, havia várias cabeças silenciosas de vidro preto. Ela comprara essas cabeças na Pier I, na década de 1990 quando estava na faculdade, na época em que começou a fazer as perucas. Eram peças baratas de decoração, mas ela as amava. Eram inescrutáveis e serenas. Opacas e desprovidas de cabelos. Ela as olhou e pensou: *A vida toda fui tão feliz e tão normal e tão tanto faz. Tipo, sim, tudo é tão alegre e festivo. Não há problemas. Não há careca. Não há pai morto pelo comunismo. Nada de estranho nisso. Nunca nem senti nada disso, não mesmo. Mas isso aqui, essa cabeça preta, é isso que ser careca significa. É isso que significa ser morta. É isso que significa ser eu.* Ela pensava sobre as cabeças dessa maneira naqueles anos turbulentos antes de se casar com Maxon. Depois passaram a ser engraçadas. E, mais tarde, viraram fantasmas.

Havia dez manequins, que viajaram com ela para a faculdade, para Chicago e para a Virgínia, embora fosse um saco encaixotá-los e despachá--los. Teve uma época em que se referia às cabeças como a musa. Agora, eram apenas porta-perucas. Independentemente do que lhe diziam no passado, agora estavam em silêncio. Na verdade, Sunny chegou até a virar o rosto delas para a parede. Não sabia que precisava de um closet com tanto espaço até tê-lo. Depois disso, o cômodo se tornou a sua cabine de ligação, a sua Batcaverna, a sua nuvem de fumaça depois de uma baforada. Ali, entrava careca, saía perfeita. Enquanto uma das paredes era cheia de armários, com divisões perfeitas para sapatos, vestidos e camisetas, a outra parede, iluminada com luzes embutidas no teto, constituía o banco de perucas. Ela podia sair do closet e fechar a porta, chamar as amigas no quarto para que vissem o novo ventilador sobre a cama, e elas jamais saberiam que, no outro lado daquela barreira quieta, havia dez cabeças pretas com dez perucas, completamente em silêncio.

Era aonde ia para escrever no diário de tratamento de Bubber no fim do dia. Era onde mantinha todas as suas coisas secretas, em pequenas gavetas embaixo da bancada das perucas, todas as suas possessões íntimas. Sentava-se em uma chaise-longue desgastada e tentava pensar no que escrever sobre como Bubber passara o dia. O médico queria um registro. Tinham que saber como os remédios diferentes o afetavam. Ela precisava manter tudo documentado.

Hoje, escreveu ela, *Bubber passou o dia escrevendo. Só comeu biscoitos salgados. Não fez contato visual. Só abraçou o cachorro voluntariamente.* O que significava para um menino de 2 anos passar o dia escrevendo? Ele ficava de pé na frente do quadro branco, de pijama, e preenchia as letras. Aa, Bb, Cc, Dd, Ee, Ff, Gg, e daí por diante. Quando preenchia tudo, apagava e recomeçava. Ficava de pé fazendo isso durante horas. Se ela lhe desse um maço de papel, ele preenchia tudo. Primeira página: Aa Ao. Segunda página: Bb BAÚ. Terceira página: Cc CÃO. Infinitamente. Desgastando as canetinhas. Enchendo a sala. Exaurindo-se. Acordava à uma da manhã e ficava acordado até às quatro horas lendo livros em voz alta, sozinho no quarto. Criando os sons das letras com a boca, recitando, lendo, dê o nome que quiser. Era o livro *Dez maçãs lá no topo*. Ele lia até que ficasse em pedaços. Ele era tão pequeno que mal conseguia pronunciar as palavras, mas conseguia ler todas elas durante cinquenta minutos sem se cansar. Eles tinham um exemplar do livro no segundo andar e outro no primeiro. Era assim. Foi isso o que aconteceu depois que ele conseguiu empilhar blocos sem problemas.

Sunny não sabia como escrever aquilo tudo. Não conseguia colocar os médicos a par da vida de Bubber com profundidade, a fim de que vissem o que realmente estava acontecendo. Teriam que ver por si mesmos, e não era possível. Ela não conseguia mostrar a eles, nem lhes contar. Causava muita aflição. Guardou o livro e se levantou. Foi até a gaveta que ficava embaixo das perucas e pegou um panfleto que havia recebido pelo correio. Dizia: "Perder Cabelos? Nem Pensar! A Fórmula Orquídea do Dr. Chandrasekhar Cura a Calvície." Na frente, uma foto linda de uma mulher com cabelos flutuantes e uma coroa de orquídeas. No outro lado, o endereço e todas as informações. Sunny pegou a correspondência e a levou para o quarto escuro, fechando a porta do closet.

— Acorda, Maxon — disse ela.

— Oi — falou ele. Sua voz era profunda. Depois de uma pausa, perguntou: — Que houve?

Não se virou, nem se mexeu. Ficou de lado, com as costas para ela, enterrado no edredom; uma das suas mãos segurava o ornamento em cima da moldura da cama, como sempre fazia quando dormia. Era como se estivesse se segurando para não afundar na cama. Ela ligou a luz do quarto.

— Vou tentar essa cura pra calvície — disse ela.

— Tá — concordou ele. — Mas é meio burrice. Mas você sabe disso.

Ele se virou; agora os dois braços estavam por cima do edredom, pressionando os lados do corpo.

— Não é, não — disse Sunny. — Vou fazer isso.

— Quer saber de uma coisa? De hoje em diante, vou fazer um sistema binário com você. Um pra "bom", zero pra "ruim".

Ele mostrou um dedo, simbolizando "bom"; depois fez um zero com a mão para demonstrar "ruim".

— Não é justo, você sempre fez esse sistema comigo.

— Sim, mas agora você tem a ajuda visual.

— Maxon, cala a boca, acorda. Vou comprar essa cura pra calvície.

Maxon mostrou um zero, olhos fechados.

— Vai se foder, você não sabe como é isso. Por que não posso tentar consertar?

— Não vai dar certo. É enganação.

— Você nem olhou.

Maxon se sentou na cama, piscou demonstrando desconforto e esticou a mão. Estudou o panfleto.

— Chandrasekhar, conheço esse nome.

— Ah, já devo ter mencionado isso pra você antes. Quis tentar há anos. A mamãe disse não.

— Não, conheci esse cara. Bioquímico voduzeiro ou alguma coisa assim.

— Onde o conheceu? — Sunny se sentou na cama, ao lado de Maxon.

— Ahhh, na casa da sua mãe, quando você estava na faculdade.

— O QUÊ? — berrou Sunny. — Você conheceu esse tal de Chandrasekhar na casa da mamãe? Maxon, você tá louco. Como assim?

— Ele estava lá, e eles estavam, tipo, acho que os dois estavam se beijando ou algo do tipo.

Maxon devolveu o panfleto a ela, deitou-se novamente, cobriu-se e se virou de costas.

— Ah, não — disse Sunny. — Levanta. Levanta. Levanta. Não, não, você está me dizendo que tinha um cara na casa da minha mãe e que eles estavam se pegando? E que era esse cara da calvície? Você não ia me contar isso nunca? Preciso fazer perguntas sobre todas as situações hipoteticamente possíveis pra ter certeza de que você não se esqueceu de me contar alguma coisa importante? Maxon, do que você tá falando? Pode contar a história toda, imediatamente.

Ele suspirou, mas não se virou.

— Eu fui na casa. Entrei sem bater. Tinha um homem na cozinha. Ele estava abraçando a sua mãe. Ela estava corada. Perguntei sobre o aquecedor de água, pois ela estava tendo problemas com ele. Ela disse que já estava bom. Disse que aquele era o Dr. Chandrasekhar, um bioquímico da Birmânia, que conhecia o seu pai. Eram amigos. Colegas de trabalho. Ela pediu que eu fosse embora. Eu fui.

— Maxon, eles estavam se beijando?

— Provavelmente.

— Minha mãe beijando um médico de vodu da Birmânia... duvido muito — disse Sunny a si mesma. — A não ser que...

Ela não disse a Maxon que talvez soubesse o motivo. Ela achava, e sempre achou, sempre soube, que o Dr. Chandrasekhar era o seu verdadeiro pai. Agora tinha quase certeza. A cura da calvície, a visita à mãe na Pensilvânia, era tudo muito estranho. Qual a possibilidade de aquele homem realmente ser um colega de trabalho? Por que se interessar na careca, então, se foi uma obsessão do seu pai? Ela colocou o panfleto na gaveta e apagou a luz. Não perguntaria nada sobre isso para a mãe, não seguiria as pistas. Iria direto até o Dr. Chandrasekhar e o confrontaria. Apertaria a sua mão. Olharia bem dentro dos olhos dele e diria: "Pai? Papai? É você? Por que nos deixou?" Ela simplesmente ficaria pensando nisso a vida inteira, processando a informação na cabeça. O pai visitando a mãe. A cura da calvície enviada pelo correio, como uma carta de amor diretamente para ela. Sunny a manteria intacta, não mexeria nela. Isso seria adicionado à narrativa, seria uma das ramificações. O seu diagrama não era um labirinto. Havia várias alternativas, e todas reais. Ela se sentia energizada por essa nova descoberta, como se um galho novo tivesse surgido em uma árvore, perfurado o céu, desabrochado em folhas, erguindo-se ali, balançando, novo.

— Talvez não compre esse negócio da orquídea no final das contas — disse ela a Maxon quando apagou a luz. Foi até a cama. — Quer tentar curar o que está me deixando nervosa, amor? — sugeriu ela, ao se cobrir. Com a ajuda da luz da rua, ela viu que Maxon estava mostrando apenas um dedo, representando um "bom".

13*

HAVIA APENAS ALGUNS INCIDENTES INSIGNIFICANTES NA MENTE de Maxon entre o momento em que nasceu e o que se casou com Sunny. E, na sua mente, eles variavam entre dolorosamente significantes a vastamente significantes. Na sua vida, eram como contas em uma corrente. Eram as únicas coisas das quais realmente conseguia se lembrar que envolviam falar.

O PRIMEIRO COMEÇOU ÀS 13h45 no dia 4 de julho de 1987. A temperatura no celeiro de vacas era de vinte graus. Uma bruma se deitava sobre as montanhas, coagulando-se naquele vale. O menino estava a 40 quilômetros ao norte de Pittsburgh, 40 quilômetros ao sul de Erie, entre uma colina dos Apalaches e outra. Um sol fraco de verão vinha por entre as nuvens, mas sem feri-lo. Uma chuva branda havia caído às 13h35. O menino colocou um dos pés endurecidos na camada mais baixa de arame farpado e fez força para baixo, puxando a camada superior com a mão. Separando as camadas, passou por entre elas com perícia e deixou a propriedade do pai. Assim que passou, começou a correr. Correu vale abaixo, mais cinquenta passos correndo, pés descalços escorregando nas folhas mofadas e pinhos. As samambaias lhe chicoteavam as pernas descobertas.

Fez uma pausa no riacho na base do vale, ossos do peito expandindo e contraindo em torno dos pulmões ofegantes e do coração disparado. Com o riacho até os joelhos, abaixou a mão e buscou água para beber, depois a levou ao rosto como um caçador, olhos na margem arenosa. Pegadas de guaxinim, pegadas de veado e, de repente, pegadas de humano. Pés humanos em botas, em todos os cantos, e uma pegada delicada marcada na beira do riacho onde a areia virou lama. Era pequena, a pegada de uma criança. O menino deixou a água escorrer entre os dedos. Subiu a margem de onde veio e se aproximou de um toco. Colocou a mão dentro dele e pegou uma pedra que cobria uma abertura. Com o toco até as axilas, puxou o esqueleto de um esquilo adulto, algumas pedras e lascas de madeira em formatos estranhos, um maço de dinheiro e uma sacola de papel. Na sacola, havia uma vela bem antiga. Pegou um pedaço de hortelã grudenta e o colocou no bolso do short.

O menino voltou à pegada e a estudou de perto, ensimesmado; seu nariz afinado estava bem próximo das endentações em formato de ervilhas que eram os dedos dos pés. Colocou o próprio pé imundo sobre a pegada, como que para unir as formas, porém não moveu nem um grão de areia naquela impressão preciosa. Em vez disso, pressionou o cabelo com as mãos, alisando-o, ordenando-o. Passou as costas da mão no rosto, adicionou água, e usou a bainha da sua camiseta branca rasgada para limpar as bochechas. Deu um sorriso de vencedor para o seu próprio reflexo no riacho. De repente, sua expressão se tornou tesa, raivosa, selvagem; rosnou para a água. Seu rosto ficou branco. Levantou as sobrancelhas, arregalou os olhos, mostrou todos os dentes. Rosto branco de novo. Finalmente, franziu o rosto, levantou-se e começou a subir o monte oposto.

Na frente da velha fazenda, no outro lado da estrada, o menino parou nos arbustos altos. Em meio às plantas leitosas, esperou e observou, agachado e curvado. A velha fazenda não estava mais vazia. Ele sabia, olhando para o local, que não poderia mais entrar por uma das janelas e dormir ali quando precisasse. Havia cascalho novo na entrada. Havia janelas novas com molduras bem brancas. Ele havia escutado o som de um carro e o som de um machado no dia anterior. Imaginou um ladrão demolindo a varanda decrépita, vendo o painel de castanha cheio de vermes, usando uma alavanca. Sabia que painéis eram caros porque tinha escutado o pai e os irmãos falando sobre isso.

Sentiu raiva dos intrusos. Decifrara todos os livros na velha casa, dizendo cada palavra em voz alta, uma após a outra. Decifrara-os sob a luz de velas amareladas, embaixo da bancada da cozinha. Havia um livro inteiramente de letras, setas e números. Havia um conjunto de volumes de couro com a palavra "Dickens" na lombada, quinze volumes, de cinco a dez centímetros de grossura, grandes feito a tábua de corte da mãe. O menino se lembrava do comprimento de cada parágrafo, e também da largura deles. Como ousa outro vadio desmantelar essa casa? Havia uma van na entrada, e, no pátio da frente, um ser humano se pendurava em uma corda, balançando-se para a frente e para trás, para a frente e para trás, sessenta graus para um lado e para o outro.

Ele separou as folhas com as mãos para ver melhor. Seu rosto estava rodeado de folhas, suas mãos as seguravam nos lados. Olhou para o outro lado da estrada de terra e viu o humano que fizera as pegadas no riacho. Era uma criança. Estava sentada sobre um pneu todo cortado. O pneu fora preso em uma árvore e ia para a frente e para trás, para a frente e para trás. Conforme fazia esse arco, também rodopiava, de modo que girava e balançava ao mesmo tempo. O rosto da criança girava para ele, via-o, e depois ia para o outro lado, girava, passava pelo pátio todo, pela casa, e mais uma vez se voltava para ele. Na volta seguinte da criança, o menino já havia corrido pela estrada e estava de pé na pequena escada na beira da rua. A criança do balanço botou o pé no chão e parou de girar e balançar. Olhou para o menino com olhos bem abertos. Permaneceu olhando intensamente.

— Quem é você, um menino? — perguntou a criança.

— Maxon — respondeu o menino. Encontrava-se de pé totalmente esticado, joelhos se tocando, calcanhares firmemente unidos naquele retângulo de pedra musgosa.

— Sou Sunny — falou a criança. — Sou uma menina. Quer girar nisso daqui?

A casa estava vazia desde que Maxon conseguia lembrar. Ele a achou quando era bem novo, enquanto explorava o mato. Já havia explorado o município inteiro. Era um dos lugares onde dormia. Havia outros também, um chalé em formato de A, 168 árvores depois da velha fazenda seguindo o fio de eletricidade, um abrigo para caça em uma árvore perto da linha de trem. Algumas pessoas lhe davam comida, incluindo sua família, e outros além dela. Havia uma mulher em um trailer que achava que ele era mudo. O menino nunca falava com ela. Mantinha-se longe das casas pintadas de branco que faziam ângulos retos com o chão. Durante os meses de aula, ia para a escola o máximo que podia, de ônibus. Tinha 7 anos, 4 meses e 18 dias. Ou 2.693 rotações da Terra.

Naquela ocasião, Maxon subiu no balanço feito de pneu, Sunny o empurrou, e ele brincou com ela. Quando começaram a rir, outra pessoa veio à porta da frente. Maxon nunca tinha visto nenhuma das portas da casa aberta; achava a velha casa impenetrável, exceto por esquilos e por ele. A mulher era alta e usava uma saia comprida. Tinha longos cabelos louros presos em marias-chiquinhas, como se fosse uma criança.

— Sunny, o que é isso? — perguntou a mulher.

— É o Maxon — respondeu Sunny. Falou com um pedaço de hortelã dentro da boca. — Ele vai jantar aqui. Maxon, essa é a minha mãe.

Outra mulher veio por trás da mãe, e essa era marrom. Maxon jamais vira uma mulher daquela cor. Era baixa e segurava um machado. Seus braços estavam cobertos de poeira.

— Nu, coloca outro lugar na mesa, por favor — disse a mãe. — Sunny arrumou um amigo.

À mesa de jantar, Maxon se sentou na diagonal da mãe e da mulher marrom, e na frente de Sunny. A menina ordenou a ele que comesse vários legumes que ela parecia não querer. Maxon comeu um bocado de abobrinha e disse:

— Gosto de abobrinha. Temos abobrinhas selvagens. Elas crescem no quintal. As sementes que tenho lá são de quatro gerações de abobrinhas do mesmo quintal. Também posso comê-las cruas. Como se fossem bananas, mas sem tirar a casca.

Quando contou isso, Sunny colocou as mãos nas orelhas, como xícaras ao contrário. A mulher marrom franziu os olhos, e a mãe assentiu com a cabeça.

Ele se recusou a tomar banho quando a mãe deu a ideia, mas permitiu a ela que lhe escovasse os cabelos e o cobrisse com um cobertor. Ela ficou saindo da sala e voltando, passando as mãos na saia longa. Suas sobrancelhas estavam franzidas. As mulheres tinham colocado os móveis do jardim na sala de estar; Maxon viu que era tudo à prova d'água. Antes, naquela sala, havia uma cadeira que abrigava ratos, e uma espreguiçadeira de veludo vermelho. As duas crianças se sentaram em um sofá que balançava; hastes de metal seguravam a moldura do móvel. Balançava para a frente e para trás, ou de um lado para o outro. Os pés de Maxon tocavam o chão, mas Sunny mantinha os seus cruzados.

— Ele está passando fome! — disse a mulher marrom na cozinha, onde esbarrava em pratos pela pia. — Olha pra ele! Parece um palito de dentes!

— Onde você mora? — perguntou a mãe de Sunny.

Maxon apontou para fora da casa.

— Vamos — falou Sunny. — Vamos brincar.

Maxon pegou a mão que ela ofereceu. Os dois foram para a macieira e começaram a catar maçãs. Ainda era metade do verão, mas algumas maçãs já haviam caído. Abandonadas e sem esperança como frutas, mordiscadas por veados, rosadas em uma das faces. Maxon achou que Sunny jamais comeria aquelas frutas, como ele fazia de vez em quando.

Às vezes, enquanto brincavam, a mão de Sunny tocava a mão ou o braço de Maxon, como se ela quisesse sentir se ele estava com febre.

— Onde você mora? — perguntou Sunny. — Me leva lá?

Maxon balançou a cabeça. Jogou uma maçã no meio da janela do velho celeiro, pontaria perfeita. O vidro se quebrou em pedaços lá dentro. O menino jogou outra maçã, que passou pelo mesmo exato buraco. Sunny o observou. Quando jogou uma maçã, caiu perto demais.

Ao ouvir o som de vidro se quebrando, a mãe abriu a porta de tela de novo, e o barulho feito quando a fechou dava para ser ouvido na montanha do outro lado do vale, embaixo da bruma.

— Maxon, vou levar você pra casa — disse ela. — Pode me mostrar onde fica?

Maxon pensou em fugir, mas a mulher alta de cabelos com tranças fez com que ele entrasse. Ela tinha todos aqueles livros e todas aquelas velas. Havia uma maciez severa em seu rosto, e os dentes, tão brancos e retos, faziam com que ele não conseguisse parar de olhar. Entraram na van. Sunny se colocou ao lado da porta do carro, dando adeus com tristeza. Maxon ficou olhando para os pés dela, que não estavam descalços, e não faziam marcas no chão; havia sapatos de couro bem presos nos seus dedos por uma faixa grossa. A van se moveu, e o cascalho novo foi esmagado sob os pneus.

O QUE ACONTECEU DEPOIS não importava. Maxon não se lembrava porque não estava na sua memória.

ENTÃO A VAN voltou pela mesma estrada, esmagando cascalho. A mãe o levou pela mão de volta à cozinha e lhe deu uma banana. Ela mandou que ele se sentasse no banco atrás da mesa, que fora construída na parede. Era vermelha, e os ratos a haviam mastigado até abri-la, revelando o estofamento. Ele descascou a banana e começou a comê-la.

A mãe disse à mulher marrom:

— Bem, não tinha ninguém lá. Mas posso dizer uma coisa pra você. Havia ovelhas morando em carros enferrujados. Quis dizer vivendo mesmo. E porcos.

— Mentira — falou a mulher marrom.

— Nu, o lugar está caindo aos pedaços e não tem ninguém em casa. Chamei, berrei, toquei a campainha, e quer saber o que aquela criança falou pra mim? Aquela criança de 8, 9 anos?

— O quê? — perguntou Nu, guardando o jantar.

— Ela disse: "Eles foram pra cidade." Dá pra acreditar nisso? Ele é só um pouco maior do que a Sunny. E deixaram o menino na chuva com aquele — e aqui ela começou a tossir — short. E foram pra cidade. Nu, você precisava ter visto o lugar. Acho que tem uma mula na antessala.

Uma hora depois, foram todos assistir aos fogos. Maxon vestia um cobertor e ficou correndo em círculos pequenos e concêntricos em torno de Sunny e Emma, que estavam sentadas em um pasto sobre uma velha manta de crochê, esperando pelas explosões. O campo onde estavam sentadas havia sido aparado recentemente, e o feno fora colhido. Pinicava como a barba de um pai, mesmo com a manta. Sunny se sentou no colo da mãe e lhe abraçou a cintura com as pernas.

— Tem um morcego — disse Sunny. — E tem o Maxon.

A mãe riu, abraçou a filha. Maxon ficou olhando as duas. Dava para ouvi-las falando. Sunny disse que não queria ver os fogos; ficava se distraindo com o menino e com os morcegos.

— Aquele é o Maxon, e aquilo ali é um morcego — repetiu ela.

Quando os fogos começaram, Maxon se assustou com o barulho. O show aconteceu ao redor deles, mas o menino não levantou a cabeça. Estava escuro, e, do nada, vinha um flash, e depois o escuro, e um branco intenso. O cheiro do feno era forte para ele, que percebeu o odor de vacas ali perto também.

— Temos que levar ele pra casa depois disso — disse Emma.

— Não, quero ficar com ele — falou Sunny. E Maxon continuou correndo.

As explosões dos fogos ecoavam pelo vale, amplificadas pelo rio, ricocheteando pelas montanhas nos dois lados.

— Não — disse Emma —, ele tem que ir pra casa.

— Mas gosto dele. Quero ele — insistiu Sunny.

Quando os fogos acabaram, as duas crianças foram para o assento traseiro, enquanto Emma dirigia, murmurando para si mesma e balançando a cabeça. Talvez estivesse treinando o que diria. Maxon se sentiu muito bem por estar ali sentado no escuro com uma menina — o barulho repentino de chuva nos pneus, o piscar, o mosaico estranho de luzes no teto do carro, a parte de trás da cabeça da mãe. A menina buscou a mão de Maxon, e ele a deu. Ele era mais alto. Ela, mais rápida. Os dedos dos pés dele estavam virados para dentro do sapato pequeno demais. Quando pararam em uma interseção e ele viu que estava perto de casa, saiu do carro e foi para a chuva. Ninguém foi atrás dele. Estava escuro demais, e o menino já havia partido, escorregando pelas madeiras tombadas e molhadas, sob as folhas que gotejavam.

— Volta amanhã — Sunny dissera no carro, apertando a mão de Maxon. — Não esquece.

Provavelmente, se ele fosse impiedosamente honesto consigo mesmo, aquele foi o momento em que ele se apaixonou.

Foi quando isso aconteceu.

14*

Lá na Terra, que girava em torno do próprio eixo preguiçoso e inescrutável, o cérebro da mãe ainda recebia oxigênio do próprio sangue. Estava respirando, e havia respirado a noite toda, puxando o ar em suspiros ríspidos. Quando amanheceu nos arredores do hospital, ainda estava viva. Foi do CTI para um quarto privado em uma maca de metal, mas seu corpo não tinha consciência disso. Ele só se concentrava na parte de dentro. Os órgãos estavam repletos de pequenas moções, de processos escuros. O corpo se preservava contra a morte, negando sua própria condição apodrecida, vivendo. Fazia o mesmo que todos os outros corpos da Terra faziam, cada um nas suas próprias caixas-quartos, corredores compridos e sótãos escuros e passando por autoestradas em carrinhos e pelos trilhos em compartimentos fechados. O corpo estava protelando a morte só por um pouquinho mais. Era um feto num útero, sem vontade de sair, embora o trabalho de parto já tivesse começado, com as contrações e o sangue se tornando mais ralo.

O quarto escuro, as paredes gotejantes, a entrada ensanguentada, as contrações pertinazes do corredor sofriam a resistência da mãe. Nenhum robô a ajudava agora. Foram todos removidos: o de respirar, o de circular e, principalmente, o de monitorar, o que apita. Estava sozinha em sua cama; só sobrou o robô biológico dentro da cabeça para manter as células vivas. Estava distante da família, distante da história e, quanto mais o quarto se adentrava nela, mais o cérebro se arrastava de volta. Não morria. Não podia morrer. Via a filha em um sonho, vagando como um gatinho calçando botas, balançando as patas, correndo e dando de cara nas paredes. Não podia morrer e deixar Sunny ali na Terra.

NA CASA ESPAÇOSA da avenida Harrington, Sunny estava de pé ao lado da bancada da cozinha, careca feito um ovo, cortinas escancaradas, e abriu três frascos laranja que continham os remédios de Bubber. Arrumou-os na sua frente sobre a superfície lisa de granito. Bubber estava ao seu lado, solenemente, com o pijama de corpo inteiro enrugado nos tornozelos, preso na cintura. Esperava para tomar o remédio. Depois, assistiria a dois episódios de *As pistas de Blue*. Em seguida, partiria para a escola. Neste dia, porém, Sunny decidiu que ele não tomaria o remédio nem iria para a aula. Ficaria em casa sem tomar o remédio. Veria o que aconteceria. Veria se a casa cairia. Veria se os médicos ficariam de pé no jardim, mexendo em pranchetas e ajustando os óculos. Se ela tivesse que travar a porta e colocar um sofá na frente dela, ninguém entraria para dar remédio ao filho. Se as paredes desabassem, se ele virasse um lobisomem e a devorasse, se ele dissesse claramente: "Me dá o remédio. É o que quero de verdade, secretamente", ela não cederia. Aprenderia exatamente o que ele era sem o remédio para facilitar as coisas. Ela o observaria o dia todo. Se um surto viesse, ela se sentaria sobre ele.

— Não tem remédio hoje, Bubber — disse Sunny. Esvaziou os frascos na bancada, e as pílulas se misturaram, azuis e brancas com cápsulas verdes. Bubber ficou olhando. Estava com o cobertor sobre os ombros, uma camisa de flanela de Maxon, antiga e macia, cheia de buracos. Seus olhões azuis a espiavam. — Tudo bem — disse para ele, com carinho. — Sem escola e sem remédio.

— Cadê o papai? — perguntou Bubber, alto feito um pato. Quando acabou a pergunta, respirou pela boca, que ficou aberta.

— Papai está no foguete. Está levando os robôs pra Lua, mas tenho certeza de que se sente feliz por você estar pensando nele.

— Eu sei — falou Bubber. Olhou para o relógio. — *As pistas de Blue* — disse ele.

Sunny arrastou as pílulas para o lixo, e elas caíram pelo chão e no fundo do saco, bem na parte molhada. Viu Bubber andando até a sala. O que aconteceria? Ela achou que talvez fosse melhor colocar o capacete nele. O menino colocou o DVD com perícia no aparelho, apertou o botão do controle remoto e se sentou na frente da TV. Seu rosto se iluminou quando os personagens apareceram na tela, e ela o viu cantando, falando, levantando e abraçando os ombros junto com Steve e Blue. Tinha memorizado tudo. Elmo também. E tudo do Dr. Seuss. Memorizou as entonações e as expressões faciais. Sempre conseguia imitar. Era uma réplica impecável, não importava quantas vezes tentasse.

Talvez, sem o remédio, tivesse expressões faciais suas. Uma expressão nova. E temeu que fosse de ira. Ou de pena. Ou de ódio. O que o seu cérebro produziria perante o poder de produzir o que quisesse? De repente, o hospital ligou. Disseram: "Sua mãe ainda está viva. A senhora vem visitar hoje?" Ela respondeu: "Vamos ter que esperar pra ver. O meu filho não está muito bem." Eles disseram: "Ela não vai resistir por muito tempo. Esta pode ser a sua última chance de dizer adeus." Sunny já dissera adeus. Não queria dizer novamente. Queria que aquele dia fosse dali a dez dias, ou dez dias passados, ou dez anos antes, quando ela ainda estava comprovadamente viva, antes de tudo acontecer: o câncer, as gestações, as perucas. Tinha muita coisa acontecendo ao mesmo tempo, e uma delas teria que desaparecer.

Sunny passou a mão na cabeça. Tirara a mãe das máquinas. O filho, da medicação. A si própria das perucas, sobrancelhas, da fantasia de dona de casa urbana. Não podia fazer mais nada para apressar o fim do mundo, mas o fim do mundo se recusava a vir. Alguém tinha que bater à porta, dizer que ela não dava para aquilo, acabar com a mentira; mas ninguém vinha. Os sons da trilha de *As pistas de Blue* tilintavam na sala com o eco pacífico de Bubber, e Sunny desejou que Maxon desse meia-volta com a espaçonave e viesse logo para casa. Andou pela casa, pisando no chão de nogueira escura, aquelas placas largas polidas semanalmente, tingidas com perfeição. Parou atrás da cadeira vazia de Maxon, no escritório vazio de Maxon, e olhou para a sua mesa de trabalho. Dentro dela, em algum canto, havia papéis oficiais que em breve seriam necessários. Ela precisaria do testamento da mãe. Precisaria dos documentos do seguro. Os da mãe, talvez os de Maxon. Afinal de contas, talvez ele nunca mais voltasse. Astronautas morriam. Às vezes decidiam que gostavam de morar no espaço, de viver em cubículos, orbitando outros corpos astrais. Viviam lá longe, esqueciam que tinham lares, famílias, esposas carecas, filhos malucos e sogras cancerosas.

Sunny decidiu que abriria as gavetas e encontraria os papéis necessários por si só. Ela se comportaria da mesma maneira que se comportava antes de ser mãe. Faria ligações. Decidiria o que fazer com todas as propriedades que tinham. Arrumaria as coisas. Deixaria algumas pessoas estressadas. Analisaria pencas de papéis e marcaria uma frase importante aqui, uma contraditória ali, e berraria "AHÁ!". Sentou-se na cadeira de Maxon. Abriu a gaveta que funcionava como a de um armário de arquivos e encontrou pastas nomeadas de forma organizada, tudo que podia ser necessário para ela: seguro, hipoteca, e uma com letras grandes: MÃE. Pegou a pasta, deixou-a sobre o colo por um tempo e depois a colocou de lado. Abriu as outras gavetas, com exceção de uma que estava trancada.

Uma gaveta trancada. Nas outras, materiais de escritório bem-organizados, papéis em ordem, arquivos lógicos. Porém, ali estava uma gaveta comprida trancada à chave. E a chave não estava ali. Por que estava trancada? Trancada por causa de quem? O que Maxon poderia ter para esconder?

Ela se lembrou de uma época antes de concordar em se casar com Maxon, quando se apaixonou superficialmente por um homem com muito cabelo. Isso ocorreu na faculdade, quando estava longe tanto de Maxon quanto da mãe, bem longe, em outro estado. Lá, estudou arte e matemática. Fazia perucas e era careca, portanto atraía muita atenção e as pessoas sabiam quem ela era. Tinha um perfil importante e contraditório no campus da faculdade, uma instituição pequena e liberal em Ohio, perto da fronteira com a Pensilvânia.

Teve uma bicicleta. E andar nela era uma das maneiras de manter a saudade de Maxon, quando a mãe exigiu que ela ficasse no mínimo a seis horas de distância. Ele sempre teve uma bicicleta, e agora ela tinha a dela. Sunny passeava com ela pelo campus, sentindo saudades de Maxon. Embora soubesse que não devia amá-lo, ele ainda era o seu melhor amigo.

Sunny também tinha um poncho de lã com capuz. No inverno, quando fazia um frio amargo, ela colocava o poncho, levantava o capuz e ia andar de bicicleta naquele vento de Ohio. Sob o poncho, podia ser qualquer pessoa. Foi então que começou a persegui-lo, o homem que chamava de "Ser do Cabelo". Tinha cabelos longos, ondulados, de estrela do rock. Eram tão luxuriosos que, quando ela o viu pela primeira vez, de costas, achou que fosse uma mulher. Sua primeira reação foi de deboche. Olhava para mulheres com cabelos longos com desprezo. Como se estivessem compensando em excesso. Porém, um homem com cabelos nos quais podia se sentar, uma cachoeira de cabelos espumantes e flutuantes, era atraente.

Era um homem magro com óculos de metal e corpo em formato de lápis. A única característica marcante era o cabelo, que descia em ondas macias, fofas e frisadas que batiam abaixo do cinto. Fora isso, não havia nada marcante nele, mas ela se imaginava vestindo aqueles cabelos. Sunny o imaginava em cima dela, cabelos caindo aos lados dos dois, envolvendo-a em sua cachoeira. Ela diria "Fica mais um pouco dentro de mim", só para sentir os cabelos dele na sua própria cabeça. Nunca falou com o Ser do Cabelo, nunca se dirigiu a ele. Apenas passava de bicicleta na janela do seu dormitório, dolorosamente apaixonada. Ao passar, dava uma olhada dentro do quarto para ver se ele estava à mesa, ou inclinado sobre a guitarra, ou se a luz estava apagada; ele poderia estar dormindo, ou talvez tivesse saído. Poderia estar jantando. De pé embaixo do chuveiro, protegido pelos cabelos, ou secado-os, escovando-os.

Em momentos como aquele, Maxon ficava bem distante dela. Ela se lembrava dele, é claro, mas não o queria por perto. Foi por isso que a mãe recomendou:

— Vá estudar longe. Experimente alguma coisa nova. Namore alguém. Namore todo mundo. Faça suas tentativas com namorados.

A noite em que o seu amor pelo Ser do Cabelo terminou foi uma noite muito gelada. A determinação veio pelos dentes rangidos; ela havia parado a bicicleta na porta do dormitório do Ser do Cabelo e ficou olhando para o corredor que dava no quarto dele. Não era tão alto quando Maxon, nem tão largo. Talvez nem fosse tão alto quando ela mesma. Mas aqueles cabelos... Ao seu aproximar da porta dele, ouviu alguns acordes leves de guitarra, e ousou, ofegante, parar e abrir a porta alguns centímetros. Ele estava sentado no mesmo lugar onde ela o tinha visto lá de fora, guitarra apoiada nas pernas finas. Sunny o observou durante meses pela janela, no escuro, ele usando a camiseta do Pink Floyd e o jeans velho. Agora, estavam só os dois no quarto, que tinha um cheiro meio azedo, assim como os quartos de todos os meninos.

— Oi — disse ela, toda boba. — Tem alguém aí?

— Opa, oi — falou ele, como se a reconhecesse.

Sunny abaixou o capuz do poncho. Vários meninos corriam no corredor só de toalha, saindo do banheiro. Ela ficou parada à porta.

— Posso entrar? — perguntou.

— Claro — respondeu o Ser do Cabelo, sem olhar para ela. Sunny deu alguns passos para dentro do quarto e encostou a porta. As ondas de cabelo estavam esticadas na parede de cimento atrás dele, e caíam em volta da cadeira sólida e quadrada, estofada com um trançado amarelo resistente. Sunny se sentiu um pouco enjoada.

— Guitarra maneira — disse ela.

Sentou-se na outra cadeira amarela, que devia ser do colega de quarto do Ser do Cabelo. Ela e a colega de quarto tinham cadeiras iguais. Era a mesma que todo mundo tinha, a mesma em todos os lugares, assim como as camas de metal. Sunny cruzou as pernas e prendeu os dedões dos pés no braço da cadeira, assim como fazia na sua. Como agiria se o colega de quarto do Ser do Cabelo entrasse ali naquele momento? E se entrasse e chamasse o Ser do Cabelo de alguma coisa do tipo Rich, Phil ou Matty? O Ser do Cabelo disse, de maneira incoerente, que aquela guitarra maneira era uma raridade. Eles se olharam, e o telefone tocou. Estava preso na parede acima da cabeça dele, na base.

— Licença — disse ele. Com apenas um dedo, tirou o fone e o levou à orelha. — Alô? — disse. Virou os olhos para cima. Disse à pessoa no telefone "Você bebeu demais" algumas vezes, e pediu à pessoa que repetisse, e depois falou que ligaria mais tarde. Desligou e olhou para Sunny com nervosismo. Pela primeira vez, os olhos dele pareceram com os olhos ligeiros de esquilos, em vez de duas piscinas.

— Era a minha namorada. Ela estuda na Finlândia — disse o Ser do Cabelo. Sunny assentiu. — E está bêbada — adicionou ele.

— Percebi — falou Sunny. Recolocou o capuz do poncho e esticou as pernas. — Melhor eu ir.

— Só porque tenho namorada, não quer dizer que não posso bater papo — disse o Ser do Cabelo.

Apoiou a guitarra na cama com cuidado, de modo que as cordas ficaram em contato com a armação de metal. Então se virou para ela e uniu as pontas dos dedos. Suas pernas formaram duas pontas em direções opostas, os joelhos eram como setas. E eram tão delicados que pareciam facas embaixo do jeans.

— Qual o seu nome? — perguntou Sunny.

— Chris — respondeu ele. — Você é a Sunny, né? Sunny?

— Chris — repetiu Sunny, sentindo a palavra rolar de maneira previsível dentro da sua boca e até a frente. — Não, não acho que a gente possa bater um papo. Mas tudo bem. Eu só... queria saber o seu nome. A gente se vê.

Sunny se levantou e foi até a porta. Ele a observou com um olhar sugestivo. Ela não sabia se ele acabara de falar ou não. Ele não indicou nada. Sunny se sentiu enjoada, sentiu o cheiro de alguma coisa doce e velha. Foi apenas quando voltou para o frio lá fora, respirando profundamente, enchendo os pulmões, que conseguiu se livrar da sensação sufocante. Ela teria namorados. Não era esse o problema. Eles sairiam com ela e transariam com ela. Sunny sentiu isso quando estava no quarto com o Ser do Cabelo. Não porque a conheciam, mas por não a conhecerem. Não porque ela era quase uma menina real, mas por estar muito longe disso. Sendo assim, a única pergunta que restava era: será que ela transaria com outra pessoa antes de voltar para Maxon? Ou transaria apenas com ele, do começo ao fim? Esse foi o único mistério da vida durante a faculdade. Mas, quando Sunny voltou para o quarto e ligou para ele, disse apenas que havia tido um dia ruim, e que ele devia contar tudo o que havia acontecido com ele naquele dia, começando pelo começo e sem deixar nada de fora, até que ela caísse no sono com o mero conforto da minúcia, de todos os pequenos detalhes, detalhes preciosos da sua vida distante.

Com Maxon, Sunny sempre sabia quando ele havia acabado de falar porque ele mostrou a fórmula a ela um dia:

∀ conversa ∃ rótulo de término:
conversa termina abruptamente
Rótulo de término ∈ { «Foi um prazer
falar com você.»;
«Que bom que
conseguimos conversar.»;
«Bom dia pra você.»;
«Até mais, então.» }

A mãe de Sunny podia até dizer que Maxon não daria um bom marido, mas ela não era capaz de prover uma alternativa viável.

GRÁVIDA, SOZINHA, SENTADA no escritório dele no meio da manhã, sem nada para fazer a não ser parir o filho dele e criar a criança louca, também dele, Sunny pensou em partir a mesa de Maxon com um machado para ver o que tinha na gaveta trancada. Talvez tivesse feito isso, se tivesse um machado. Se não tivesse ouvido Bubber berrar.

É isso que acontece, pensou ela, levantando-se sem equilíbrio e se balançando até o outro cômodo. Segurou-se na moldura da porta com as duas mãos, sentiu-se tonta de repente. *Espero poder salvá-lo. Espero ter força suficiente.* Sem um plano, foi até a sala com passos fortes. Achou que fosse encontrá-lo espumando pela boca, o rosto vermelho, maluco feito um javali selvagem por causa de alguma coisa invisível, algum fiapo no carpete que não estava alinhado. Em vez disso, ele se encontrava curvado no chão, rindo tanto que seu rosto estava roxo. Seguiu a direção do seu olhar. Na televisão, um porquinho-da-índia de uniforme e capacete de astronauta voava no espaço. Era um porquinho de verdade com um capacete desenhado, uma justaposição que fez Bubber ter um ataque. Se alguém olhasse, poderia achar que estava morrendo.

Ela com certeza jamais o tinha escutado gargalhando daquela forma. Era quase assustador. No entanto, lembrou-se de que, quando era bebê, dava umas gargalhadas que vinham da barriga e que faziam todo mundo rir; eram tão confusas, e vinham dele como uma erupção. Ela viu a barriga dele em convulsão enquanto rolava no chão. Deveria ajudá-lo, mas a extremidade da cena a impressionava e a alarmava. O que é a gargalhada, senão uma convulsão controlada? O que é o choro, senão um surto mediano? Drogado, ele podia fingir, podia aprender a produzir gargalhadas e choros. Qual a diferença entre uma gargalhada real e uma forçada? Se pode ser controlada, deve ser falsa? Talvez a diferença entre a expressão emocional crível e o seu oposto seja a habilidade ou a incapacidade de reproduzi-la novamente. Era justo? Ele se sentou quando a viu e disse, sem ar:

— Mãe, olha. É um robô. — O porquinho-da-índia se movia em arrancadas, animação bruta e partes de um porquinho gordo. Ela tocou a cabeça do filho e sentiu que estava úmida; ele ria com toda a força. Seu rosto estava frouxo, relaxado, olhos claros. Sunny pensou: *Nossa, esse é o meu menininho. É ele, e ele ri histericamente.* Sentiu-se entusiasmada. O que mais ele podia fazer?

— Você é careca? Está perdendo os cabelos? — disse a televisão. Ela pegou as orelhas de Bubber, cobrindo-as com as mãos. Olhou fixamente para a tela. — Não há necessidade de sofrer o constrangimento da perda capilar, e você não precisa se destruir com químicos nocivos. A Fórmula Orquídea do Dr. Chandrasekhar pode restaurar os seus cabelos e a sua autoestima com extratos naturais de plantas. — Até então, a tela mostrava uma cachoeira arrebentando em uma piscina de pedras. Em volta da piscina, mulheres vestiam roupas tradicionais da Birmânia, e tinham cabelos gloriosos que iam até os joelhos. As mulheres não eram da Birmânia; eram louras, ruivas e morenas. Passavam as mãos repetidas vezes pelos cabelos, ornamentando-os com orquídeas e trepadeiras. — Sou o Dr. Chandrasekhar — disse a TV, e uma cabeça sem corpo apareceu no meio da cachoeira. Era um indiano idoso, com bigode agradável e usando jaleco médico. — Desenvolvi a Fórmula Orquídea há trinta anos, para trazer a vocês as melhores ervas do Oriente e... — Ele continuou falando, mas Sunny não estava ouvindo.

— Ele é marrom — disse ela, em voz alta. — Ele é marrom. Ele é realmente indiano. Não é meu pai. Ele é marrom. O que aconteceu com ele? O que aconteceu?

15*

A PEDRA QUE ATINGIU A ESPAÇONAVE ESTAVA ESCONDIDA ATRÁS da Lua. Era do tamanho de um punho. Dentro dela, lá no meio, cercada de metais pesados e rocha cristalina, havia uma gota de substância tão primitiva que era irreconhecível. Nunca seria reconhecida. Era um tantinho de matéria, um grão de poeira do começo do próprio sistema solar. Pré-solar. Uma partícula pré-solar presa a uma pedra em uma órbita maluca em torno do Sol. Era uma em um milhão, uma em cem milhões, como um gênio enlouquecido na raça humana, ou um erudito fora da norma. A pedra, ao se aproximar da órbita lunar, cortou o vazio como uma lasca reluzente e muito pequena em uma artéria, bem minúscula, um fragmento de metal no seu caminho. O meteoro era menor ainda, uma molécula ao léu, perdida na solução extraterrestre. Uma partícula subliminar no átomo do sistema solar. Um pequeno pensamento perdido no cérebro. Mais tarde, foi determinado que o meteoro tinha nove centímetros de diâmetro. Eles não o viram; ninguém o viu em nenhuma das telas eletrônicas. Os astronautas e Maxon tinham colocado os uniformes. Haviam se prendido no módulo de comando, assim como na decolagem. Assim como no momento em que a torre de combustível embaixo deles explodiu, atirando-os para cima, de frente, na camada de ozônio. O murmurinho do Controle de Missão nos ouvidos deles os direcionou durante a checagem, os testes, antes da chegada. O módulo de armazenamento já orbitava a Lua, então os homens se sincronizariam com ele, caso todos os números estivessem apropriadamente alinhados. A voz do Controle de Missão, calma e calmante, prosseguiu com as instruções para iniciar a inserção na órbita lunar. Quando o procedimento terminasse, quando tivessem lançado a espaçonave de novo, também se encontrariam orbitando.

O meteorito estava perto, e se aproximava mais, porém ainda em segredo, e não foi detectado pelos astronautas no espaço nem pelos humanos na Terra, que operavam os astronautas remotamente. Era uma pedrinha tão pequena. Um meteoro que ninguém perceberia, ninguém se importaria com ele caso estivesse na coberta confortável do ar terrestre. A atmosfera pode queimar a maioria das coisas antes que perturbassem a Terra. No entanto, no espaço, as menores coisas se movendo na velocidade correta e na direção mais perigosa podem penetrar como uma bala. Um grão de areia é capaz de deixar uma cratera de cinco centímetros na carcaça de uma espaçonave. O que uma bola de beisebol faria? Uma coisa é ir lá fora, olhar para o céu e exclamar: "Nossa, olha essas estrelas." Outra coisa é quando um pedaço de metal muito antigo colide contra a sua barriga.

O piloto da espaçonave se chamava Tom Conrad e atuava como tenente comandante da Força Aérea dos EUA. Era uma pessoa automatizada; uma sala cheia de cientistas no Texas, um protocolo e uma lista de procedimentos ditavam seus movimentos. Favorito de Gompers, o comandante, e crítico aberto de Phillips, o engenheiro, Conrad era o piloto mais eficiente que poderia existir no mundo. Maxon representava o único civil a bordo. Conrad, Phillips, Gompers, todos eram bons caras, pessoas do bem. Todo mundo é amigo no espaço; pequenas bolhas de vida em uma vastidão de morte gélida sempre vão fazer com que as pessoas se unam.

Maxon travou a máscara, encaixou-se nas retenções, apertou o cinto. Tornou-se um só com a espaçonave, conectado a ela, parte de um hardware, indistinguível. Não estava mais flutuando, não era mais humano. Escutou a própria respiração dentro daquele capacete à prova de impacto, daquele balde de carne. Fora do zunido nos seus ouvidos, fora do barulho do Controle de Missão, que ditava instruções ao piloto, ao engenheiro e aos astronautas de verdade, ao passo que Maxon recebia ordens de maneira muito amável e gentil para se sentar e se segurar. Os homens no solo sempre falavam com os astronautas como se fossem crianças, ou cachorros fazendo uma performance. Eram uma extensão da humanidade, um dedinho da biologia no vasto espaço mecânico. Excessivamente direcionados. Excessivamente pensados. No fim das contas, extremamente insignificantes.

Quando o meteoro os atingiu, a voz no rádio havia acabado de dizer: "OK, confere". Logo depois, sentiram um solavanco, semelhante a uma onda no centro da espaçonave. Não havia nada que pudessem ter feito, assim de improviso, para ultrapassar o programa e violar a lista de alternativas disponíveis. O negócio tinha que bater neles. Não havia manobra evasiva. Eles sentiram o impacto, sentiram o metal rugindo, e sentiram uma elevação, um momento nauseante de queda, como um carro descendo rápido do topo de uma montanha. Então a espaçonave começou a se inclinar para o lado; eles não sentiram isso. Estavam nela, eram parte dela, conectados, enlaçados na nave com faixas de nylon e botas.

Eles se viram saindo da rota; a humanidade estremeceu à esquerda, com força, e houve um chiado, e algumas luzes no painel começaram a piscar, e os braços do piloto se moviam rápido pelos botões e mostradores, respondendo ao piscar e à informação como um timão em um barco que está afundando cada vez mais rápido. Maxon pensou na morte da mesma maneira que pensou na espaçonave implodindo: arruinando a si mesma, amassada como uma lata. O meteoro era metal pesado. A carcaça da espaçonave não o bloquearia. Haveria dano, mas quanto? O Controle de Missão começou a entrar em pânico, como um pai cujo filho saiu correndo pela rua.

— Gompers? Status! George? — E, depois disso, ficou em silêncio.

O meteoro atingiu a espaçonave. Não havia como voltar. As pessoas estavam dentro da nave, presas a ela. É muito difícil sobreviver a um impacto de meteoro no espaço. Todo mundo sabe disso. Depois de fazerem cálculos, acreditaram que um meteoro não os atingiria, visto que o espaço é tão grande e os meteoros, tão pequenos, e espaçonaves ocupam muito pouco espaço. Como um barco no oceano tentando se manter fora da rota de outro barco, mas isso vezes mil, vezes um milhão. Era muito seguro.

É claro que nada mata imediatamente, e o mesmo pode ser dito sobre meteoros. Eles não precisam matar imediatamente. Foi isso o que aconteceu com o foguete onde Maxon estava, a caminho da Lua. Ele não morreu imediatamente. Contudo, os quatro sabiam, assim como todos os outros homens na Terra que estavam prestando atenção, que naquele momento a missão mudara, e que havia pouca esperança de um reencontro feliz. No mecanismo insano e giratório, no seu fogo giratório, no seu projétil feroz, a chance de sobrevivência humana é muito pequena. O fato de a maioria dos astronautas ter voltado e estar bem era prova do quão pequenos foram os passos que os humanos deram no espaço.

O pequeno módulo se tornou menor ainda. Os astronautas começaram a suar. O ar ficou contaminado, como se fosse possível sentir o gosto de químicos. Seus pés queriam pisar na massa irregular da Terra. Seus pulmões pediam pelo ar doce e puro de Manhattan, ou até mesmo por uma mina de carvão, por ar que fosse de verdade, por plantas, por outras pessoas, carros, brisas e animais que não fossem manufaturados e colocados em reservatórios. Agora, encontravam-se apertados não apenas dentro de uma espaçonave, mas também de uma espaçonave escangalhada. O pânico estava ali no fundo da garganta deles, desejando sair com a força das suas garras, escapar, recomeçar, fazer escolhas de vida diferentes.

Gompers tomou o controle, ladrando ordens e pedindo leituras de status. Fred Phillips, tão antipático nas horas livres, virou um mecanismo de avaliações, emitindo respostas e clicando em um monitor de botões e alavancas. Maxon não podia fazer nada. Seus membros estavam paralisados. A sua preocupação estava distante. Pensou em Sunny sentada em uma sala da NASA em Langley, olhando para um transmissor que se comunicava com a sala de controle da espaçonave. Ela via as quatro cabeças reluzentes deles, arredondadas e sem cabelos, isolados dos elementos da natureza. Será que acharia que Maxon parecia careca? Acharia que ele parecia familiar? Será que o menino estaria ali, com o capacete? Será que Sunny perceberia que estavam todos enclausurados em seus próprios crânios. Maxon fechou os olhos. Os robôs eram mais adequados para aquilo. Robôs eram meros equipamentos. Não havia nada do que pudessem se arrepender, diante da destruição posterior, resultado de uma colisão com um meteoro.

Esta é a história de um astronauta que se perdeu no espaço e da esposa que deixou para trás. Ou: esta é a história de um homem corajoso que sobreviveu à catástrofe do primeiro foguete enviado ao espaço com a intenção de colonizar a Lua. Esta é a história da raça humana, que enviou um pequeno estilhaço insano de metal e algumas células pulsantes aos negros confins do universo na esperança de que esse estilhaço atingisse alguma coisa e se firmasse ali, e de que as pequenas células pulsantes conseguissem sobreviver. Esta é a história de uma protuberância, de um broto, da maneira como a raça humana tentou se subdividir, do broto que lançou ao universo, e do que aconteceu a ele e do que aconteceu com a Terra também — a mãe Terra — depois que esse broto se rompeu.

Se Sunny estivesse ali, ele diria: "Não tenha medo. Pense no meteoro como uma almôndega gigante. Vou comê-la e ganhar dez quilos." Ela sempre dizia que Maxon estava magro demais.

16*

A COISA MAIS TRISTE QUE JÁ SE VIU É UMA CIDADE PETROLÍFERA que não se encontra mais no seu auge.

Em 1859, descobriram grandes bolsões de petróleo bruto nas bases dos Apalaches na parte Oeste da Pensilvânia, em Yates County. Visionários perfuraram o chão com canos e começaram a sugar esse petróleo o mais rápido possível, armazenando-o em barris que eram enviados a vários lugares. Conseguiram vendê-lo e gerar um belo lucro. Organizaram-se em distritos e municípios, e até mesmo em cidades. Construíram casas vitorianas monstruosas, gigantescas, deram-lhes luz com sistemas estranhos e perigosos e colocaram-nas ao lado de pequenos montes. Lá embaixo das montanhas, corria o rio Allegheny. O tempo passou e, quando o petróleo passou a sair do solo com menos determinação, eles deixaram os canos de lado e mudaram para as minas. Buscaram carvão no subsolo, depois rasparam a superfície do solo e depois passaram para a madeira.

Enquanto isso, em Crowder County, que não era longe, não conseguiram encontrar petróleo. Por algum motivo, os residentes de Crowder County tiveram que cavar e sobreviver de agricultura na virada do século. Quando o petróleo secou em Yates County, os fazendeiros de Crowder County já haviam raspado as costas dos montes e criado campos de milho, soja e feijão, de cima a baixo. Eram fazendas ricas, fazendas doces, fazendas que mugiam e ciciavam. Eram fazendas independentes do dinheiro do petróleo. Então, quando a Pennzoil se mudou para o Sul e virou a Texazoil e a fortuna e a prosperidade dos cidadãos de Yates County passaram a ser intensamente questionadas, os fazendeiros de Crowder County permaneceram sentados, numa vitória estoica, em seus debulhadores bem-lubrificados, celebrando a própria prosperidade.

Os barões do óleo de Yates County, entretanto, ainda eram ricos. Quando desentranharam, estriparam, destroçaram e desarraigaram a terra ao redor deles, viraram pessoas introvertidas em suas mansões vitorianas, e, quando o dinheiro acabou, em aproximadamente 1952, a maioria deles morreu. Então, todas as pessoas que serviram aos barões do petróleo, do carvão e da madeira permaneceram nas cidades do petróleo, e, visto que os senhores e senhoras das casas foram embora, eles tomaram as casas vitorianas desajeitadas, lidaram com cozinhas cujas disposições eram inconvenientes, instalaram geladeiras em lugares improváveis, colocaram cimento nos porões e conseguiram não queimar a cidade inteira.

Todo mundo precisa de um lugar para comprar pneus e fazer compras, então o cara da loja de pneus pode vender para o cara do supermercado, e vice-versa. A cada ano que se passava, o PIB da cidade decadente de petróleo, onde não havia mais petróleo, diminuía. Gradualmente, casas foram caindo no desespero. Gradualmente, as coisas foram se tornando mais lentas. Enquanto os fazendeiros de Crowder County se sentavam presunçosamente nos seus silos de grãos, os que restaram em Yates County viviam das memórias do passado, e a terra banhada de riqueza, prestígio e privilégio criou uma porcentagem curiosamente alta de gênios. Talvez fosse o resultado dos estabelecimentos públicos bizarramente grandiosos, presentes de falecidos magnatas do petróleo. Qual escola pública rural tem um planetário? A de Yates County, onde

Sunny e Maxon estudaram, era diferente em muitos aspectos. Uma delas era o comprometimento com modernidades tecnológicas, financiadas por benfeitores havia muito tempo falecidos. Outro era a grande concentração de gênios estatísticos. A relação causal entre essas duas anormalidades permanecia incerta.

De qualquer forma, foi ali que Sunny e Maxon cresceram, entre pessoas incrivelmente pobres e pedaços aleatórios de intelectos monstruosos. Das fazendas Amish, dos acampamentos de trailers, das propriedades velhas e podres com janelas quebradas e trilhos, essas pessoas germinaram, passando pelas escolas regionais com uma força tão poderosa que foram lançadas ao mundo, bem longe, e aterrissaram como cirurgiões-chefe em Chicago, cientistas pesquisadores em LA e sociólogos em Denver. Maxon não foi o primeiro a partir desse início oleoso e estranho e terminar com um Prêmio Nobel. Eram uma raça rara, alimentados pelos restos da riqueza do petróleo, criados em escolas superprivilegiadas, sempre com o objetivo urgente de fugir do local decadente onde tinham nascido.

No momento do impacto, quando as estrelas caíram sobre Maxon, ele se lembrou de um dia no planetário da escola, e da cabeça de Sunny no centro do planetário. Estava sentada na cadeira com a coluna muito ereta, e parecia tão careca quanto o desenho animado de uma ideia. Ahá! Uma lâmpada, o pescoço era a parte que você atarraxa, a cabeça era a redoma de vidro, o cérebro, a alma e a generosidade eram o filamento. Sentado ali no escuro sob a lua de milhares de estrelas, projetado pela sua lâmpada, ele, o projecionista ousado, iluminava as estrelas. Que método de conquistar mulheres.

MAXON ENTROU NO ENSINO Médio primeiro. Quando Sunny chegou, ele já estava no segundo ano. Havia alunos do município todo; Maxon conhecia a maioria, mas não todos. Passou o primeiro ano todo sem Sunny de cara fechada. Fez inimigos. Caçoou de professores. Colocou as pessoas nos seus devidos lugares. Debochava dos seus intelectos sem leitura, sem desenvolvimento, sem vontade. A mãe tentou treiná-lo em todos os detalhes necessários para que tivesse um bom comportamento na escola. No Ensino Fundamental, foi um sucesso. Para fazer com que ele não corresse nos corredores, ela disse:

— Maxon, a sua velocidade não depende do fato de que não há obstáculos. Poder correr rápido não significa que você deva fazer isso.

Mais tarde, ele escreveu a equação:

$$D = \frac{V}{T}$$

Quando V = valor bípede

$V \leq 4$ mph

$V \perp$ obstáculo O_n

E, bem depois, essa regra seria codificada em um robô. Agora, no entanto, no Ensino Médio, havia mais complexidade nas interações sociais do que apenas andar em corredores, sorrir quando alguém sorrisse para ele, franzir o rosto quando o fizessem, combinar a sua expressão facial com a da pessoa com quem conversava, segundo foi ensinado.

— Maxon — disse a mãe —, se a pessoa está chorando, significa que você também vai chorar. Se a pessoa está rindo, você ri. Não há perigo em imitar a outra pessoa. O único perigo é imitar mal.

Todavia, durante o Ensino Médio, ele descobriu que, para encantar as professoras, precisava fazer mais do que apenas obedecer ao código:

```
fazer
  professora = Estado da professora ( )
  Se professora = Enchendo o saco deles
     Cabeça = concordando
   Fim do se
Repetir até professora = Calada
```

Agora, havia uma professora de física que o odiava por nenhum motivo aparente. Havia uma professora de educação física que o jogava no chão e saía andando com raiva. Havia um grupo de meninas que gargalhava sem piada. Mas ele foi o primeiro na fila para estagiar como técnico no planetário absurdamente caro e tão extravagante que chegava a ser sublime.

Yates County era assim. Meninas carecas. Meninos selvagens formados com matemática. Gênios por todos os lados esperando para serem descobertos ou para apodrecerem em trailers estacionados nas fazendas dos pais, para morrerem sem dinheiro. Gênios cujas mortes só seriam lamentadas pelo Amish que lhes vendia todos aqueles ovos.

Havia um roteiro a ser seguido no emprego no planetário, um sermão para a visita de alunos do Ensino Fundamental e de escoteiros. Ele o memorizou com a mesma facilidade com que memorizava qualquer outra coisa. Era capaz de dizê-lo com qualquer entonação. O patrono gentil, o ingênuo entediado, o amante da ciência entusiasmado. Ou em um tom constante sem variação alguma que os outros voluntários achavam incrivelmente assustador. Havia uma variedade de programas, e também um show de luzes nas noites de fim de semana, com raios laser. Maxon tinha certeza de que as pessoas se drogavam antes de irem assistir ao show de laser. Ele mesmo nunca usou drogas nem alterou a sua mente de outras formas. Bebia água direto da bica. Comia o que tinha disponível. Tinha cabelos castanhos ondulados que ficavam bem colados na cabeça e que cresciam em fios grossos entre uma raspada e outra. Os olhos eram arredondados e escuros, os cílios, longos e negros; e era alto, magricela e franzino.

Pairava acima dos outros. Ficava pálido ou cheio de sardas, dependendo da estação do ano. Vítima recente de um surto extremo de crescimento, tropeçava com frequência. Quando Sunny entrou para o planetário, ela era caloura, e ele estava no segundo ano. A menina não sabia nada sobre como operar um planetário; ele era perito. Então, fez o papel de anfitrião, oferecendo-lhe o melhor assento da casa. Outra pessoa entrou, depois mais outras — era terça-feira, sete da noite. Ele não comera nada no jantar, e havia tomado apenas uma Coca Diet no almoço. Sentia-se tonto, estava afobado dentro do próprio corpo. O seu exterior reto e macio não demonstrava nada disso. Mas estava ali, lá dentro, um sentimento afobado.

Quando Maxon cresceu dessa maneira tão rápida e tão extrema aos 14 anos, percebeu que ficou estranho com Sunny. Havia alguma coisa física acontecendo dentro dele durante o primeiro ano, uma coisa que ele não esperava. Alguma coisa cresceu dentro da barriga dele conforme seus ossos se esticavam. Sua voz se tornou mais profunda. Ele virou outra pessoa. Sunny também era alta, além de ativa e frágil, mas fingia não perceber. No entanto, surgia uma urgência diferente quando os dois ficavam juntos sozinhos. Não queriam mais formular adivinhações um para o outro. Não estavam mais conectados à fantasia deles. O tempo que passavam separados era gasto em direções diferentes, então, quando voltavam para casa, haviam caminhado em vetores separados e se estranhavam. O cérebro de Maxon não estava consciente do movimento. Seus olhos reconheciam uma Sunny no compartimento da Sunny, e seus ouvidos captavam a sua voz e as coisas que dizia a ele. No entanto, o corpo, assim como a parte abaixo do cérebro e tudo o mais, sentia que aquilo era razoável.

Ele sabia que eram pessoas diferentes daquelas criancinhas que rolaram pedras para formar barreiras no riacho, com os músculos trabalhando duro e as veias visíveis. Sabia que eram pessoas diferentes até mesmo dos dois tímidos de mãos dadas indo até a cachoeira, temerosos que o outro caísse na encosta da montanha. Não sabia exatamente no que se transformavam, mas sabia que tinha a ver com reprodução e genitálias. Isso estava claro para ele.

Desde que tinham idade para fugir do jardim, eles se locomoviam juntos, ela a cavalo, ele de bicicleta; alternavam entre as pequenas estradas da área e o mato, iam por trilhos, valas, ribanceiras. Não havia lugar em que Pocket não passasse, e não havia lugar onde Maxon não andasse de bicicleta. Se a mãe soubesse por onde passavam, teria ficado com raiva, mas, quando saíam para passear, não sabiam aonde estavam indo, sabiam apenas que iam, que se moveriam, rapidamente e com liberdade. Quando a bicicleta quebrava, ele mesmo buscava partes de outras bicicletas, e sempre funcionava, ou então corria ao lado dela empurrando-a, ainda capaz de dizer "sim" ou "não" quando apropriado.

Quando Sunny tinha coisas a fazer, Maxon andava sozinho de bicicleta, e, nesses dias, ia mais rápido, descendo em velocidade quase mortal, de pé nos pedais para ascender naquelas paredes de montes, girando no cascalho, voando pelas encostas das montanhas. Quando podia, assistia a provas de ciclismo na televisão. Gostava de ver os humanos com suas máquinas, presos aos pedais de modo que homem e maquinário eram apenas um, e as rodas, uma extensão dos pés do homem. Gostava do atrito. Queria pedalar pelas montanhas do mundo, no mundo inteiro e nas suas elevações. Conforme ganhou mais força no corpo, a mente de Maxon mudou e adquiriu novos padrões, e, de alguma forma, quando se encontravam para passear, depois de anos de parceria, ele era sempre mais rápido, e ela se chateava.

Certa vez, estavam no planetário, e não passeavam havia meses. Alguma coisa acontecia ali, algo que ele não conseguia entender.

Outras pessoas vinham, mas ninguém se sentava perto de Sunny. Entravam devagar e iam para outro lugar, como se a evitassem; talvez não fosse nojo, e sim reverência. Pais e alunos juntos, e alguns alunos mais velhos sozinhos. Um grupo de meninos escoteiros da igreja presbiteriana de Knox entrou e se sentou em uma só fileira, com um homem uniformizado em cada ponta. Os outros não chegavam perto de Sunny, mas formavam um anel em torno dela sob a luz fraca; o domo branco do planetário sobre a Lua. Maxon se aproximou e se sentou ao lado dela; o assento era dobrável.

— O programa leva 37 minutos — disse ele.

— Tudo bem — falou ela.

Sunny sorriu, parecia normal, mas ele observava o contorno dos seus lábios no escuro. Haviam crescido; pareciam mais cheios. Certamente, estavam mais compridos. Ele franziu os olhos, inclinou a cabeça para o lado e se aproximou para ver melhor. Os olhos dela também se tornaram mais reflexivos. Ele se afastou, desconfiado. As partes específicas de Sunny lhe eram estranhas: os cantos da boca, o topo do osso da testa, a dobra da orelha. Ele não prestava a devida atenção. Fez deduções baseadas nos contornos dela. Sentiu que devia assimilar tudo de maneira mais específica.

— Que foi? — perguntou ela.

Ele não falou nada. Abriu o botão da gola e depois o fechou. Já passara por episódios, vários e vários episódios ruins, em que estava mastigando a gola da camisa, então resolveu mantê-la abotoada bem em cima. Não vestia nada com gola frouxa. Nada que desse para mastigar, mesmo que quisesse muito. Podia mastigar um lápis ou as unhas, mas as roupas, não. As roupas, não. Não tinha permissão para mastigar as roupas.

— Está nervoso ou alguma coisa assim? Não fez isso milhões de vezes? — perguntou ela para ele.

— Não estou nervoso — respondeu. — Só me certificando de que você não está nervosa. Sei que a astronomia faz com que as pessoas usem frases do tipo "numa perspectiva mais geral" e "de repente percebi". — Ela deu uma risadinha, colocou a mochila sobre o colo e a abraçou; esticou-se no assento e olhou para cima.

— Estou bem — disse ela. — Palhaço. Pronta pro show começar. Esperei por este momento, sabia? O famoso projecionista.

Chegou o momento em que as luzes se apagavam e o show começava no planetário. Antes, era exibida uma mensagem gravada sobre fazer silêncio no teatro e sair apenas por razões emergenciais. Com quinze pessoas no total no planetário, Maxon achou difícil que alguma situação de emergência acontecesse — estatisticamente, era bastante improvável. Ele começou seu texto pré-show, em que descrevia o céu noturno conforme poderiam vê-lo naquela época do ano em Yates County. Decidiu que adicionaria um segredinho, que, quando apontasse para a Ursa Maior, diria: "Bem ali acima do celeiro." Quando falou isso, ficou olhando para Sunny, cuja cabeça, ele percebeu, assentiu por um instante; vendo a parte de trás da cabeça, era possível ver as bochechas se apertarem e se alargarem. Ele sabia que isso significava que ela havia gostado da referência. Maxon ativou a parte automática do show, sentou-se e ficou a observando. Ela estava sentada ali feito uma lâmpada dentro de uma lâmpada, e as sombras brincavam no branco do seu crânio como formatos de folhas no chão de uma floresta. Lá em cima, a versão inorgânica; ali embaixo, o domo humano.

Ele se viu com uma canetinha e uma régua desenhando estrelas no crânio dela, pontilhando o firmamento em sua cabeça. As orelhas eram Leste e Oeste, a ponta do nariz era Norte. Ele os desenharia como eram vistos no outono, antes da temporada de caça, a melhor época do ano. Sentiria a canetinha passando com delicadeza pela cabeça; nada a faria emperrar, como num quadro branco, permitindo formas e linhas perfeitas. Quando terminasse, ele acenderia a luz dentro da cabeça de Sunny, e o seu trabalho refletiria em volta do domo do planetário; não haveria nomes bobos de deuses, não haveria antropomorfizações ridículas de aglomerações estrelares, apenas um mapa com estrelas conectadas de acordo com uma regra lógica. Qual era a mais jovem, qual era a mais bem-feita, qual era mais propensa a desaparecer. Em vez de um caranguejo, uma dama ou um touro, haveria algarismos no céu todo. Constelações eram uma piada, uma cantiga de ninar para vovós. O show do planetário de Sunny não teria nenhum desses dispositivos paspalhos. Seria perfeito. Uma expressão matemática.

A trilha sonora apitava e se estatelava de acordo com a apresentação: um cometa, um meteoro, uma galáxia. E, então, o show acabou. Depois que todos foram embora, Sunny permaneceu onde estava até Maxon desligar os projetores e ir até ela. Ele se sentou ao seu lado novamente.

— Acho que estou com vontade de desenhar um mapa estrelar na sua cabeça com uma canetinha — disse. — Tudo bem por você?

Ela o empurrou pelo ombro com carinho, e, quando o tocou, foi como se a sua mão tivesse um arame eletrizado.

— Como assim? Quer fazer buracos em mim e colocar uma lâmpada no meu cérebro? — perguntou ela.

Mesmo com os protestos, ela se encostou na cadeira de novo; sua mochila deslizou até o chão. Maxon se sentiu feliz em ver que a ideia dela era parecida com a dele.

— Não acho que preciso fazer furos — disse Maxon, com a voz falhando e as mãos repentinamente carregadas; ele teve que segurá-las no colo, ou acabaria jogando-as para cima. — Acho que você simplesmente brilharia.

Sunny se sentou ereta. Ele a olhou e percebeu que ela o encarava. Seus olhos estavam úmidos e pareciam maiores. O queixo dela caiu, os lábios se moveram, mas, por alguns segundos, as palavras não saíram.

— Isso é muito legal, Maxon — disse ela. — O que você acabou de dizer é muito legal. É o tipo de coisa de que as pessoas gostam.

Sua voz estava bem baixa.

— Gostou? — perguntou ele

— Maxon — disse Sunny —, estive pensando em experimentar uma coisa.

— O quê? — grasnou ele.

Ela colocou a mão no maxilar do amigo e, com as pontas dos dedos, aproximou-o de si. Ele teve a mesma sensação do arame eletrizado de novo, como se ela desse choques nele. Ela o tocou somente no rosto. Ele não entendeu por que sentiria aquela compressão na virilha, um triângulo na pélvis apertando-se.

— Tenho pensado em beijar você, Maxon. No rosto. Pode ser?

— Sim — respondeu ele. Sentiu como se fosse cair do assento do planetário, pois não estava muito bem posicionado.

— Na boca, pode ser? — disse ela, com calma.

— Sim — repetiu ele.

O rosto dele se aproximou cada vez mais do dela até que sentiu o cheiro das roupas de Sunny na sua inspiração, até que viu o contorno dos olhos dela, um arco tão perfeito, sem cílios ou sobrancelhas para interrompê-lo. E então ela o beijou, bem na boca. A quentura dos lábios de Sunny o pressionou; não apenas pele sobre pele, mas alguma coisa diferente, alguma coisa mais penetrante. Maxon se sentiu mexido, como se uma bateria tivesse explodido naquele instante no peito dele. Sentiu as coisas mudando de posição lá dentro, e lá embaixo, entre das pernas. Ele a abraçou, segurou-a com os dois braços, e, com os joelhos desengonçados e esquisitos, e com pernas gigantes que finalmente cooperaram, Maxon fez com que ela se levantasse junto com ele. Ficaram de pé, beijando-se sob o domo do planetário, ela com os braços em torno da cintura dele, ele apertando as coxas dela; Maxon não queria nunca, nunca parar.

Naquele instante, Maxon teve a certeza de que Sunny era a sua parceira reprodutiva, e de que ele devia encontrar uma maneira de solidificar o relacionamento deles com palavras e gestos.

— Sunny — disse, quando finalmente pararam de se beijar.

— Sim — falou ela. Estava sorrindo. Estava irradiando ternura e felicidade. Fazia carinho nas costas dele, passando as pontas dos dedos dos ombros até o cinto, acalmando-o, atiçando-o, fazendo com que ele pegasse fogo. — Você quer dizer "Sunny, eu amo você?" — ajudou ela.

— Sunny, eu amo você — disse ele, com a voz rouca.

— Acho que também amo você, Maxon — respondeu ela. Tinha 13 anos, e talvez não sentisse exatamente o mesmo que ele, mas colocou as mãos sobre o seu peito, como se tivesse consciência daquela coisa inusitada que exercia sobre ele. — Vou me casar com você, cara!

MAXON, LÁ NA ESPAÇONAVE, conseguiu se lembrar daquela energia entre eles, da maneira como se sentia eletrizado por ela quando todos os seus disjuntores eram ligados. A vida toda é binária. Ligada e desligada. Não há botão do meio. Vivo ou morto. Apaixonado ou não. Beijando ou não beijando. Falando ou sem falar. Uma escolha leva à outra, sem bifurcações. Há milhares de decisões sim ou não que formam cada momento, mas não passam disso: sim ou não. Para Maxon, estranho e sempre na espera no planetário, tudo estava desligado. Para Maxon, de pé com os braços em volta de Sunny, beijando-a de verdade pela primeira vez, tudo estava ligado. E nunca mais se desligou, a vida toda. Era um disjuntor preso em um lado com fita adesiva e um aviso próximo dizendo NÃO TOQUE. Não era uma coisa que ele podia desfazer, independentemente do que ela lhe dissera ou do quanto brigara com ele depois. Era algo que estava ali porque nunca tinha deixado de estar.

17*

A MÃE NÃO MORREU. DENTRO DELA, ALGUMA COISA FOI SUSPENSA. Perdeu a habilidade de seguir em frente. Foi interrompida. As respirações que dava eram ríspidas e terríveis de escutar. As enfermeiras balançavam as cabeças e fechavam a cortina. A vida se segurou em suas armadilhas; a mente se segurou ao corpo, arranhando-o, partindo-o com suas garras. Não morreria, não deixaria o mundo daquela maneira, tão inacabada.

Na superfície dela, nada acontecia. Nem um movimento, nem um franzir do rosto. Mas, embaixo daquela membrana dura do corpo, havia tumulto. Por um lado, a destruição do câncer, o desgastar dos órgãos, caíram um por um, como cidades. Por outro, o reforço da vontade. Ela contava, lembrava, listava para garantir que estava viva. Reconstruiria tudo, célula por célula, fiapo por fiapo do tecido, até que retomasse a consciência. Até que voltasse a andar. Até que voltasse a ver o noticiário, a tomar decisões, a ver as crianças crescendo.

Lá fora, no estacionamento, a filha careca e a neta dentro dela estavam sentadas no carro. Sunny não conseguia ficar totalmente de fora, mas também não conseguia entrar totalmente. Não conseguia fazer com que os pés a levassem ao hospital, e, no entanto, quando ligava o carro, as curvas que a conduziam de volta para lá eram inevitáveis. Dirigia na frente do hospital algumas vezes e não fazia a curva final. Ou então entrava e estacionava, mas não ia até o prédio. Sentia a conexão por meio da janela que achava ser a câmara de morte da mãe, um dos cinquenta retângulos nos tijolos.

Sunny imaginou que, depois que o bebê nascesse, colocaria Bubber e ele na casa e os deixaria com Rache. Deixando Rache na casa, sozinha com as crianças, faria as rachaduras nas paredes sumirem. As crianças ficariam a salvo. Ela poderia voltar para o hospital, para a mãe, e se sentar ao seu lado, soltar um ar quente no quarto onde Emma estava deitada. Tinha esperança de que alguma enfermeira estivesse fazendo isso na sua ausência. Que alguém tivesse pena da mulher em falência cuja filha canalha tinha abandonado para morrer. Bem, ela está grávida. Bem, ela é careca. Bem, há muita coisa acontecendo com ela. Aquela criança. Aquele homem. Ainda assim, imperdoável, diria a enfermeira, apertando a mão inchada da mãe. Sunny nutria esperança.

HOUVE MOMENTOS NA infância de Maxon em que ele passou o dia todo com ela. No entanto, quando estavam brincando, ele olhava para o relógio para ver se já havia passado das 16h30 e saía correndo o mais rápido possível para casa. O pai chegava às cinco, dizia ele, e Maxon tinha que estar lá para trabalhar. Ver o filho lá do outro lado era irritante para o pai, insuportável.

O pai suspeitava de Emma e de suas intenções.

— O que ela quer com você, garoto? — perguntava. — Querem um criado? Alguém pra ir buscar água no poço?

Ele também desconfiava da mulher marrom que morava com eles na casa. Nu era uma anomalia, a única pessoa no país que não era "branca". Enquanto a maioria dos vizinhos a aceitava e fazia perguntas pacientes sobre onde morara na Birmânia, outros nunca acreditaram que ela não era uma simples negra norte-americana, inclusive o pai de Maxon. Ele falava com espuma de saliva nos lábios sobre os males de deixarem negros e mexicanos formarem raízes no país. A verdade era que Nu havia saído da Birmânia para ajudar Emma a criar Sunny porque Emma tinha certeza de que não deveria fazer isso sozinha.

Quando Emma voltou da Birmânia, queria, acima de tudo, criar Sunny em um ambiente tolerante a excentricidades, onde a menina pudesse ser o mais normal possível. Não conseguiu pensar em lugar melhor para Sunny do que o município obscuro, isolado e rural onde Bob Butcher havia crescido. Bob sempre falava sobre o lugar, bradava sobre lá — suas igrejinhas pontudas, seus poços de petróleo em todos os cantos. Emma sabia que, se levasse Sunny para Yates County, a menina seria um deles, um membro da família. Viraria uma instalação local, como as pessoas das quais Bob não parava de rir por causa das vendas de coisas usadas na frente das casas, ou o milionário excêntrico que vivia isolado em uma mansão de pedra em um monte, e que tinha inventado o Post-it. As pessoas do tipo dela estavam ali. Ela estaria em casa.

Emma comprou a fazenda Butcher dos pais de Bob. Ficaram felizes em vender a propriedade a ela; haviam se mudado para a Flórida fazia tempo, onde podiam pegar sol e estar perto do filho — o filho bom, não o que fugiu e acabou assassinado por ser um missionário. Vender a fazenda a Emma significava dar fim aos laços com ela e sua filha estranha, portanto, fizeram-no sem hesitação.

Emma ficava constantemente ao telefone e no escritório do advogado no centro da cidade, presa em questões legais e na venda das fórmulas químicas de Bob Butcher para companhias farmacêuticas. A decifração sagaz de anos de anotações rascunhadas e documentos de pesquisa, tudo um disfarce para o seu trabalho de missionário, renderam várias descobertas interessantes para ela, as quais acabaram se mostrando de valor significativo para a medicina moderna. Depois que todas as patentes foram registradas e os documentos assinados, ela se tornou uma mulher rica, capaz de viver onde queria e de fazer o que bem lhe agradasse.

Sendo assim, Emma se estabeleceu na antiga fazenda e mandou buscar Nu na Birmânia. Nu chegou com suas imagens e crenças animistas, além de pernas robustas. Plantou quilos e quilos de feijão no verão, capinando sem parar e puxando alqueires de legumes a fim de colocar em latas. Deu tiros de espingarda para afastar corvos, deu tiros de espingarda para afastar um veado, deu tiros de espingarda para afastar algumas pessoas que escaparam do Warren State Hospital no meio da noite — ficaram rodeando a casa reproduzindo sons de vacas. Ela cozinhava, limpava e dormia pesado no quarto dos fundos, espingarda e santuário ao lado da cama. Trabalhou sem parar com Maxon para identificar expressões faciais, ler linguagem corporal, entender o significado de palavras como "lamentável" e "óbvio". Praticaram a pronúncia do inglês como se fosse sua primeira língua. Para Nu, era o vocabulário o que atrapalhava. Para Maxon, a sintaxe.

Às vezes, havia longos períodos em que o pai dele saía de viagem e deixava os irmãos mais velhos para cuidarem da fazenda. Eram bons tempos. Maxon ficava livre. Certa vez, sua mãe chegou até a sair da cidade, deixando o menino sem pai ou mãe por duas semanas — aos 9 anos. Nessa ocasião, ele ficou com Emma e Sunny, mas dormiu na varanda, onde se sentia mais confortável. Sunny o arrumou feito uma boneca antes de ir para a cama, levou um livro e uma lanterna para ele.

— Desliga essa luz antes de dormir, Maxon — dizia Emma quando ia fechar a porta. De manhã, a luz sempre estava acesa, o livro caído sobre o peito, e centenas de mosquitos presos na lâmpada tentando sair. Nu o alimentava de maneira prodigiosa quando ele ficava com elas, e o menino ia embora um tantinho mais gordo, não tão um palito.

Quando o pai de Maxon, Paul Mann, estava em casa, eram os dias ruins. O pai era um mal-humorado alto, corcunda e sem pescoço. As calças do homem ficavam dependuradas nos suspensórios, apoiados em seus ombros esqueléticos. Tinha uma barba grisalha malfeita e um meio--círculo de suor na gola da camiseta amarelada. Estava constantemente em movimento, sempre murmurando, olhos aquosos piscando com rapidez. Tinha vários projetos: madeira, conserto de eletrônicos, escavação de petróleo, caça e celas ornamentadas para cavalos.

Para Emma não estava claro se a família tinha problemas com dinheiro ou se o estilo de vida havia sido uma escolha. O homem parecia sempre tão ocupado, não devia ser um pobretão; no entanto, eles quase não gastavam dinheiro — Maxon e os irmãos mais velhos geralmente vestiam farrapos, ou quase farrapos, a casa estava ruindo e o celeiro tinha goteiras. Os cento e alguma coisa veículos dilapidados que ficavam nos pastos eram usados como curral de ovelhas, curral de porcos e armazém para outras partes de veículos. O pai de Maxon se orgulhava de ser um colecionador, e encheu a garagem, o celeiro, as construções exteriores e o interior de casa, até em cima, de coisas das quais talvez precisasse no futuro — ferramentas, partes, restos, animais e filhos.

Os pais de Bob Butcher tiveram um relacionamento impetuoso com esse vizinho provocador; frequentemente o encontravam, ou um dos seus primos obscuros, cortando madeira no outro lado da divisão bastante contestada de propriedades. Os filhos mais velhos passavam as noites de sábado bebendo cerveja caseira e dirigindo a caminhonete antiga pelas estradas menores com os faróis apagados. Dava para ouvi-los batendo em árvores, passando pelo cascalho e buzinando no escuro.

Emma tentava deixá-los em paz, sabendo instintivamente que Maxon acabaria pagando por qualquer conflito. Certa vez, no entanto, Emma literalmente deu de cara com eles no carro. Estava com Maxon e Sunny no assento traseiro, Nu na frente; iam tomar sorvete, e depois ela planejava levar Maxon de volta para casa. Emma o deixaria lá a tempo de trabalhar, às cinco da tarde, como sempre, para evitar a fúria do pai. Estavam descendo pela via tortuosa em direção ao rio, onde os pneus inevitavelmente derrapavam e a estrada tinha quedas e lombadas sem avisos. De repente, a caminhonete de Paul Mann veio rugindo vale acima e bateu diretamente na frente do Honda Accord de Emma. A caminhonete foi arrastada para trás, derrapou no cascalho e bateu em uma árvore. Parou perigosamente na ponta do monte, mas ficou presa com firmeza. Mann acelerou uma vez, duas, emitindo uma rajada de pedras e terra. Todavia, a caminhonete estava imobilizada. Ele saiu rapidamente e começou a andar; sua esposa gorda saiu do assento do carona, instantaneamente chorando e checando o próprio corpo. Era uma figura humilde, de olhos obscurecidos e cabelos ralos.

— Crianças, fiquem sentadas quietinhas — disse Emma. — Estão machucadas?

Não estavam. Estavam amontoadas, as pernas de Sunny sobre os joelhos de Maxon, os braços dele em volta do pescoço dela. Estava tudo bem, mas Paul Mann se sentia irado.

— Mulé! — disse ele. — Já falei procê não me puxar desse jeito quando eu tiver dirigindo.

— Paul, Paul — gorgolejou a esposa.

Ela usava um vestido florido sem formato, sem mangas, de algodão. Devia pesar uns 150 quilos. Emma não conseguiu imaginar que tipo de puxada estava acontecendo entre a mulher estridente e úmida e seu marido alto e determinado. Então Mann levantou a mão e deu um tapa na cara da esposa. Ela se desequilibrou para trás, seu rosto registrando a expressão mais previsível de choque, de maneira quase cômica. O homem inclinou o corpo alto sobre a frente da caminhonete para inspecionar o dano como se nada tivesse acontecido. Nu estava indignada e, enquanto Emma ia até a mãe de Maxon para ajudá-la a se levantar, Nu direcionou o corpo pequeno e afiado pelo cascalho até o Sr. Mann e lhe deu uma bicada firme no traseiro.

— Ei, você, teu merda — disse ela. — Teu grande merda, você trata a tua esposa assim? Que tipo de homem é tu?

— Vai pro inferno — ladrou ele, examinando a sua ofensora. Nu levantou o pé novamente, equilibrando-se impecavelmente sobre o outro pé minúsculo. Deu-lhe outro chute e rosnou de volta. Ele se recompôs lentamente, esticando a coluna até voltar à sua altura total. — E quem é você, porra? Uma mexicana qualquer?

A Sra. Mann estava chorando sobre o ombro de Emma. Seu lábio rachado sangrava, o nariz arredondado escorria, e os olhos pequenos estavam vermelhos e pesarosos.

— Não tô com pena dele — declarou ela, com raiva. — Ele acha que é grande demais presse município? É não. Ele acha que é, mas é não.

O rosto de Nu não expressava nada além de serenidade quando ela deu um chute certeiro no joelho de Mann, bem atrás da articulação. Ele ficou surpreso e caiu que nem uma árvore devorada por castores no meio da estrada.

— Merda! — berrou ele. — Puta merda, a mexicana! Pega ela, Laney! — Nu continuou o ataque com um chute no esterno, deixando o homem sem ar. Ele segurou a garganta, tossindo, e arregalou os olhos.

— Você matou ele! Matou ele! Aiii! — lamentou a Sra. Mann, que recomeçou a chorar.

Emma, secando o rosto da Sra. Mann com o vestido florido, interrompeu rapidamente. Ignorando o fato de ele estar virando os olhos para cima e se encontrar sentado no meio da estrada, falou com ele educadamente:

— Sr. Mann, acho que o senhor precisa de um guincho. Posso levar sua esposa à cidade para darmos um jeito nisso? Não me importo. Depois posso levar ela e Maxon de volta pra casa, sem lhe dar trabalho. Não seria bom?

— Isso — entoou a Sra. Mann, com entusiasmo. — A dona Butcher vai me levar pra cidade, e mando o Pete procê com um guincho.

Mann olhou para ela com raiva, ali sentado na estrada, mas depois suspirou fundo e com ar de derrota.

— Tá bom — rugiu ele. — Eu ando pra casa, é só pouco mais que um quilômetro. O Pete acha a droga da caminhonete. Nós tava só indo vê o que vocês fizeram com aquele menino.

— Tu não vai deixar essa caminhonete metade dentro, metade fora da estrada — disse Nu, indignada. — Tu fica aqui e ajuda o trânsito, seu paspalho. — Ela voltou para o carro com graciosidade e bateu a porta. — Cês ficam quietas aí atrás, crianças — falou, sem necessidade, passando a mão nas tranças negras e ajeitando o colar. — Tá tudo sob controle.

A Sra. Mann, encorajada por essa demonstração de poder feminino, foi marchando até o marido e esticou a mão suja e suada.

— Agora preciso de dinheiro pra cidade — disse ela, com a boca voltada para baixo, como a de um bebê.

— Quanto? — rosnou ele, botando a mão no bolso.

— Vários dólares — respondeu ela, com truculência. — Tô indo na cidade.

Depois, enquanto dirigiam, a mulher ficou quieta entre Emma e Nu. Atrás delas, as crianças ainda estavam em silêncio. Realmente, não havia nada a ser dito. Mas Sunny viu alguma coisa nova, algo que não vira antes. No assento da frente, lá estava a Sra. Mann, fungando e balbuciando coisas, gorda, enrugada e comprimida entre Emma Butcher, calma e composta, e a pequena e terrível Nu. Elas chegaram ao final da estrada de terra, entraram na autoestrada de duas pistas e aceleraram.

Sunny perguntou a Maxon de maneira bem clara:

— O seu pai bate em você daquele jeito?

A mãe de Maxon colocou um braço grosso para trás e disse:

— Não, ele nunca fez isso. Nem nunca faria também. O Paul ama os filhos. É marido ruim, mas ama os filhos tudo.

Maxon ficou olhando para Sunny com expressão fria. Não diria nada, mas ela sabia, só de olhar para ele, que não era verdade. Ela soube que sua mãe também soube quando foi até a casa deles pela primeira vez para levar Maxon. Levá-lo de volta era entregá-lo a um lugar venenoso. Às vezes, ela ficava cheia de ciúme e achava que a mãe passava tempo demais com Maxon, ensinando-o a cantar e a tocar piano; todos os cartazes e diagramas que ela fazia para ele, e a maneira como explicava as coisas várias e várias vezes, quando Maxon sequer escutava, quando sequer olhava; a maneira como tinham que parar no meio das histórias incontáveis vezes para entender o motivo, como essa pessoa se sente, por que essa pessoa fez aquilo. Apesar disso tudo, ela teve a certeza, embora tivesse apenas 8 anos, que valia a pena.

E Emma sabia, sentada ali no banco da frente, ao lado da montanha que balbuciava culpa e toda a sua vitimização, que salvar a criança lá atrás, a criança sentada lá atrás com a sua filha, era o que deveria fazer. Sabia que tinha como salvá-lo, mas que ele estaria ferido para sempre. E, ao passo que antes ela havia se sentido um tanto missionária em relação a isso, um tanto altruísta e útil, como uma reformista ou uma freira, agora se sentia protetora por causa de Sunny. Quem era ela para levar essa desgraça para a vida da filha? Torcia para que não estivesse fazendo demais. Torcia para que aquilo pudesse ser desfeito de alguma maneira. E, no entanto, quando olhou no retrovisor e viu a maneira como as crianças se enroscavam uma na outra, viu que talvez não fosse tarde demais. Maxon era diferente. Sunny era diferente. Eram diferentes juntos. E, por mais que houvesse alguma coisa ruim e confusa dentro de cada um dos dois, seria difícil separá-los.

NO QUARTO NO meio do hospital, uma vida lutava para se manter, permanecer e consertar. Tudo o que fora permitido, e tudo o que ainda não havia acontecido, podia ser retificado, reparado. No ventre no centro de Sunny, uma vida lutava para se manter, para traçar seu caminho ao mundo. Naquela vida ainda não existia erro algum. Não havia amor, tristeza, paz ou medo. Apenas sustentação e uma variedade superficial de experiências. Todavia, essa vida sensível queria apenas se empurrar para o próximo lugar, sair da escuridão, passar para o que vem depois, para a variedade maior. Uma se mantinha, a outra se impulsionava. Conforme uma era levada adiante, a outra também o era. Ocorria uma morte e uma vida, tudo no mesmo longo momento.

18*

SUNNY ASSISTIA AO CANAL DA NASA E SENTIA SAUDADE DE MAXON. Tudo a que assistiam na TV quando ele estava em casa era ciclismo ou bolsa de valores. Ele não ligava para entretenimento. Era difícil não ficar distraída e frenética quando ele não se encontrava por perto. Sunny esperava não ter arruinado o casamento e o amor deles nos últimos cinco anos. Houve uma época em que ela era só dele, ocupava-se apenas com o amor por ele. Deitava-se ao lado daquela extensão completa, delgada, e era igual, perfeitamente igual. Eles eram como um transplante, como uma criação nova, por se conhecerem havia tanto tempo e também por terem um amor perfeito juntos.

Quando engravidou pela primeira vez, Sunny sentiu medo de precisar virar outra coisa. Quando você se torna mãe, como ser outra coisa ao mesmo tempo? Quando se torna órfã, como ser qualquer outra coisa que não isso? Ela temia que agora tudo o que ela se tornara acabasse expulsando o amor, até o ponto em que ela apenas o amaria mais ou menos, em que apenas estivesse acostumada a amá-lo. Talvez ela tivesse se esquecido de como preencher o resto porque estava muito cheia de outras coisas — prestes a se tornar órfã e mãe. Talvez seja impossível realmente envolver outra pessoa depois de ter um bebê dentro de você. Talvez a sua tristeza pela falta dos pais coloque você em uma caixa com outras pessoas que têm a mesma tristeza. Sua mãe estava morrendo. Ela queria Maxon, o velho Maxon, do jeito que costumava ser. Entretanto, sabia que ele sempre fora o velho Maxon. Ela que mudara, porém tudo que tentou ser era estúpido e supérfluo.

Na hora do almoço, Sunny recebeu um e-mail lembrando que a feira anual de artesanato daquele bairro, que ajudara a organizar, aconteceria no final daquela tarde. O assunto do e-mail era "Não se esqueça!" e a última frase prometia drinques. Sunny franziu o rosto. Iria à feira de artesanato do bairro? E se a mãe morresse bem no meio do evento e ela tivesse que correr para o hospital? E se Maxon caísse do céu e ela precisasse capturá-lo? E se Bubber surtasse e começasse a recitar números primos? Ela gostaria de filmar isso. E se ela sentisse uma contração enorme e soltasse fluido amniótico no chão de tábua corrida da casa central da feira? Sunny alisou o vestido sobre o bebê que se movia e chutava dentro da sua barriga. E se todo mundo olhasse para ela e perguntasse: "Por que está aqui?" O telefone tocou. Era Rache ligando para descobrir se ela ainda iria.

— Você ainda vai? — perguntou Rache.

— Bem, gente careca pode ir? — quis saber Sunny.

— Muito engraçado. É claro que carecas podem ir. O marido da Tina foi no ano passado, lembra? — respondeu Rache, sarcástica. — Mas, sério, se você se sentir estranha, não precisa ir.

— Se eu me sentir estranha — pensou Sunny em voz alta. — Você se sente estranha, Rache? Será que alguém se sente estranho? Será que alguém se sente normal alguma vez?

— O que você está fazendo, garota? Está tendo um surto?

Sunny fez uma pausa.

— Eu vou.

— Então, vai levar o que pra comer? — perguntou Rache. — Teve tempo de fazer aperitivos? Quer que eu leve alguns pra você? Fiz cogumelos recheados.

— Não, não — respondeu Sunny. Ela se sentiu em um sonho estranho no qual era uma dona de casa em uma rua respeitável conversando com outra dona de casa respeitável sobre aperitivos para uma festa, uma festa em que ela mesma planejava estar. — Eu levo... o meu pão de mel trançado.

— Pão de mel trançado? Isso existe? — indagou Rache.

— Claro que existe, é receita da minha avó. Pão de mel trançado. É holandês. Você come ao contrário.

— Qual avó, a falecida ou a que supostamente nunca existiu?

— Você está me magoando, Rache — respondeu Sunny, serena. — Faço pão trançado desde que nasci.

— Então tá, vejo você na casa da Jenny às três da tarde. Você... a babá vai tomar conta do Bubber?

— Ela... sim, vai.

— Maravilha. Mãos à obra. Até mais tarde, tá? Amo você.

Sunny se sentiu como um acrobata que caminha sobre cordas, mas sem a corda. Sentiu-se como uma atriz no palco, só que sem figurino e sem fala. Buscou dentro da mente pelo que a Sunny de uma semana antes teria levado para a feira de artesanato do bairro. Uma cesta de bolinhos feitos com carinho, embalados individualmente, três dólares cada. Uma bandeja de joias de prata, cada peça moldada de maneira cuidadosa por suas próprias mãos — 25 dólares o pingente, 35 dólares a pulseira —, enquanto seu filho babava e se balançava ao lado dela.

Agora, ela tinha que fazer pão de mel trançado. E nem sabia o que era isso. Bubber, lá na sala de estar, estava sentado na frente do piano. Havia passado aquela última hora no mesmo lugar. Tocava arpejos crescentes, arpejos decrescentes, arpejos crescentes, arpejos decrescentes, várias e várias e várias vezes com movimentos rápidos dos dedos, como martelos sobre os teclados. Estava fazendo as repetições no piano.

Quando Bubber começou a abrir e fechar armários por horas a fio, Sunny foi correndo para o pediatra. Recebeu a informação de que as repetições são parte do comportamento autoestimulativo; algumas crianças ficam se balançando ou batendo a cabeça, enquanto outras batem com a ponta do lápis, outras estalam a língua ou giram a cabeça. Bubber começara a bater a cabeça, e é claro que o medicaram para que parasse; mesmo assim, entretanto, era esse o motivo que fazia o menino usar o capacete. Ele fez a repetição com as portas dos armários, e depois começou a fazer listas, etiquetas e consoantes. Agora, estava sentado ao piano, subindo e descendo, subindo e descendo, meio passo para um lado, meio passo para o outro, meio passo para um lado, meio passo para o outro, com uma precisão enlouquecedora. Todavia, Sunny não queria interrompê-lo. Estava ocupado. E era até incrível. Ela se perguntou o que ela própria, sem a peruca, levaria à feira. Perguntou-se o que Bubber, sem os medicamentos, tocaria no piano. Eles só tinham um piano porque, em uma casa como a deles, era meio que esperado que existisse um piano.

Ela sentiu uma pequena contração e se inclinou sobre a bancada da cozinha. Seu rosto estava nu, sem sobrancelhas, sem cílios, sem cabelos emprestados, falsos, como o marido de outra pessoa. Estava vestindo uma camisola com a cintura justa acima da barriga, em volta do bebê dentro dela, e um bolero de caxemira, rosa pétala. Pegou um pedaço de peru moído da geladeira, convencida, no meio do nada, de que pão de mel trançado era feito de carne.

Quando terminou de fazer o que era essencialmente uma pasta de carne moída adocicada e a amassou em uma tigela de metal durante mais três contrações, olhou para as mãos grudentas, o resultado pastoso e rosado do seu esforço, e teve vontade de chorar. Decidiu dar o cano na festa. Podia dizer que estava tendo contrações. Podia dizer que adoecera. Enrolou a massa de carne como tripas, trançou-as em uma forma de pão e colocou-a no forno. Quarenta minutos depois, a massa estaria ali para que ela a tirasse do forno. E onde ela estaria? Ainda ali? Ou havia tempo para escapar por alguma das janelas do segundo andar e mergulhar verticalmente em outro universo?

Bubber batia nas teclas do piano; a impressão era a de que ele jamais se cansaria da progressão. Um três cinco oito cinco três um. Meio passo para um lado. Um três cinco oito cinco três um. Ela subiu para trocar de roupa, recolocar a calça de grávida e a blusa creme, pulseiras e brincos compridos. Olhando-se no espelho, falou com o novo híbrido entre a Sunny descuidada e careca vestindo as roupas caras da Sunny agradavelmente cabeluda.

— Assume — disse para si mesma. — Assume a careca. Assume o pão de mel trançado. Assume. O seu marido é Maxon Mann. Laureado do Prêmio Nobel. A sua mãe é Emma Butcher. Uma senhora foda. Assume.

A campainha tocou, e Sunny desceu rapidamente para abrir a porta para a babá. Eles tinham que contratar babás que também eram enfermeiras porque às vezes se fazia necessário, e Maxon não tolerava muita gente entrando na casa. Não queria um bando de babás adolescentes. Não queria trocas com as mães da rua nem um bando de crianças na casa. Sunny achava aquela babá sem graça, porém bem-informada. Não importava. Só de Maxon concordar em ter uma pessoa a mais em casa já bastava.

— Ele está tocando piano! — disse a babá. — Isso é muito bom! Não sabia que ele fazia isso.

— Nem eu. Mas suspendi a medicação — falou Sunny. — O comportamento dele pode ficar meio instável. Talvez ele ria, talvez chore, talvez berre, talvez decifre textos da civilização Harappa, talvez vá dormir. Não sei. Mas vou ficar com o meu celular e estar na rua aqui do lado. Então me ligue se algo acontecer.

— Bem, vamos deixar que toque piano por quanto tempo? — perguntou a babá.

— O quanto ele quiser — respondeu Sunny —, dentro de um limite racional. Certo?

Sem maiores explicações, Sunny pegou o pão de mel trançado, que agora estava duro e talvez mais apropriado para corte, e o colocou na tigela em formato de flor. Quando deu um beijo no topo da cabeça de Bubber, ele se virou para trás a fim de dizer "Ah, amo você, mamãe" em uma voz que quase tinha entonação. Suas mãos não pararam. Sunny se sentiu muito feliz ao ouvir aquelas palavras vindas do filho mesmo depois da suspensão do remédio.

Na calçada, sentiu a brisa na sua cabeça enquanto prosseguia para a casa da vizinha. Sunny havia recebido várias feiras de artesanato em casa, mas permitia a honra de alternar entre as casas do pequeno círculo de amigas. A feira de artesanato daquele bairro era mais um encontro para trocas do que um empreendimento comercial, embora todos os itens tivessem preço e o comércio fosse estimulado. Se alguém comprasse os brincos feitos à mão por Theresa no valor de 35 dólares, talvez ela acabasse comprando os cartões de Natal que Rose decorava à mão, três caixas por dez dólares cada. Rose talvez comprasse as loções aromáticas e terapêuticas de Sylvia, e Sylvia experimentaria alguns pingentes de prata. Ninguém saía mais rico ou mais pobre do que quando havia chegado, mas todas tinham produtos variados para dar às amigas menos importantes.

— Este sabão foi feito à mão por uma das minhas amigas da rua — diriam elas. — Ela faz na garagem dela, dá pra acreditar? Não tem cheiro de biscoitos de Natal? Sabia que você ia amar.

O tipo de mulher que frequentava a feira de artesanato não era o tipo que precisava fazer dinheiro extra no Natal. Estavam brincando de lojinha. E também iam por causa dos drinques. Havia um quadro com letras delicadas, decorado com fitas e balões, na frente do jardim perfeito de Jenny. Mas, se algum estranho entrasse, elas não saberiam o que fazer.

Jenny colocara todas as superfícies móveis da casa na frente do moderno palácio Tudor — mesinhas com bolas decoradas de lã, a mesa de jantar escondida embaixo de uma seleção de bolsas e chapéus acolchoados. As senhoras do bairro flutuavam pelos cômodos da frente da casa: o foyer com sua escadaria grandiosa, a sala com sua lareira grandiosa, a sala de jantar com o mural grandioso — o interior galês pintado na parede ao lado da mesa francesa ao lado das janelas alemãs. Jenny não era uma designer dotada, mas o marido tinha uma conta bancária sem fim. Com um adultério e um divórcio pairando sobre eles, ela não estava muito inclinada a economizar.

Assim que Sunny pisou nas tábuas lindas do foyer de Jenny, seu corpo soube o que fazer. Foi até a cozinha, elogiou as mudanças, colocou o prato sobre a mesa e escolheu uma faca perfeita na gaveta de talheres de Jenny.

— O que é isso, Sunny? — perguntou Jenny, com doçura.

Sua expressão era de bravura. O marido estava na sala de jantar; vestia um blazer de lã e um chapéu de golfe de couro, cabelos longos e brancos em um rabinho de cavalo horroroso. Tinha olhos negros penetrantes e uma boca nervosa, mas Jenny manteve distância. Com as amigas ao seu redor, ela continuaria o que estava fazendo.

— É pão de mel trançado — interrompeu Rache. — É norueguês, sabia?

— Holandês — corrigiu Sunny.

— Ah, que máximo! Quero provar... depois. — Jenny se afastou graciosamente para elogiar as bolsas da mãe de Angela.

Sunny ficou ali na bancada olhando para as cabeças reluzentes e ombros suaves das vizinhas. Eram pessoas boas, pessoas inteligentes. Ela não se sentiu melhor do que elas por estar sem a peruca, não sentiu que não a mereciam. Sentiu o oposto. Lá estavam elas, as que a aceitaram em seu grupo sem suspeitas, deixaram que ela chegasse no topo da pirâmide, escutaram seus conselhos, seguiram-na, e agora ela as havia traído. Sentiu que evitavam seu olhar quando estavam de frente para ela, e que a olhavam pelas costas. Em alguns ângulos, ela era invisível, mas, em outros, as amigas não conseguiam parar de olhá-la.

Então uma batida forte soou na porta, que se abriu e revelou uma figura familiar, ousada e certeira. Les Weathers entrou na sala. As mulheres foram até ele como borboletas. Ofereceram-se para pegar o seu casaco, levaram-no até a mesa de comidas, deram-lhe um prato e um garfo. Suas vozes subiram uma oitava. De repente, o marido de Jenny, que contava a história de uma surra que levara a meio quarteirão de casa enquanto andava até a festa de virada do ano dos Hardison, foi abandonado. Elas já haviam escutado aquela história. Ali estava Les Weathers, do noticiário do Canal 10. Ele as cumprimentou, mostrando seus dentes brancos, dando tapinhas em ombros e assentindo com a cabeça, e depois disso traçou uma linha reta até Sunny.

Ele a segurou pelo cotovelo, inclinou a cabeça para mais perto, preocupado, e perguntou:

— Sunny, você está bem? Como está o bebê? Resistindo aí dentro?

— Estamos bem — respondeu Sunny.

— Ah, que bom — disse Les Weathers. — Fico feliz em vê-la dando uma volta, respirando o ar gostoso do outono.

— Sim, sim — concordou Sunny —, mas vou embora daqui a pouco. Pro hospital.

— Que houve? — perguntou, engasgando, renovando instantaneamente a postura de preocupação. — Mais contrações?

— Não, é a minha mãe.

Les Weathers franziu as sobrancelhas e as mulheres que estavam ao redor de Sunny soltaram os seus "ohh" e "ahh" em sinal de simpatia. Elas sabiam da mãe de Sunny, que tinha sido trazida da Pensilvânia em um processo avançado de morte, e que vinha definhando no hospital.

— Como ela está, Sunny? — perguntou Rache. — Consciente? Falou alguma coisa?

— Ah, eu tirei os tubos dela — respondeu Sunny. — Está morrendo. Agora ela vai morrer.

Enquanto dizia essas coisas, Sunny sentia a caixa torácica se enfraquecendo. Na sua imaginação, viu a fatia de bolinho que comia caindo de sua mão. Alguém vinha rapidamente, resgatava-a com um guardanapo e dava um fim nela. Imaginou o braço forte e largo de Les Weathers em torno de seu corpo, e sentiu quase como se estivesse se inclinando para se apoiar na camisa dele, aquele peitoral com cheiro forte de lima e confiança. Queria chorar, berrar, e lamentar ali na frente de todo mundo, o rosto contorcido e vermelho, as mãos avacalhando o penteado dele, puxando-lhe as orelhas. Mas nada disso aconteceu. O bolinho continuou na sua mão. A caixa de sentimentos que ela fechara no hospital continuou fechada, e nada escapou dela.

— Tudo bem, tudo bem — disse Les Weathers, mais para as mulheres que se reuniam em torno de Sunny do que para ela. — Ela está bem. Tem sido difícil, mas está lidando com a situação. Olha.

— Eu me sinto mal — falou Sunny, dando uma tossida de leve.

Ela se viu, como se estivesse no outro lado da sala, controlando-se, a boca sólida como uma linha no rosto. Como queria berrar para eles: EU ME SINTO MAL! ME SINTO MAL POR TER DESLIGADO OS APARELHOS DA MINHA MÃE! EU A MATEI E ME SINTO MAL! ELA VAI MORRER! Mas não faria isso. Não seria uma coisa a ser lembrada durante anos, sobre a qual elas contariam aos maridos mais tarde, às irmãs ao telefone. Não, elas não falariam sobre uma coisa enrugada e despedaçada se agarrando a um homem largo com os cachos fabricados e o queixo partido, gemendo e gritando. Em vez disso, falariam sobre a alienígena lisa vestindo bata e dizendo com calma: "Eu me sinto mal por ter desligado os aparelhos."

— Sunny, talvez você não tivesse opção! — contribuiu Rache, e Jenny colocou uma das mãos nas costas de Sunny. — Você tinha que deixá-la ir, já era hora! Você fez a coisa certa.

Como matar uma coisa que está viva pode ser certo? Como Rache poderia saber de alguma coisa, quando Sunny vinha mentindo para ela desde o começo? Sunny colocou essas perguntas na caixa e a fechou. E mais o berro, o despedaçar de si mesma, e o se esconder debaixo da cama esperando pela morte; tudo foi amontoado na caixa, e a caixa foi fechada, selada, e ela não a abriria, não pensaria sobre ela.

— Ela estava viva, e agora vai morrer, e é culpa minha. Eu fiz isso — disse ela.

— Ridículo — bradou Les Weathers. Com uma das mãos segurando Sunny firmemente, pegou um sorvete de chocolate com a outra e gesticulou de forma definitiva antes de levá-lo à boca com um floreio. — Você não é uma criminosa. Não sai por aí matando as pessoas. É apenas uma mulher. Uma mulher careca. E você faz o que tem que fazer.

Ele mordeu a casquinha do sorvete e prosseguiu com entusiasmo sobre o tópico.

— Todos fazemos coisas difíceis, Sunny. Perder a minha esposa Teresa foi uma das coisas mais difíceis que já fiz. Mas tinha que acontecer. Eu a abandonei? Não, ela fugiu de mim. Você matou a sua mãe? Não. Por meio da sua falta de ação, você permitiu a ela falecer. Mas todo mundo mandou você fazer isso. A corte, o médico, até mesmo o seu marido. Você fez a coisa certa. Foi melhor assim.

19*

No inverno daquele ano, quando Sunny tinha 8 anos de idade, Maxon tinha 9. Ela e a mãe queriam levar o menino para esquiar, mas o pai dele disse não. Elas esquiariam protegidas por parcas e calças de neve, chapéus felpudos, óculos, cachecóis, até que ninguém fosse capaz de distinguir Sunny de uma criança normal com uma cabeça normal cheia de cachos reluzentes ou camadas lisas. Elas tinham certeza de que Maxon se beneficiaria se também fosse. Se saísse do vale. Todos se beneficiariam. Elas iam de carro para Vermont, mas o pai dele disse não.

Nu também disse não, disse que elas eram malucas por querer congelar na neve até morrer, mas Emma estava decidida. Comprou um casaco de neve azul-claro para si e óculos para as duas crianças, óculos que usavam para se empurrarem dos tobogãs no quintal. Paul Mann disse que precisava do menino em casa. Precisavam dele quando havia mais cinco irmãos em casa, todos mais velhos, todos trabalhando na propriedade em várias áreas — madeira, escavadeira, produção de metanfetamina etc. O motivo daquele outro irmãozinho ser necessário, quando nem se lembravam de dar-lhe comida, era algo que as mulheres Butcher não compreendiam. Porém, ele não teve permissão para ir, e Sunny ficou furiosa com isso.

NO INVERNO, NÃO havia passeio de bicicleta, trilha ou tempo para brincar depois da escola, pois ficava muito escuro e muito frio bem cedo, então os dois pegavam o ônibus para a casa de Sunny, onde comiam antes de ir andando pelo vale até a casa de Maxon. Sunny corria de volta, no estilo Maxon, passando as mãos pelas árvores, escalando e gritando monte acima, ao passo que Nu ficava de pé na porta dos fundos, preocupada e esperando. Ela andou com ele até a casa naquela noite; saíram logo depois da escola com sanduíches quentes nos bolsos para que Nu não ficasse preocupada. Em vez de uma rota direta, fizeram um caminho bem mais longo no vale. Fazia frio, os pinheiros estavam cheios de gelo, cada galho era um filamento de vidro, e o vento fazia com que ramos tilintassem ao redor deles, causando uma chuva de cristais. As botas de ambos faziam barulho na neve. O riacho, na parte inferior do vale, era uma escultura de gelo, congelado em movimento, com todas as pequenas cachoeiras. Eles pararam ali, perto do toco que era o seu esconderijo, o qual haviam transformado em um trono.

— Saudações ao rei, todas as fadas! — exclamou Maxon.

— Venham todas as fadas ao rei — berrou Sunny. — Que morram para sempre os inimigos das fadas!

— Venham ao banquete as fadas! — gritou Maxon. Limpou um dos tocos onde se sentavam para conversar ou fingir que estavam na corte das fadas. Sentaram-se para comer.

— A tribo lobo vem para o banquete — disse Maxon, a boca cheia de carne moída. — A tribo falcão diz morte à tribo lobo.

— A tribo falcão traz a penitência — falou Sunny. — Traz dez penitências pro banquete, mantém a tribo lobo fria na neve.

Continuaram brincando disso enquanto comiam, fingindo com as próprias palavras, confundindo-se e falando rápido. Tudo estava decidido em relação às tribos da floresta, as guerras das quais participavam, as histórias que aconteciam, os personagens que inventavam. Maxon tinha tudo definido em imagens em torno de uma sequência específica de árvores, como um mapa de informações. Sunny tentava compreendê-lo quando ele falava rápido e tentava responder com ainda mais rapidez. Era ela quem lia um tanto de literatura infantil, portanto tinha bastante a oferecer, embora não fosse da floresta da mesma maneira que ele achava que era. Os dois sentiram que estava escurecendo. Jogaram as últimas mordidas de comida em um galho entortado de uma grande árvore como oferenda, e sabiam que era hora de ir embora.

— Maxon — disse ela finalmente, devagar —, você teme muito seu pai.

— Não temo o pai — disse ele, ainda brincando. — Temo a mãe.

— Maxon — insistiu ela. — Você tem medo dele. Por quê? O que ele faz com você?

Maxon se virou para ela com uma expressão sombria, e a revelação que ali pairava era terrível o suficiente sem nem mesmo se mostrar. Era simples e comum, mas a machucou profundamente. Ela o abraçou.

— Eu amo você, Maxon, o rei das fadas, o menino da floresta, amo você pra sempre.

Ele sorriu sem olhar dentro dos olhos dela e a afastou de si. Foi correndo para casa.

— Não me segue, Sunny, ovo de pássaro, pedra de rio! Vai pra casa! Por segurança! Por amanhã! Corre!

Ela o observou indo embora, sabendo que haviam ficado tempo demais no escuro, sentindo a umidade que gelava os ossos entrando nela, no casaco pesado e caro. Sabia que tinha que se virar e ir direto monte acima para casa, mas não se virou. Ela o seguiu, passando rapidamente entre as árvores com botas macias sobre a neve. Ela o viu subindo o monte, ziguezagueando, tocando as árvores enquanto corria. Como se fosse cego e estivesse tateando para encontrar o caminho. Sunny ficou parada na fileira de árvores, ao passo que ele correu ribanceira abaixo e pelo campo e passou pelas camadas de arame farpado até virar um ponto negro no campo branco e reluzente de neve. Entrou na casa, ficou envolto por um retângulo laranja por um momento e depois desapareceu. A batida da porta com tela, que não tinha o tamanho correto, ecoou na escuridão, que aumentava. Quando ela se virou para as árvores, estava mais escuro ainda. Ela podia voltar facilmente para casa, era um caminho familiar, o território da tribo falcão, e ela conhecia as árvores, as samambaias e o velho tronco onde tinha havido uma batalha em disputa pelos restos da cabra falecida havia tempos.

O único lugar onde ela precisava ter cuidado, na rota mais direta para casa, era entre os pedregulhos na encosta do monte. Na área onde a montanha se tornava mais íngreme no lado Butcher do vale, havia rochas gigantescas com pontas para fora do solo, produtos de alguma erupção de milênios antes, coisas monstruosas permeadas por desfiladeiros imensos, perigosos no escuro. Conforme contornava as pedras, ouviu um berro distante vindo das suas profundezas labirínticas.

Achou que talvez um veado tivesse caído em uma fenda e se prendera em dois lados íngremes da pedra. Um veado ou talvez um urso. Seu coração acelerou. Um leão da montanha seria capaz de sair dali. Um veado não teria como escapar sozinho. Ela voltaria para a casa e buscaria Nu. Melhor voltar agora, imediatamente, e buscar Nu. A sua mãe diria: "Sim, Nu, vai lá descobrir o que é." Nu iria sozinha e salvaria, ou mataria, o que quer que fosse. Contudo, ela tinha que saber exatamente o que escutara, portanto se ajoelhou na neve e se arrastou até a beira do precipício. Lá embaixo, alguma coisa se mexia. Um homem. Era Paul Mann. Era o pai de Maxon.

— Jesus Cristo, obrigado! — disse ele, ofegante. — Você aí! — falou mais alto. — Quem é você? Quem tá aí em cima?

Sunny não respondeu. As pernas do homem estavam tortas embaixo dele num formato de Z; mexeu os braços, mas estava claro que não tinha como se mover. Estava coberto de pinheiros, que grudaram nele quando tentou se segurar na terra ao seu redor para sair dali. A menina sentiu o cheiro de licor mesmo estando três metros acima do homem, e viu que ele usava apenas uma camiseta com suspensórios imundos e calças de trabalho.

— Quem tá aí?! — repetiu agressivamente. — É você, Maxon? Vai pra casa agora e busca a tua mãe. Busca os teus irmão. Achei que fosse congelar nesse buraco de merda até um de vocês cabeças de merda passar aqui. Onde você tava? De vagabundagem com aquela piranhazinha careca? Vai buscar tua mãe agora! Tá ouvindo? Se mexe, senão vou te machucar!

Sunny tirou a cabeça de cima do buraco. O seu pulso corria rápido; ela sentiu que os olhos sairiam pulando de tanto que o sangue pulsava no seu rosto.

— O que estava fazendo na nossa propriedade? — perguntou ela com bastante clareza, na sua voz preocupada de menininha.

— Quem tá aí em cima? Volta aqui, deixa eu olhar pra você — disse ele.

Ela tirou o chapéu e o colocou no bolso, tirou o cachecol do pescoço. O vento gelado da noite que se aproximava lhe mordiscou a pele delicada, mas ela deixou, e sentiu as orelhas formigando e a brisa congelando o seu nariz. Colocou a cabeça sobre a borda do precipício e deixou que ele a visse contra o céu.

— Ah, oi, Suzy, Suzy, é você. Desculpa, achei que fosse outra pessoa. Corre e busca alguém agora, você tem que me ajudar a sair desse buraco, querida — murmurou ele. Sunny ficou ali sentada por alguns instantes memorizando a imagem dele no buraco, pois sabia que aquele era um momento que ela jamais teria de volta.

Quando elas fugiram da Birmânia, quando estavam em Rangum prestes a entrar no navio que as levaria na longa jornada até São Francisco, até Chicago, até aquela noite sob as estrelas, sob aquela Lua nascente, sobre aquele homem suplicante, sua mãe se virou para a cidade, para o porto estranho, e disse:

— Olha, Sunny. Olha pra esta cena agora e depois fecha os olhos e pensa nisso pra que você jamais esqueça. Se Deus quiser, você nunca mais vai ver o que está vendo agora. Então, olha bem pra lembrar depois. Este é o lugar onde você se tornou você.

Ela ainda conseguia se lembrar levemente, cinco anos depois, do formato dos pagodes, dos prédios baixos e retos do governo, das paredes do porto. E agora olhava para aquela pessoa no buraco, Paul Mann, e pensava com afinco em sua silhueta, no formato do corpo preso nas pedras. Então, tirou a cabeça da boca do precipício, recolocou as roupas e foi para casa.

Respirou com leveza, ainda que estivesse subindo o monte, o que faria pelo resto todo do caminho. Respirava com a parte de cima do corpo e olhos bem abertos. A Lua nascente iluminava os campos inteiros em torno da casa, que se aninhava entre as árvores de cicuta, um rancho lindo e cheio de calor e amor, onde viviam os braços receptivos da mãe e de Nu.

Encontraram Paul Mann dois dias depois. Havia morrido em virtude de ter ficado ao relento depois de cair, bêbado, em um pequeno buraco. Sua última garrafa foi encontrada ao lado dele, quebrada. O rosto congelado estava virado para cima, apontado para o céu, expressões paralisadas. Mais tarde, ele foi degelado e tirado dali, enterrado e deixado para apodrecer. As Butcher levaram Maxon para a viagem de esqui em Vermont; a mãe dele o deixou ir prontamente. Tinha muitas coisas a fazer. Ninguém sentiu falta do menino.

DEPOIS DA FEIRA DE ARTESANATO, Sunny foi para casa. Bubber já dormia e a babá estava sonolenta no sofá, meio que assistindo ao programa da Oprah. Sunny deixou as chaves na mesa. Tudo estava tão calmo; ela mal conseguiu acreditar. Quando você está sentada em um banco de três pernas e chuta todas elas até caírem, mas, ainda assim, continua sentado, — é porque você é tão bom que chega a levitar? Ou deve concluir que estava no chão esse tempo todo? Quando não há nada mais para queimar, talvez seja melhor se acomodar no fogo.

Que cena grotesca seria necessária para que as amigas a rejeitassem de vez, para que reconhecessem que era estrangeira, indigna? Há uma mulher com uma verruga que cobre metade do seu rosto. Há uma mulher que não consegue parar de falar nas sessões de terapia. Ela previu rejeição, repúdio, previu ser expulsa do bairro, cardigãs rasgados, minivan tomada, mas não esperou que, de alguma maneira, se identificassem com ela. Não esperou que a calvície fizesse com que gostassem mais dela, e não menos. Isso Sunny não previra.

O BlackBerry chiou na bolsa. Ela pegou o telefone e checou uma mensagem de Angela Phillips, a esposa de um dos astronautas que estava a bordo da espaçonave. “Não liga a TV”, dizia a mensagem. “Liga pro Stanovich.” Ela sentiu o coração acelerar. Teclou o número do centro de pesquisa de Langley e chamou o companheiro de pesquisa de Maxon no projeto da colônia lunar. Ele estava chorando.

— Sunny — disse ele —, a espaçonave foi atingida. Foi atingida por um meteoro.

— Ele morreu? — grasnou ela ao telefone.

— Eles não sabem — respondeu Stanovich. — Perderam a comunicação com a espaçonave. Sunny, vou sentir muita saudade dele. Você vai ficar bem?

Como se isso fosse possível. Como se ela não fosse morrer sem ele. Como Stanovich podia não saber disso, quando os conhecia tão bem? Pensando bem, entretanto, não era tão estranho. Eles eram bem discretos. Não faziam o tipo que deixa recados de amor pela casa toda. As pessoas se perguntavam, ou perguntavam a ela de vez em quando, como conseguia ser casada com Maxon. Como conseguia continuar amando-o apesar das suas óbvias deficiências? Ela poderia responder: *Como nos amamos? Nós nos amamos como crianças peladas em uma selva estranha, onde cada toco vira uma ogra e cada orquídea, um punhado de vermes. Não falamos "Eu amo você", do mesmo jeito que, depois de passarmos um dia vagando, perdidos pelas árvores, não viramos um pro outro e dizemos "Somos as únicas crianças peladas nesta selva". O resto todo era simplesmente ou um jaguar ou um monte de areia.* Às vezes, chega-se àquele estado de desespero em que é necessário se segurar em outra pessoa e se isolar. Aquele estado em que ninguém mais importa de verdade. Ela pensou: *O nosso amor é um dos amores épicos da nossa geração. Talvez de todos os tempos. Que importância tem se as pessoas que passam por nós percebem isso? Nossa história é uma canção de amor. E daí se não vai ficar marcado na história?*

O Sol passou pelo céu e desapareceu. Bubber foi dormir, mas Sunny acendeu todas as luzes da casa. Andou até o cômodo onde ficavam as perucas e parou à porta, com a respiração ofegante. Teve o mesmo sentimento de queda que uma pessoa tem quando decide, de maneira beligerante, subir em um telhado de ardósia, mas acaba escorregando e está a caminho do chão. Foi até a peruca mais próxima e a tirou do manequim. Aquela peruca em particular era sua opção para todas as ocasiões, uma obra de arte de ondas louras e mechas longas e revoltas. Pegou a peruca e a colocou rapidamente sobre a cabeça. Sentiu o seu peso, sentiu-a reposicionando a sua cabeça para o formato apropriado. Esticou as mãos e virou para a direita, virou para a esquerda. Caminhou lentamente pelo quarto, pelo corredor, pela casa toda.

Conforme passava pelos cômodos, que eram como caixas empilhadas sobre a fundação, remodelou as paredes, reergueu os tetos, firmou o chão com cada passo. Aquela linda casa, aquele templo sagrado da sua vida, construída sobre tudo que era normal, esperado e puramente bom. Um santuário para a vida deles, para guardá-los da intrusão do estranho, das ondas contínuas do passado. Aquela era a sua vida antiga, tal era a forma de antes, tudo no seu lugar. A casa, uma propriedade senhorial, uma afirmação, um edifício em vez de apenas outra cobertura para o sistema de esgoto, como todas as outras coberturas para sistemas de esgoto na rua.

Fez uma pausa embaixo do candelabro do foyer. Os ombros estavam paralisados sob o peso de tentar retomar tudo; Sunny mal conseguia se mover para abrir a porta, mas tinha alguma coisa ali. Havia alguém nos degraus. Rache.

— Oi, Rache — disse Sunny, abrindo a porta. Sua intenção era soar como sempre soou ao dizer essas palavras. Rache segurava a tigela que Sunny deixara na festa. A tigela onde ela havia colocado o pão de mel trançado, construído em um ataque estúpido de otimismo. O rosto de Rache se contorceu quando ela viu a peruca.

— Sunny? O que você está fazendo? — Rache entrou rapidamente na casa, colocou a tigela com força sobre a bancada da cozinha e se virou para ficar de frente para Sunny. — Por que essa peruca está na sua cabeça de novo?

— Eu... você já sabe? — começou Sunny.

— Que porra é essa? — falou Rache. — Você não vai usar peruca, tá? Você não vai.

Não havia o que dizer. A impressão era a de que Rache chegaria perto de Sunny, arrancaria a peruca e daria um tapa na sua boca. Mas a peruca permaneceu na cabeça dela, fazendo o que devia fazer, mantendo o telhado erguido, mantendo as estrelas no céu, mantendo os planetas alinhados.

— Acha que estamos ligando pra sua careca? — perguntou Rache. — Não damos a mínima. Nós... nós não ligamos. Nenhuma de nós... — Rache tapou a boca. Sunny sentiu a garganta se fechando. — Não ligamos. Não queremos que você use peruca.

— Eu sei — respondeu Sunny. — Tudo bem. Não é com vocês. E não é por vocês, é só por mim, pela minha vida.

— Colocar essa coisa na sua cabeça não vai botar a espaçonave na rota certa. Não vai impedir que alguém morra. Não vai funcionar em nada: todo mundo sabe disso. — Rache fez uma pausa, e depois segurou o punho de Sunny. — Sunny, você tem que entender que você não é tão especial assim. Eu sei que tem sido difícil, mas você não é a única pessoa neste mundo. Nem é a única careca do planeta.

— Você não é careca — falou Sunny.

Rache segurou os próprios cabelos louros.

— O que acha que tem aqui embaixo, Sunny? O que tem aqui? Embaixo deste cabelo? Você sabia... sabia que transei com o marido dela? Transei com ele, transei com o marido da Jenny. — Rache falava em um sussurro agora, a boca caída nos cantos, a voz ríspida sobre a língua. — O marido da Jenny, e ela é tão gente boa, podia muito bem ser uma cesta de filhotes de gato. Estamos apaixonados? Não. Mas transei com ele mesmo assim.

Rache pegou um punhado de cabelo com cada mão.

— Careca — disse ela. — E o resto deles também. Carecas. Pode acreditar.

— Mas eles nunca mataram ninguém — falou Sunny. Tossiu e se engasgou. — Você nunca...

— Nem você, Sunny — disse Rache. — Você não matou sua mãe. Não matou.

Sunny tirou a peruca e a colocou nas mãos de Rache. Ela mereceu essa vitória. Era muito gentil da parte dela fazer tal gesto de amizade. Gentileza devolver a tigela. E falar sobre a sua cabeça terrível. *Mas você está errada,* Sunny quis dizer. *É tudo culpa minha. Eu matei ele, matei ela e agora matei Maxon. Tudo culpa minha. E a peruca não importa. Porque a minha casa já está em ruínas.*

20*

NA ESPAÇONAVE, MAXON ESCUTAVA A PRÓPRIA RESPIRAÇÃO DENTRO do capacete. Ouvia as vozes dos Pilatos conversando uns com os outros, agora mais calmos, menos frenéticos. Sentiu a espaçonave se movendo pelo espaço sem fazer esforço. Tudo parecia OK, normal. Seu pulso estava elevado, mas os ossos, intactos. Não tinha sido atingido. Não tinha explodido em mil pedaços.

Testou a voz.

— Philips, qual o status?

— Hum, Gênio, precisamos que você fique sentado — veio a voz.

— O que aconteceu? Foi uma explosão?

— Acho que fomos atingidos, irmão — respondeu Fred Phillips. Estava a quilômetros via onda de rádio no fone de ouvido, mas se encontrava logo ali ao lado de Maxon, tão perto que poderia ter dado um tapinha na mão coberta pela luva.

Os braços de Conrad se moviam freneticamente, seus dedos batiam nos teclados. Maxon se perguntou se devia ajudar.

— E... hum, o resultado foi muito ruim? O meteoro causou muitos danos?

— Sim, Gênio, qualquer meteoro que atinja você vai causar danos, tá bom? — A voz de Phillip estava mais alta do que o normal, o que Maxon sabia, segundo o seu caderno de anotações, indicar tensão e falta de paciência. Maxon franziu o rosto.

— Vamos restaurar a comunicação primeiro — intercedeu Gompers. — Aí avaliamos o dano e agimos.

— Estamos no nosso curso? — quis saber Maxon. — Vamos manter o planejamento com a nossa carga?

— Maxon, estamos meio que tentando verificar se não há entrada de ar e garantir que vocês tenham oxigênio agora — disse Phillips. — Existe um processo pra essas coisas, um processo que precisamos seguir meticulosamente pra caralho, senão vai todo mundo se foder, tá bom?

— Relaxa, Phillips — ralhou Gompers.

— Mas estamos no curso? Qual o status da nossa rota? Desviamos?

— Escuta, irmão, se não estabelecermos comunicação com Houston logo, e com os nossos satélites logo, e com a porra do mundo inteiro de eletrônica fora dessa espaçonave logo mesmo, não vamos conseguir definir porra nenhuma do curso, tá bom?

— Phillips! — gritou Gompers. — Se controle. Outro ataque desses e será isolado.

Uma caneta azul flutuou pelo rosto de Maxon. Ele destravou o braço, levantou a mão, soltou a máscara facial e levantou a proteção. Respirou fundo.

— Temos oxigênio — disse Maxon. — Agora, e a porra do nosso curso? Estávamos buscando inserção na órbita, Phillips. E temos ou não? Temos motores? Os motores estão com energia? Precisamos lançar o foguete dois em aceleração 60 por 8 segundos. Essa foi a última ordem. Você a executou?

Phillips bateu no teclado dentro da luva branca, também abriu o capacete e respirou fundo. O seu rosto estava úmido, o que Maxon sabia significar que estava nervoso. Ele virou o rosto, agora a centímetros do nariz de Maxon, e lá ficaram ombro contra ombro nos seus assentos na espaçonave. As palavras saíram com cuspes na ponta da língua, podadas e amargas:

— Agradeço o seu interesse no nosso progresso. Agradeço por você estar em uma missão aqui também. Mas, até que eu diga o contrário, você tem permissão apenas para ficar sentado. Não tire o seu uniforme. Não cague nas calças. Não pergunte mais nada sobre esta merda de contêiner.

— Posso falar "Conserta! Conserta! Conserta!" até você consertar? — perguntou Maxon, sem nem piscar. Gompers começou a rir.

— Você é um babaca — disse Phillips. — Um verdadeiro babaca.

Voltou a olhar para os controles à sua frente; Maxon suspirou. Não gostava de esperar para ter informação. Não gostava de ficar de lado enquanto as outras pessoas pensavam e faziam o trabalho. Não gostava de delegar, jamais. Sentiu que, se pudesse trocar de lugar com Phillips e se sentar na frente da tela verde e preta, conseguiria perceber os erros de Phillips, restauraria a comunicação, e assim eles voltariam ao plano inicial.

No entanto, não foi possível restabelecer a comunicação. O meteoro estraçalhou o aparelho satélite e ele não funcionava mais. Não havia apertar de botões nem palavras e números na tela verde e preta que pudesse consertá-lo. Teriam que se mover pelo espaço para chegar ao lugar onde o satélite ficava, e, mesmo se fizessem isso e olhassem com atenção para o metal contorcido e a fibra de vidro despedaçada, as únicas sobras do satélite, não conseguiriam trazê-lo de volta. E, sem o satélite, estavam sem comunicação. Além disso, é claro, e não havia como negar, eles seguiam diretamente para a Lua, e fora de órbita, segundo a estimativa de Maxon — e ele quase nunca errava.

Phillips e Gompers ficaram cada vez mais nervosos, ao passo que Conrad permaneceu tranquilo, com rosto cinzento. Eles faziam checagens contínuas, checaram tudo, tudo checado — menos comunicações, pois estavam completamente cortadas. Sem poder entrar em contato com Houston, sem os recursos à disposição no Controle de Missão, a missão era interrompida e não era possível voltar para casa. Embora houvesse planejamento prévio para contingências, estas não incluíam um desvio de rota por causa de uma colisão com um meteoro e ajustes necessários. Os astronautas a bordo não tinham como fazer esses ajustes sem comunicação. Precisavam de uma maneira de se conectar com os que estavam na Terra, e não havia outra solução. Maxon ficou sentado cruzando e descruzando os dedos, unindo-os e afastando-os, olhos focados na tentativa de manter a paciência — pelo bem de Phillip e Gompers.

— Se a gente conseguisse saber a nossa posição — murmurou Phillips —, se conseguisse uma triangulação...

— Sem os nossos números, não temos nada — disse Gompers. — Estamos decaindo neste momento. Vamos aterrissar com muita força e muito rápido. Não estamos nem equipados pra aterrissar nesta coisa. Você sabe disso, né? Se aterrissar, vai ficar onde parar. Precisamos de órbita. Vamos lançar os foguetes.

— Peraí, em que direção? Acha que consegue simplesmente navegar a olho nu? Precisamos de Houston, precisamos de informação. Não dá nem pra ver direito daqui de cima.

— Tenho uma ideia — falou Maxon, com firmeza. Sua voz fez um corte no ar comprimido, seco. Manteve-se tão calmo durante o caos todo que os outros homens começavam a se perguntar se ele estava realmente ciente da situação em que se encontravam.

— Manda ver, doutor — disse Gompers.

— Sabemos onde a base dos contêineres estava, certo? Sabemos onde estava e em qual órbita estava. Se colocarmos a sua velocidade e a sua trajetória em paralelo, podemos estabelecer uma órbita sólida com segurança. Feito isso, posso ir à base e pegar um dos robôs Hera e montar um telefone pra nós.

— Ir à base? Como, no seu carro?

— Tem um uniforme com propulsor no Cargo B — disse Conrad.

— Eu sei — falou Maxon. — Coloco o propulsor e vou até o contêiner.

— Você entende a gravidade dessa situação, senhor?

— Não — respondeu ele —, mas vou pesquisar no Google e, quando chegarmos lá, estarei informado.

Conrad piscou e, lentamente, começou a rir. Porém, Phillips esticou a mão e deu um soco no braço dele.

— Babaca! — repetiu. — Olha, com o software que temos a bordo, podemos fazer isso. Dá pra reaproveitar o software de navegação para funcionar como um GPS. Por rádio, por rádio se for necessário.

— Mas depois o quê? Como — iniciou Gompers —, como vamos fazer o Controle de Missão acessar os nossos números?

— Prometo — disse Maxon com frieza — que consigo arrumar um jeito de falarmos com Houston se vocês me levarem ao contêiner com a carga. Uma das máquinas que os robôs Hera vão construir na Lua é um centro de comunicações. Só precisamos de uma Hera. E de silicone, titânio e ferro.

George e Phillips se entreolharam.

— Metais de Lua — falou Phillips. — Precisamos de metais de Lua.

— Sim, esses, entre outros, são minerais encontrados na Lua — disse Maxon para eles. — Os robôs são feitos pra extrair os seus próprios minerais do meio ambiente lunar, pois não é possível ficar mandando plásticos e alumínio da Terra o tempo todo.

— Bem, e onde vamos conseguir pegar silicone e titânio?

— Dá pra pegar partes do equipamento do Cargo A — respondeu Conrad.

— O suficiente? — perguntou Phillips.

— Não preciso de muito — garantiu Maxon.

Enquanto Phillips planejava um curso para interceptar, Gompers e Maxon vasculhavam o resto da espaçonave procurando por peças que pudessem ser usadas como matéria-prima para se fazer um telefone.

— Obrigado — disse Maxon para Gompers. — Isso é suficiente. Agora, Phillips, consegue nos alinhar ao contêiner?

— Matemática simples, meu amigo. Matemática simples — garantiu Phillips. — Tenho que admitir, Gênio, que você mandou bem dessa vez.

Ele levou duas horas para colocar o uniforme usado para caminhadas no espaço. Era um aparelho com capacete de vidro, luvas, botas, monitor de batimentos cardíacos, escâner cerebral e coletor de fluido corporal. Havia camadas e camadas para serem instalados nele, e Maxon não cabia nelas direito, era alto demais para as pernas. O macacão interno era muito justo, como se ele estivesse apertado dentro de uma segunda pele. O exoesqueleto duro foi instalado sobre ele e fechado. Movia-se como um monstro dentro dele, como um lagarto de 15 metros se movendo lenta e deliberadamente, batendo nas coisas no Cargo B, arremessando pedaços de equipamentos no outro lado da cápsula. O propulsor era operado por controles embaixo dos seus dedos; com algumas instruções breves, Maxon conseguiu entender.

Quando finalmente estava pronto para ir, Phillips e Conrad haviam consertado a órbita do módulo do contêiner, já o tinham mapeado e parado ao seu lado.

— Não demore, Dr. Mann — disse Phillips, aflito. — Você tem cerca de seis horas de trabalho nesse uniforme. Vamos nos comunicar com você por rádio.

Maxon entrou no compartimento de contato com o exterior. Viu Gompers e Phillips na espaçonave olhando para ele. Então ouviu um chiado, e o portal se abriu no espaço.

Sem hesitação, empurrou-se para fora da espaçonave e saiu rodando. Ele se preocupou com o propulsor? Se daria ignição quando ele apertasse o botão, se funcionaria direito? Não. Maxon acreditava em máquinas. Acreditava que fariam o que foram construídas para fazer. Era como andar com rins, ou com pulmões. *Todos fazemos isso o tempo todo,* pensou Maxon. *Não pensamos sobre a nossa dependência de um emaranhado de músculos pra continuarmos vivendo, um emaranhado de matéria biológica que pulsa a cada momento, a cada dia, sem parar no escuro, sem descanso, sem refresco, e até mesmo quando deixamos de alimentar essa matéria, ou quando a sufocamos, quando exageramos. Aquele emaranhado rosa continua a se contrair, contrair, contrair sem vontade própria, sem descanso. Sem ciência do próprio sacrifício.*

— Vocês já são robôs — disse ele certa vez para uma sala cheia de universitários em uma conferência no Maine. — Os robôs mais avançados já feitos no mundo. O coração bate sem consciência, e é por isso que bate. Contanto que não haja uma falha mecânica, ele continua batendo, mas quem é capaz de planejar uma solução para isso? Vocês o constroem quando ainda estão no útero. Quando ainda estão na Terra, constroem propulsores que os levarão ao espaço, e, quando vocês chegam lá, apenas precisam confiar que o construíram direito.

Lá foi ele para o espaço, incrivelmente sem conexões. Sem um cordão para segurá-lo, sem um pensamento para fazê-lo se arrepender — lá foi, navegando para longe. Os meninos na espaçonave observaram sua silhueta contra o pano de fundo da Lua, com o espaço inteiro atrás dele. Não parecia humano; e tiveram que se lembrar de que ali havia pele e alma humanas, dentro do uniforme mecânico, reluzente e brilhante.

Ele era humano, porém indestrutível; humano, porém respirava; humano, porém livre. Via a Terra, a Lua, a espaçonave lá atrás, o contêiner com a carga na frente dele. Maxon de fato havia partido, mas ainda estava meio sem saber disso. Distante. Uma experiência intensa esperava por ele na profundeza do espaço. Outros humanos, naquela situação, estariam propensos a pensar para dentro. Mas não Maxon. Ele pensava apenas na sua direção, nas correções necessárias para mantê-lo em curso, na distância entre ele e seu alvo. Foi exatamente nisso que ele pensou.

Quando criança, passou por momentos muito ruins. Houve situações em que o pai o espancou com uma tira de couro. Em outras, o pai o espancou com um tijolo. Essas experiências não estavam alojadas na memória de Maxon. Não tinham permissão para ficar ali. Ele foi curvado várias vezes, nu da cintura para baixo, sobre a maleta do pai, instruído a se segurar nas barras da cama. Uma das botas do homem travava o seu traseiro enquanto o cinto batia várias e várias vezes na base das costas, nos braços, nas costelas. Sem lugar para onde a sua mente pudesse ir, sem um lugar seguro. Por não responder a uma pergunta. Por não dar uma resposta apropriada. Por irritar a mãe. Por se atrasar. Não havia carne que respondesse às pancadas. Havia apenas ossos que sofriam o baque e pele que se abria. O pai o punia nos lugares mais secretos, para esconder o que fazia. As marcas não eram vistas. Sendo assim, Maxon estava familiarizado a distanciar a mente de uma situação física complicada? Sim. Foi uma das primeiras habilidades que dominou.

A caminhada da espaçonave até o contêiner durou noventa minutos. Foram noventa longos minutos de total concentração. Embora não sentisse preocupação, dor, ou animação, ele sentiu, sim, uma urgência gelada de ter que conseguir. Ali fora, ele era a sua única equipe, fora do controle da ideia de outras pessoas, inabalado pela inadequação dos outros. Era um corpo flutuando, como um grão de poeira passando por uma janela quente à tarde. Não tinha leme, estava desconectado, à mercê de vento algum, de gravidade alguma, operado apenas pelo combustível e pela intenção contida na própria pele branca de titânio. Não demorou a se acostumar à sensação. Gostou dela.

21*

Houve poucos momentos em sua experiência nos quais ele saiu no mundo sem um mapa. Sem programação. Vendo no que dava. Isso era antitético à sua visão da raça humana. Certa vez, na Europa, durante as férias da faculdade, seguia o Tour de France, correndo com os participantes pelas montanhas vestido de Darth Vader e gritando "*Allez, allez, allez*!". Sabia todos os movimentos que os corredores fariam, sabia a rota deles até o último quilômetro, e sua estadia fora reservada meses antes. Mas, então, apareceu um operador de câmera na linha de chegada e disse: "Ei, Darth Vader, vem com a gente!" E ele foi. Sem horário, sem mapa, sem saber quem estaria lá ou quando acabaria. Foram a um bar que tinha uma camisa de jérsei cheia de bolinhas na porta — prova de que um dos corredores mais importantes estava bebendo ali naquela noite. Bebeu álcool pela primeira e única vez na vida. Beijou uma mulher que não era Sunny. Ela só falava francês e ele fingiu que não conhecia o idioma. Arrependeu-se de tudo na manhã seguinte.

Maxon se lembrou de outro momento em que isso aconteceu. Foi naquele momento silencioso às margens do Crowder River em que pediu Sunny em casamento. Para momentos como esse, roteiros costumavam ser feitos pela mãe. Se tinha que agradecer a um comitê de bolsa de estudos, aprendia exatamente o que dizer, como manter o rosto, como aumentar o tom de voz. No funeral do pai, ela mostrou como apertar a mão do pastor, que parte da boca mostrar quando sorria. Mesmo na primeira vez em que disse a Sunny que a amava, ela mesma escreveu as palavras no ar na frente dele e o guiou, apontando para cada sílaba. No entanto, naquele dia, ele formou as próprias palavras.

Sunny havia retornado da faculdade para o funeral de Nu. A mãe sabia que Nu já havia passado da meia-idade quando foi da Birmânia para a Pensilvânia, mas as crianças, não. Naqueles anos todos da infância de Sunny e da meia-idade de Emma, Nu plantou ervilhas em um acre inteiro de horta, plantou milhos em fileiras infindáveis, batatas, abóboras gigantes; colheu alqueires e mais alqueires, enlatando, defumando e congelando, e marchando num desfile constante de comida pela cozinha. Ela plantou, colheu, preparou, temperou, cozinhou, serviu — e eles comeram. Chegou até a criar cabras durante vários anos, usando o leite delas para fazer iogurte; os animais subiam nos carros que estacionavam na entrada, então ela os chamava de cãs de guarda, nomeando-os de Brownie e Whitey, e lamentou quando morreram de febre, inclusive jurou que nunca mais teria bichos de estimação. Seu rosto endurecido, seu rosto franzido, seu chapéu frouxo de palha, suas botas práticas de fazenda — tudo parecia atemporal. Maxon achou que ela tinha 30 anos quando a conheceu, e tal opinião jamais foi modificada.

— Não, querido, ela era bastante idosa — disse Emma quando ligou para ele a fim de dar a notícia.

— Quantos anos? — A voz de Emma tremia. Isso significava que ela estava triste. Maxon perguntou com calma. É assim que se fala com pessoas que estão tristes.

— Tinha 87 anos — respondeu Emma.

— Lamento muito pela sua perda — disse ele.

— Obrigada pelo carinho — respondeu ela automaticamente. Era um fragmento de conversa que eles vinham praticando havia anos. Ele tinha utilizado ambos os lados da conversa, e nunca tinha dado errado. Ele sabia exatamente como fazer ambas as partes.

— O que vai fazer agora? — perguntou ele.

— Bem, acho que vou ficar aqui. Sunny ainda está na Califórnia, é claro. Você ainda está aqui, por enquanto.

— Ela vai vir pra casa para o funeral? — perguntou ele.

— Sim, ela vem pra casa. Maxon, você falou pra ela sobre a casa?

— Não — respondeu ele. — Por que falaria? — Ele não contou que vinha mantendo a informação para fazer uma surpresa. Nunca havia mantido segredo para fazer surpresa na vida, mas essa ideia o cativava, ele queria experimentar, e queria experimentar especificamente com ela.

— Escuta — disse a mãe —, não fala pra ela. Não... não traz ela de volta pra cá. Deixa a Sunny ir pra faculdade; é disso que ela precisa. — Ele não tinha nada a dizer. — Maxon — falou Emma. — Ela é que nem uma irmã pra você. Você gosta dela feito irmão, certo? Diz que você gosta dela.

— Eu gosto dela.

— Feito irmã — ajudou Emma.

— Gosto dela feito irmã — repetiu Maxon, mecanicamente.

— Viu? — disse Emma. — Pronto. Não há necessidade de falar nada sobre a casa pra ela, tá? Deixa a Sunny voltar pra Califórnia e terminar a faculdade porque ela precisa.

— Seria errado — perguntou ele —, quer dizer, seria a ação errada levar a Sunny pra passear um pouco quando ela chegar? Mesmo que seja logo depois do funeral?

— Ah, não — respondeu Emma. — Você está perguntando se vai ser socialmente inapropriado?

— Sim — disse Maxon.

— Ah, não — repetiu ela. — Nu não se importaria. E não vou me importar. A Sunny vai precisar de ajuda pra se animar, Maxon. Você a leva pra passear, mas, depois, deixe-a ir embora.

Maxon desligou e olhou em volta para constatar o que fizera. No outro lado do monte da fazenda Butcher, ao norte e acima da montanha, havia um pedaço de terra que sempre tinha desejado. Era o ponto mais alto daquela área, e acessível apenas por meio de uma estrada de terra que às vezes tinha uma inclinação que deixaria uma cabra nervosa. Nessa propriedade, havia uma casa em formato de A, com vidros nos dois lados com vista para todos os vales e montanhas até o corte profundo que era o rio Allegheny. A vida toda ele entrou naquela casa como um posseiro, um invasor, primeiro sozinho, depois com Sunny. Era o esconderijo especial deles. Assim que Maxon conseguiu juntar algum dinheiro, comprou a casa.

A vista era estonteante, e a casa foi comprada por uma mixaria, visto que a economia daquela área se tornara cabisbaixa e fraca. Ele destruiu a construção, substituiu os móveis velhos e os aparatos de caça por alguns móveis novos e uma cozinha simples. Viveu ali nos intervalos entre períodos de aula durante a faculdade toda, tratando a estrada sozinho, comendo biscoitos, tomando Coca-Cola diet e neve derretida. Durante o inverno, trabalhava feito louco para limpar o lindo jardim que tinha uma organização matematicatimante precisa, com um lago em um dos cantos e uma horta no outro.

Nu morreu no seu jardim com os pés para cima do monte e o rosto para baixo. Teve um aneurisma e, naquele ângulo, o sangue todo correu para o cérebro. Maxon sabia que esse era o risco de se viver em um monte.

Ele havia trabalhado na própria casa, na própria propriedade, sabendo que sua terra tocava a das Butcher, que compartilhavam uma fronteira por 16 quilômetros cobertos de árvores. Queria o que queria de instante a instante: tocos removidos, celeiro pintado, garagem erguida, árvores que fazem sombras alinhadas, rododendros instalados em fileiras na borda das árvores. Não pensou no que queria depois dessa etapa. E nunca pensou em Sunny como algo a se querer. Ela sempre tinha sido dele. Falavam ao telefone quase todos os dias.

Quando Sunny voltou da Califórnia para o funeral, parecia diferente. Estava ocupada, passando verões estudando e se dedicando ao doutorado. As vezes em que iam para a Pensilvânia não coincidiam, visto que ele fazia várias conferências como professor visitante da Universidade Stanford, a pessoa mais jovem a fazer isso e aquilo. Maxon parou na velha cozinha da fazenda Butcher com a cabeça abaixada, olhando para o portfólio de Sunny, vendo as fotografias das perucas artísticas que ela fazia. Uma era feita de talhos de madeira, formando um pequeno jardim zen. Havia uma série de perucas em preto e branco; ela vinha explorando o que podia fazer com redemoinhos derretidos e texturas plásticas. Estava sentada na área de refeições com um cachecol de crochê no pescoço, jeans desgastado, blusa com os ombros de fora, presa no pescoço, e botas gigantes. Sentia-se tão certa, tão ansiosa, com as mãos apertando a bolsa enquanto esperava para ouvir o que ele achava, que Maxon mal conseguia olhar para as fotos do seu trabalho. Aquilo não lhe interessava nem um pouco. Mas o robô combina suas expressões faciais com a expressão da pessoa com quem conversa.

Ele ficou ali com a cabeça quase batendo no teto da pequena cozinha, assentindo e sorrindo, olhando sempre para ela, sentada ali tão crescida, tão diferente de todas as outras mulheres que ele havia conhecido naquele meio-tempo. Então aquela era a voz no outro lado do telefone. Ele não a via fazia três anos. Sunny mudara muito. Ele sentiu, de repente, o desejo de agir. Sentiu-se, repentinamente, querendo alguma coisa. Querendo alguma coisa além da expressão matemática ou da resolução de uma questão lógica, além de instalar luzes embutidas corretamente, além de fechar os olhos e abri-los de novo. Ele a queria, e queria que Sunny fosse apropriadamente dele. Sentiu-se como se sentia quando tinha fome. Sabia o que devia acontecer a seguir.

— Quer andar de canoa amanhã? — perguntou ele.

— Canoa? Tipo, depois do funeral? — disse ela.

A mãe estava chorando na sala. Sunny chorou também, antes de Maxon chegar. Mesmo assim, achou que estaria bem para andar de canoa depois do funeral, contanto que a mãe ficasse bem sem eles. Ela disse que ficaria.

O funeral ocorreu de manhã, um evento discreto em uma pequena igreja branca na base do vale. A missa foi rezada por um padre episcopal da Filadélfia, um dos amigos de Emma. A congregação local emprestou a igreja, mesmo contra a vontade do pastor local, que não se sentia muito feliz com as crenças animistas de Nu. A igreja estava lotada, cheia de gente nos corredores e no vão de entrada por causa daquela mulher, que para alguns era a primeira pessoa daquela etnia que haviam conhecido. Um estampido de espingarda, uma grande cozinheira, uma amiga leal.

Naquela tarde, Maxon chegou de caminhonete para pegar Sunny com a canoa na caçamba. Ele a buscou na sua própria garagem, mas ela não sabia disso. Usava short de ciclismo e camiseta larga; ele conseguia ver o biquíni aparecendo embaixo da blusa, e seu corpo foi impulsionado a espiar. Ela jogou um protetor solar em uma velha mochila amarela e mais uma garrafa de água, algumas barras de cereal e uma toalha. A mãe havia subido para se deitar.

— Isso basta? — perguntou ela.

Durante o Ensino Médio, eles passeavam de canoa o tempo todo. Sabiam exatamente o que levar. Agora, ele não tinha mais certeza. Precisariam de mais coisas, agora que eram adultos crescidos? Ela não estava levando marshmallow e balas. Maxon não achou que isso significa mais do que apenas estarem mais velhos. Ele reparou que o quadril dela se alargava, apertando-se nos lados do short em um ângulo diferente do que sempre fazia.

— Está ótimo, vamos embora — disse ele.

O dia estava lindo. Uma brisa morna soprava no Allegheny, mas, em alguns lugares, parecia até um lago, espelhando o verde denso das montanhas em ambos os lados com perfeição; a vegetação embaixo da água se assemelhava a cabelos de sereias alongados pelas correntes invisíveis. Conversaram com leveza, comentando sobre a nova construção na margem entre Emlenton e Parker. Pessoas de Pittsburgh se mudavam para lá, construindo pequenos chalés ao longo do rio, despejando quilos de cascalho nas estradas, botando concreto, importando jet skis.

Quando eram crianças, havia uma corrida anual de balsa em quatorze quilômetros do rio. A mãe sempre os incentivou a participar, construindo balsas cada vez mais insanas e complicadas. Maxon organizava o projeto em torno de um conceito físico, e então Sunny o decorava, extrapolando a capacidade da ciência. Em uma das vezes, Maxon chegou a ter que levar a balsa pelo rio, andando no seu jeito estoico pela margem enquanto Sunny tirava água da embarcação. Naquele ano, Nu ficou sentada, fumando cigarrilha, em uma elaborada torre de comando que eles haviam construído, puxada Allegheny abaixo por um futuro cientista de espaçonaves. Agora, a corrida de balsas era uma coisa do passado, perigosa demais para as crianças de hoje. Maxon sentiu as memórias se aproximando.

— Vamos parar na parte plana e nadar — falou ele.

Na parte plana abaixo de Petersburg, no rio Crowder, todas as crianças da região encontravam um lugar seguro para brincar sem se preocupar muito com as correntes ou com outros problemas. Aquela área estava para aquelas cidades assim como uma praia estava para uma cidade costeira — uma desculpa para tirar a roupa na frente dos amigos, um local de encontro, onde as meninas fingiam se concentrar no bronzeado, os meninos podiam se concentrar em sacanear uns aos outros e as criancinhas podiam brincar na água perto das pedras. Havia algumas poucas e curtas semanas de julho em que o oeste da Pensilvânia se tornava quente; sem ar-condicionado, os locais corriam para o rio em busca de alívio.

Partindo do Allegheny, Sunny e Maxon subiram a corrente, onde os rios se convergem, e, depois de remarem com força embaixo da ponte Belmar e seus trilhos de trem, viram-se nas águas mais calmas, claras e rasas do Crowder. Sunny tirou a camisa e o short, e mergulhou, evitando as pedras com cuidado. Voltou à superfície rindo, como uma foca.

Maxon continuou remando devagar, depois parou a canoa ao lado de uma pedra que emergia da água perto da margem, ainda no lado em que a correnteza subia. Embaixo da água, tudo estava coberto por um limo liso que se prendia às pedras e plantas. Era grosso, como geleia, e você podia limpá-lo com a mão ou pisar nele; o limo flutuava e se espalhava na água, conferindo-lhe uma cor de lama por alguns segundos, até que a corrente o levava e o rio se tornava claro de novo.

Maxon saiu da canoa e pisou na pedra com o pé longo e reto e depois puxou a canoa mais para cima da pedra a fim de garantir que ficasse bem presa. Quando se virou para olhar Sunny, ela estava flutuando no meio do rio, levantando os dedos dos pés para examiná-los e mexendo os braços para não se deixar levar pela corrente. Nos anos que passaram separados, ela definitivamente havia mudado. Ele, entretanto, ainda a reconhecia. Reconhecia seus movimentos, sim, e seu formato físico. Reconhecia o tom da sua voz, e notou maneirismos persistentes e um vocabulário favorito, embora isso tivesse mudado um tanto.

Porém, o que ele percebeu, observando-a enquanto batia na água e fazia uma estrela com o corpo antes de contraí-lo para dar um pulo, foi que ele a reconhecia, lá dentro. Ele sabia que, se o planeta todo rodasse feito um pião e parasse de repente, e se alguém pedisse a ele que a apontasse, ele seria capaz de fazer isso. Haveria multidões e multidões de pessoas vestindo cinza, com cabelos e olhos cinza, e, para serem identificadas, elas precisariam ser processadas logicamente segundo idade, inteligência e mérito financeiro. Ele não saberia quem são, mas saberia quem Sunny era, saberia sem nem olhar, sem nem perguntar. Ela estaria ali feito uma lâmpada em um cesto cheio de lã. Estaria ali como um balão vermelho em um cinturão de asteroides. Era a única no mundo inteiro, por fim, que importava. A única pessoa que ele reconheceria em qualquer lugar. Que vontade sentiu de assegurar que ela fosse apenas dele. Maxon tinha um anel no bolso. E o anel parecia exatamente com um anel de noivado. Mas não tinha roteiro. Estava sozinho.

Mais tarde, eles se deitaram sobre uma pedra larga e quente. Sunny comeu uma barra de cereal, mas Maxon não conseguia comer. Deu um gole na água, secou a boca e deitou-se sob o sol. Ela falava, falava, falava, como sempre fazia, e o som era tão agradável para ele quanto a brisa brincando com os pinheiros. O céu estava azul, um azul impossível de Pensilvânia em meio de julho. Foi o momento mais perfeito e seguro do qual conseguia se lembrar na vida. Se ao menos ela jamais parasse de falar, ele nunca teria que começar.

Sunny finalmente se deitou com um suspiro, e tudo ficou em silêncio. Maxon não fazia ideia do que ela estava falando, mas parecia aliviada.

Ele se apoiou sobre um dos cotovelos e se virou de frente para ela. Aquele era o momento para criar uma frase, algo pedia para ser dito.

— Sunny — falou. Sua voz se engasgou, ele tossiu. Ela também se apoiou sobre um ombro e se virou para ele, com a testa franzida.

Maxon olhou para Sunny, para os olhos grandes de alienígena, o nariz delicado e a boca rosada. Traçou a linha definida do seu maxilar, viu a ruga discreta perto da orelha, a pele do pescoço tão pálida e invisível, a clavícula protuberante, os lindos seios pequenos. Sentiu um amor poderoso no coração.

— Que foi? — perguntou ela.

— Sunny, já acabou de transar com outros homens?

Ela sorriu. Ela gargalhou.

— Ah, não sei — respondeu. — Já acabou de transar com outras mulheres?

Ele ficou olhando para ela. Não sabia o que responder. Não transara com mais nenhuma mulher.

Ela ergueu as sobrancelhas; isso significava que estava surpresa.

— Maxon? — falou ela.

— Sim — disse ele.

— Ai, baby... está dizendo que não transou com mais ninguém depois de mim?

— Não transei — afirmou ele. Não teve certeza se ela estava satisfeita ou decepcionada.

— A última vez que você transou foi comigo na feira 4-H?

— Foi.

— Todos esses anos atrás?

— Sim.

— E ninguém mais? Ai, Maxon.

Ninguém mais. Ele notou que os olhos dela ficaram cheios de água, e que seus lábios se colaram. Ela tocou a nuca de Maxon com um dedo e traçou uma linha até o ombro, pela caixa torácica, pelo lado do quadril, pela parte externa da perna até onde alcançou. Ele não falou nada, não fez nada, porém, por dentro, estava tremendo de alívio por ser tocado por ela de novo. Sunny chegou mais perto e tocou o lábio no rosto, nas sobrancelhas, na lateral do queixo dele. Maxon ficou ofegante. Porém, tinha que interromper aquilo. Ela estava tão quente, tão próxima, que talvez ele estivesse num sonho. Talvez caísse em um precipício e acordasse ainda solteiro, ainda no mesmo degrau da escada, e não mais perto do topo.

— Espera — disse ele. — Espera.

Então, sentou-se. Colocou a mão dentro do bolso do short, que estava dobrado sobre a pilha de roupas organizadas com capricho na pedra. Ela ficou olhando sem falar nada. Seus olhos, como as pessoas dizem, estavam sorrindo. Maxon pegou um cilindro reluzente de metal e disse:

— Sunny, quer se casar comigo?

Ela se levantou, apoiando-se sobre uma das mãos, com as pernas elegantemente uma sobre a outra.

— Que isso, Maxon?

— Ah, isto? Uma cápsula de titânio. Você usa pra guardar compostos instáveis. É à prova d'água, achei que o anel fosse ficar molhado...

— Então isso daí é uma cápsula de titânio no seu bolso, ou você está só feliz por me ver? — disse ela, rindo. Era um sorriso largo, um rosto lindo. Seu corpo era esbelto como uma longa mola, movia-se na direção dele como uma onda. Ela colocou a mão sobre o peito de Maxon e a abaixou, abaixou até a frente, e, em seguida, seus dedos passearam pela frente da cueca dele.

— Sunny — repetiu —, quer se casar comigo? — Ele abriu a cápsula e pegou o anel com cuidado; não podia cair na água.

Ela colocou a mão dentro da cueca do amigo de infância e, com a outra nos cabelos dele, puxou a boca de Maxon na sua, tascando-lhe um beijo incandescente. Sunny estava agora perto dele, corpo pressionando o seu; Maxon sentiu o pulso dela se elevando, a frequência respiratória mais intensa. Ela passou os dedos pelos testículos dele e acariciou ali abaixo. Aquilo era novo. Sunny provavelmente aprendera na faculdade.

Ele se libertou do beijo e disse, com a respiração em blocos ofegantes:

— Sunny. Preciso que olhe bem nos meus olhos e me responda. Preciso de uma resposta.

Olhe bem nos meus olhos. Responda. Preciso de uma resposta. Isso sempre lhe foi dito. Agora, era ele quem dizia.

— Sim, seu idiota — respondeu ela, passando um dos braços pela nuca de Maxon, o outro, pela cintura. — Sim, vou me casar com você. Já acabei de fazer sexo com outras pessoas. Sim, sim, sim.

Eles se casariam. Eles se mudariam para a linda casa em formato de A. E, mesmo que o trabalho de Maxon o fizesse se mudar para a cidade grande, eles manteriam a casa deles, e o monte deles, para sempre. Ele sabia disso.

Maxon colocou o anel em Sunny, e então ela avançou para cima dele como um cão faminto e o deixou estonteado.

22*

QUANDO A MÃO DE MAXON TOCOU O MÓDULO DE CARGA, ELE não sentiu alívio. *Aqui está o módulo de carga. Agora, como entro nele?* Quando descobriu que não conseguiria entrar usando nenhuma das duas escotilhas, não sentiu medo. Em vez disso, pensou: *Qual é a outra maneira de entrar?* Ficou mexendo as mãos, movendo-se feito uma aranha na face do módulo, de alavanca em alavanca, de ponta a ponta, buscando uma nova ideia. O uniforme branco se enrugava nas articulações dele, fazendo tubos dobrados para acomodar as partes de seu corpo. O domo do seu capacete refletia a superfície do módulo, reproduzindo-o em tons dourados. As duas escotilhas estavam trancadas. Ele fracassou em prever essa situação.

O módulo de carga em si apresentava o tamanho de uma caixa em uma carreta. Foi enviado ao espaço sem homens, usando uma quantidade sem precedentes de combustível, e encontrou sua órbita sem incidentes. Agora, lá estava no espaço, na escuridão repleta de estrelas, onde não havia vento para assobiar por suas trancas, sem ar para respirar, sem canção para cantar.

Maxon soltou a alavanca, e não se impulsionou para longe, não saiu rodopiando; ficou ali apenas flutuando. Desligara o rádio do capacete que o mantinha em contato com Gompers e Phillips. Os barulhos que faziam nem soavam como palavras. Não era a primeira vez que ele achava que alguém estava falando besteira, nada mais que correntes de linguagem em ordem aleatória, para atordoá-lo. Sabiam que Maxon não era bom em escutar. Foram avisados de que deveriam seguir padrões sintéticos específicos quando falassem com ele. Maxon havia desligado o propulsor. Não havia eletricidade alguma nele.

O silêncio do espaço pairava sobre ele. Agora, a diferença entre a vida e a morte era um movimento da ponta do dedo. Encontrava-se sem amarra, sem apoio. Se esticasse o dedo indicador e empurrasse, sua massa newtoniana se impulsionaria para trás, visto que cada ação tem uma reação igual e oposta. Nesse caso, sendo a ação esse impulso no lado de uma caixa com o indicador, e a reação a sua própria morte e o fracasso da colônia lunar nascente, Maxon realmente precisou ter fé em Newton em relação ao "igual e oposta". Foi assim, entretanto, que ele ganhou o Prêmio Nobel: escolhendo uma regra e obedecendo a ela até o fim, até a última consequência lógica.

Maxon se perguntou o que Sunny faria, considerando que ele ficasse perdido e flutuando pelo espaço, orbitando a Lua como um grão de sal numa praia, a morte sem marca no tempo e um número não especificado de dias à frente — quando ele parasse de ter impulsos elétricos no cérebro e continuasse a apodrecer, só que mais rápido. Ela não disse de fato "Quero que você orbite a Lua até morrer", e ele não sabia ler nas entrelinhas. Só conseguia criar a própria conclusão com base em evidências e nas regras estabelecidas. Sem ele, Sunny poderia se casar com alguém mais apropriado, mais funcional. "O meu primeiro marido foi pro espaço e morreu", diria ela. "Então arrumei um marido melhor, um que se adequou à vida que quero para mim e para os meus filhos." Talvez fosse melhor para Sunny que ele não voltasse. Talvez fosse melhor para a Terra não ser possível colonizar a Lua.

Maxon tinha certeza de que Sunny ficaria bem. Ela já falara para ele em diversas ocasiões que o que arruinava a sua vida era ele. O que preocupava Maxon nesse cenário eram os lindos robôs. E ele temia que, caso se impulsionasse para trás e ficasse vagando na órbita, entre 45 minutos e uma hora, acabaria criando uma solução que poderia ter salvado a todos.

Então, enquanto pudesse respirar, teria que lidar com a frustração de não conseguir colocar essa solução em ação. E esse era um sentimento com o qual não queria contato. Não há como se matar só com a vontade de morrer. Por fim, você desmaia e volta a respirar de novo. Ele esperou até que a solução lhe ocorresse. Mas, se esperasse tempo demais, o tempo de caminhada no espaço acabaria, o oxigênio acabaria, e ele não teria retornado à espaçonave.

— Pai — disse uma voz. Era a voz de Bubber.

Maxon virou o rosto dentro do seu globo reluzente, segurou-se em uma das escotilhas do módulo e girou o corpo uniformizado. Viu outro uniforme de astronauta, menor, mas igual ao dele. O mesmo formato de cabeça arredondada e dourada. Os mesmos braços acoplados e luvas brancas, mas numa forma pequenina e perfeita.

— Bubber? — chamou ele. O maxilar de Maxon quase estalou quando ele moveu a boca para falar, de tão tenso que estava. Sua voz parecia alta demais dentro do capacete; e não a ouviu em um eco no rádio, visto que estava desligado.

— Oi, papai — disse o uniforme em tamanho infantil.

— Como chegou aqui? — perguntou Maxon. — Estou sonhando?

— Não — respondeu Bubber. — Está acordado.

O assobio do oxigênio entrando no capacete, a sua própria respiração entrando pela boca, a voz de Bubber, clara como letras em uma página, vinda de... onde?

— Estou morto? — perguntou Maxon.

— Não — disse Bubber. — Está vivo.

— Você está morto? — perguntou Maxon.

— Papai, chega — falou Bubber.

O uniforme de tamanho infantil se aproximou dele, e Maxon viu um reflexo do seu próprio corpo no capacete. O uniforme esticou a mão. Maxon a segurou, sentiu a rigidez dos dedos na luva do outro uniforme.

— Estou acostumado a ter você em casa — disse Bubber. — Você deveria estar em casa.

— Desculpa, amigão — falou Maxon. — Estou com um probleminha.

— Posso ajudar — respondeu Bubber.

O que pareceu incrível para Maxon enquanto assimilava essa informação e lia esses dados era o fato de Bubber parecer bastante normal. Tão completamente semelhante a um ser humano normal. Não parecia simular a fala humana. Não parecia estar lendo um roteiro. Apenas normal, como uma criança comum. Uma criança comum em espectro, em uniforme de astronauta orbitando a Lua em uma missão amaldiçoada para colonizá-la. Com entonações e tons reais. Maxon sabia distinguir a diferença entre pessoas como ele, que fingiam, e seres humanos reais, que não fingiam.

Trabalhando na NASA, conhecia algumas pessoas com quem realmente se identificava. Pessoas com química cerebral muito similar à sua. Algumas se aglutinavam, outras se seguravam na pessoa normal que estivesse mais próxima, e algumas simplesmente ficavam sozinhas. Ninguém estava feliz. Ninguém tinha Sunny. Pela primeira vez, Maxon se perguntou com quem Bubber se casaria. Nunca pensara nisso porque o Bubber terrestre, drogado e amável, não teria inspirado essa pergunta. O Bubber terrestre jamais se casaria com ninguém. Ele precisaria de cuidados permanentemente por parte dos pais. Quando ambos morressem, o filho seguiria para uma casa de cuidados.

— Desculpa, amigão — disse Maxon.

— Desculpa pelo quê? — perguntou Bubber.

— Tenho pena do que você é.

— O que sou?

— Bem... tem alguma coisa errada com você.

— O quê?

— O mesmo que há de errado comigo. O que há de errado em você há em mim também.

— Não tem nada de errado com você, papai. Você é o máximo.

— Talvez não aqui. Mas, lá em casa, tem, sim.

Isso fez Maxon se lembrar da última conversa de verdade que havia tido com Sunny sobre o medicamento de Bubber, antes de ela finalmente dizer que ele não era qualificado para ter uma opinião, visto que ele próprio era louco.

— E se, na verdade, ele for *mais* evoluído? E se eu for mais evoluído? — berrou Maxon naquela ocasião. Estava à porta do escritório, e discutiam sobre Haldol. Com frequência, quando ele saía do escritório, dava apenas alguns passos no corredor antes de precisar voltar.

— Isso vai dar certo — afirmou Sunny. — Ele vai ficar bem. Isso vai consertar o problema.

— Não quero consertar o problema — berrou Maxon, com as veias estufadas. Deu um soco na parede. — Você ainda se lembra de como ele era antes de começarmos a testá-lo, antes desses medicamentos todos? Você ao menos se lembra daquela experiência, de como foi ter aquele filho?

— Você está violento — disse Sunny, seca. — Talvez também precise de Haldol.

— Não preciso de drogas — afirmou Maxon, assertivo.

— Sim, porque a minha mãe passou a vida inteira consertando você. E quer saber? Quer saber, espertalhão? — Agora Sunny ficava aborrecida, e jogou a bola de lã que estava tentando usar no seu crochê para longe. Maxon deu dois passos no corredor, afastando-se em direção à sala. Ela estava com a peruca que tinha os dois bastões de madeira enfiados num coque lindo de cabelos louros. Estava com as sobrancelhas, mas metade de uma havia saído enquanto ela fervia brócolis, e, portanto, estava pendurada.

— O quê? — disse ele.

— Você ainda não está consertado! — gritou ela, mexendo nos bastões de maneira selvagem. — Ainda não está consertado porra nenhuma! É louco que nem uma merda de carrapato! Não vou criar aquela criança pra ser louca. Ele não é esse tipo de criança, eu não sou esse tipo de mãe, e é melhor você tentar não ser esse tipo de pai. Não somos o Sr. e a Sra. Dementes. Com modelos júnior e sênior de lunáticos, em nosso show de horrores. Não vou fazer isso.

Maxon deu um passo para trás, murcho. Não sabia como articular sobre o que viu. Seria capaz de desenhar, mas achou que seria estranho. Não era boa hora para decorar o lava-louças, mas, quando ele viu o Sr. e a Sra. Dementes e o modelo júnior de lunático, eles formaram a família nuclear da nova era. Todos de uniforme de astronauta. Todos sem usar ou entender expressões faciais. No espaço, que diferença faz? Literais, sistemáticos, viciados no protocolo. Sem emoção, inteligentes, guiados pela matemática. A família do futuro. Nada de autismo ou insanidade, e sim a próxima evolução, elaborada para a viagem ao espaço, a vida no espaço, a habitação de uma colônia lunar.

— Pega o Sr. e a Sra. Dementes com mais uma dúzia de pessoas da mesma raça autista e coloca todos na Lua. Vão ficar todos muito bem — disse ele. — Evolução, Sunny. Evolução. Acha que ela simplesmente parou?

— Vem aqui — falou ela, mais doce. Ela fez um gesto para que ele fosse se sentar ao seu lado no sofá. Ele percebeu que ela estava assistindo a alguma coisa na televisão, e pôde até entender algumas das palavras saindo do aparelho.

— Desculpa — disse ele. — Desculpa por berrar.

— Tudo bem, baby — falou Sunny. — Vou só botar um pouco de Haldol na sua garrafa de água.

— Nada de Haldol, porra — disse Maxon. — Nem pra mim, nem pra ele. Sério.

— OK, nada de Haldol — concordou ela, sentando-se no seu colo. — Você precisa se barbear.

— Papai — disse Bubber no uniforme de astronauta.

— Filho — falou Maxon.

— Você tem que achar um jeito de entrar no módulo de carga — disse Bubber.

— Ainda não achei — lamentou Maxon. Cada vez que ele falava, parecia uma interrupção ríspida, como se o silêncio fizesse seu próprio som e sua fala o estragasse.

— Papai, pensa — incentivou Bubber, pacientemente. — Como você estava planejando abrir isso antes? Deve ter algum jeito de conseguir abrir o módulo.

— Não era pra isso ter acontecido — disse Maxon. — Não estava no roteiro.

— Então você não ia abrir nada?

— Não — respondeu Maxon. — O módulo de comando ia se acoplar ao de carga e a gente ia abrir o eixo, entre eles...

— Você podia ser o módulo de comando — sugeriu Bubber. — Podia se acoplar.

— Mas o eixo de ar não vai ter vedação.

— E daí? — questionou Bubber. — Não preciso disso, robôs não precisam disso e você também não. — Maxon pensou. — Então onde ele vai se acoplar? — perguntou Bubber.

— Vem comigo — disse Maxon.

É claro que Bubber tinha razão. O seu cérebro funcionou como um cérebro devia funcionar. Ele podia entrar pelo canal de acoplagem, bastava estimular os lugares apropriados para abri-los, do mesmo jeito que teriam se aberto se a acoplagem acontecesse. Ele não precisava de alavanca. Dentro de minutos, estava ligando uma Hera e conectando-a ao titânio e ao alumínio que ela precisaria para eles conseguirem fazer uma unidade de comunicação. Ele olhou para trás a fim de ver se Bubber permanecia ali. Ele estava, flutuando no espaço, levantando o polegar para Maxon, o que era uma maneira eficaz de dizer "Estou bem".

— Obrigado, garotinho — disse Maxon. — Parece tão óbvio agora.

— Tudo bem, pai — falou Bubber. — Mas olha, mesmo assim, você levou só 33 minutos.

Isso também era algo que Bubber fazia. Calcular o tempo sem relógio.

Meses antes, estavam a caminho da Pensilvânia para buscar Emma. Vizinhos disseram que ela estava doente demais para continuar morando na própria casa. É claro que Sunny não acreditou nisso.

— Mãe — falou ela ao telefone —, o que a senhora está comendo? O que comeu hoje?

— Bebi uma vitamina — respondeu a mãe. — Estou bem. Hannah está aqui. Ela me faz beber.

Hannah era a menina Amish que ia limpar a casa, fazer as refeições e o que mais fosse preciso. Sunny não sabia ao certo. Ela tinha sido contratada para assumir o lugar de Nu.

— Você precisa comer mais do que uma vitamina, mamãe — disse Sunny. — Vou aí.

Quando saíram da rota 80, Sunny se sentou mais ereta. Dobrou os braços sobre o peito. Endireitou a peruca no retrovisor, e depois mudou de ideia e a substituiu por outra. Fez Maxon endireitá-la. Bubber, no assento traseiro da minivan, estava dormindo. Maxon dirigia. No instante em que saíram da estrada, ela sentiu o cheiro profundo dos pinheiros, o cheiro argiloso e úmido que pertencia à sua infância e à de Maxon, e de todo o tempo que passaram correndo à margem do riacho, subindo nas árvores. O ar ali era mais úmido do que o da Virgínia. As samambaias eram mais densas, as árvores, mais verdes. Qualquer pessoa diria que aquele era um lugar bonito.

— Está sentindo esse cheiro?

— De quê? — perguntou Maxon.

— Esse... cheiro. O de lá de fora.

— Tem cheiro de petróleo, tetraciclina, monóxido de carbono e biomassa decomposta.

— Não tem nada, seu palhaço. É um bom. A Virgínia não tem esse cheiro.

— O ar de Norfolk, na Virgínia, tem 8% a mais de cloreto de sódio.

— Seja nostálgico, Maxon. Lembre-se de alguma coisa.

Estavam passando por montes íngremes, entrando e saindo de fazendas e florestas, rota 38, atravessando Yates County. Passaram por celeiros dilapidados a ponto de desabarem, lojas destruídas à beira da estrada, pequenos riachos, fileiras de vacas e igrejinhas pontudas. Sunny sentiu uma conexão familiar e desnecessária com o lugar. Sentiu-se culpada por não ir para casa mais vezes. Deixou a mãe sozinha. Tudo porque não queria encará-la usando peruca. Isso era errado.

— OK — disse Maxon. — Eu me lembro de quando descobriram que o cara que vivia bem ali era um pervertido.

— Ruim — falou Sunny. — A nostalgia deve ser calorosa. Deve criar um sentimento caloroso.

— OK — repetiu Maxon. — Eu me lembro de que, em agosto de 1991, fez tanto calor que a gente não conseguiu ir lá pra cima durante uma semana toda.

— Não é calor literal! — disse Sunny, dando-lhe um tapa no braço. — Por favor, me diz que você não precisa que eu explique isso.

— Não me lembro de nada — falou Maxon. — Apaguei aqueles anos.

— Você não me ama, Maxon? — perguntou Sunny, caindo em um tema recorrente. Era assim que sinalizava a ele que terminara de falar. Era um dos vários roteiros que ela havia escrito para eles, e que encenavam regularmente.

— Amo — respondeu ele.

— Quanto?

— Muitas toneladas.

— Quantas toneladas?

— Um zilhão de toneladas.

Na esquina da rota 38 com uma rua chama Bear Run, ela segurou o braço de Maxon de repente.

— Maxon. Tenho uma ideia. Vamos visitar a sua mãe em vez da minha.

QUASE DOIS QUILÔMETROS DEPOIS DA estrada principal, após subirem um monte e descerem pela floresta e atravessarem uma ponte de apenas uma via que cruzava o riacho, pararam na frente da velha residência de Maxon. Quase não se via a casa original, coberta por todos os lados com tocos de madeira em pilhas medidas e regulares. O velho celeiro, que um dia foi lotado de implementos para petróleo, pilhas de ladrilhos esquecidos, latas de unguentos, canos de cobre e outros detritos, estava agora escancarado, com pilhas de madeiras limpas e ordenadas. O pasto, que costumava ser repleto de carros com forragem e ovelhas sarnentas, parecia um moinho totalmente funcional — uma chuva de serragem saía de uma abertura em um dos lados, uma empilhadeira em operação levava mais madeira. A oficina temporária de bicicletas de Maxon não existia mais. Em seu lugar, uma máquina que cortava ripas.

— Não quero ver a minha mãe — disse Maxon.

— O que ela fez com a casa? — perguntou Sunny maravilhada, saindo do carro. — Estivemos aqui há cinco anos, Maxon. Estava um lixo.

— Ela se casou com aquele cara, o Butler — respondeu Maxon. — Vem, vamos embora. Isso é estranho. Não sei o que dizer.

— Diz: "Oi, mamãe. Só vim pra dizer oi, já que estou na região. Estes são a minha esposa e o meu filho." E aí espera pra ver o que ela vai dizer. Eu ajudo você.

— Ela nunca viu... — começou Maxon.

— O quê? — perguntou Sunny. — A criança ou a peruca?

Maxon também saiu do carro, apoiou-se no teto dele com uma das mãos, e com a outra segurou a porta. No assento traseiro do carro, Bubber acordou.

— Pega o Bubber, por favor? — pediu Sunny, limpando o seu lindo terninho de mãe cor de creme, alisando-o por cima da barriga. — Vamos bater na porta.

Mas não precisaram. Um homem saía do celeiro, coberto de poeira fina e raspagens de madeira. Aparentava uns 60 anos. Tirou o chapéu quando se aproximou.

— Cês querem madeira? — perguntou educadamente. — Tenho muita, bem seca.

— Não — respondeu Sunny. — Estamos aqui pra ver a Sra. Mann.

— Conhece a Laney? — questionou ele. Parecia não acreditar.

— Conhecemos — informou Sunny, com um dos braços em torno de um Bubber sonolento, protegendo-o. — Podemos entrar na casa?

— Hum, é Laney Snow agora. Sou o marido dela. Prazer, Ben Snow.

Deram um aperto de mãos. Maxon olhou para ela, seu rosto demonstrou surpresa.

— Mamãe — falou Bubber baixinho. — Tenho que ir no penico.

— Ah, claro — disse o homem. — Ele pode usar esse banheiro daqui também. Deixa eu levar cês pra dentro. Laney vai gostar de ver vocês. Tá nos livros o dia todo, quase louca com os números e tudo mais. Vai ser bom ter visita.

O homem os levou na direção da porta da casa. No lugar da bagunça frenética da qual Sunny se lembrava, havia limpeza e organização. Tudo ainda velho, porém cuidado.

— Ei, Laney — berrou ele, abrindo a porta. — Tem gente aqui pra te ver, ô menina. Vem aqui e diz oi.

— Pode entrar — Veio uma voz alta de dentro da casa. — Pode entrar, tô na cozinha.

Maxon disse que esperaria lá fora, mas Sunny beliscou o braço dele e o fez seguir em frente, até que chegaram a uma pequena e bem clara cozinha.

A ÚLTIMA VEZ QUE ELA havia estado naquela cozinha foi no verão depois do primeiro ano de Maxon na faculdade. Quando o curso acabou, em maio, ele foi direto para a Europa fazer ciclismo e mochilão pelos Alpes e Pirineus, seguindo corridas de bicicleta e dormindo em qualquer lugar onde pudesse conectar o seu computador. Voltou para casa em agosto, com apenas uma semana de férias antes de precisar voltar para a faculdade. Sunny achou que ele fosse aparecer correndo, que entraria de supetão na cozinha, pediria alguma coisa para comer a Nu. Ela esperou, mas Maxon ficou afastado por três dias, e nenhuma pessoa na casa dos Mann atendia ao telefone. Sunny se sentiu irritada e confusa. Afinal de contas, ela também voltaria para a faculdade dali a algumas semanas. Ele havia escrito para ela, mandado e-mails, ligado. Por que não queria vê-la, dizer oi e tchau?

A decepção finalmente a levou à ação, e ela andou o vale todo, abriu a porta da casa dele e entrou direto. Encontrou-o sozinho, sentado à mesa da cozinha cercado por pilhas de papel e lixo. A cozinha estava escura, triste e suja; havia louça para lavar, papéis, sacolas com pano, lixo, e uma coisa no canto que parecia um ninho de esquilos. O espaço ao redor de Maxon estava vazio, e ele digitava no laptop, com a cabeça curvada sobre a luz azul. Vestia jeans velho e nada mais, e sua cabeça estava raspada e tinha marcas listradas de sol por causa do capacete de ciclismo. Sunny sabia que ele raspara tudo por causa dela. Ver as costelas, o esterno e as clavículas de Maxon fez com que ela sentisse uma dor física por ele. Teve vontade de abraçá-lo, senti-lo respirando.

Mas ele estava aborrecido e disse que ela precisava ir embora.

— Sunny — disse ele —, você não pode ficar aqui.

— Por que não? — perguntou ela. — Não entendo.

Ele se levantou e andou até a moça como se fosse tocá-la, segurá-la, tomá-la nos braços, porém parou.

— Espera. Tenho que falar uma coisa pra você — disse ele. — Eu estava na França há algumas semanas. E escrevi um poema.

— Você escreveu um poema? — No meio da sua confusão, ela ainda assim teve tempo para ficar incrédula.

— Sim, escrevi um poema.

— Um poema de verdade, tipo, com palavras e sentimentos e tal?

— Com palavras.

— Posso ver?

— Não, não guardei.

— Bem, você pode me dizer o que era? Você se lembra dele? Como vai se lembrar dele?

— Eu me lembro.

— Mas não vai me dizer como era?

— Não.

— Por que não, Maxon? — Ela sentiu como se fosse chorar.

— A sua mãe não ia gostar — respondeu ele. — Não ia querer. Ela não quer que eu veja você.

— Então quando você vai me falar? Quando ela morrer?

— Acho que nunca vou falar. E você tem que ir embora, mas eu queria que soubesse que escrevi um poema pra você. Você tem que saber disso.

Mais tarde, Maxon telefonou para Sunny e pediu que ela o perdoasse. Depois voltou para Massachusetts e Sunny passou um ano sem vê-lo de novo.

SOB UMA LUZ AMARELADA NO TETO, sentada numa velha mesa de fórmica, a mulher que um dia foi Laney Mann se encontrava de frente para um livro de contas, um livro de notas, um talão de cheques e uma pilha de rascunhos — um lápis número dois em uma das mãos, e uma borracha rosa na outra. Levantou a cabeça. Sunny ficou atônita. Onde um dia havia existido excesso de pele, havia agora uma velhinha enfeitada. Onde um dia havia existido cabelos faciais esquisitos, rugas gentis. Os buracos dos dentes podres estavam agora atrás de um sorriso delicado e cabelos arrumados em uma trança.

— Mas que maravilha — disse ela automaticamente; então viu Maxon e fez uma pausa. — Maxon? — perguntou ela.

— Então como cês se conhece? — perguntou o marido.

— Mas olha só, Ben — começou a falar. Ela ameaçou se levantar, e esticou a mão na direção de Maxon, que ainda estava de pé à porta. — Esse aí é o meu filho Maxon, que você nunca conheceu. O mais novo de todos, sabe? Ele ééé...

— Cientista — ajudou Sunny.

— Isso, é cientista lá na Virgínia — disse Laney. — E você tá trabalhando no quê, peraí... a Emma me falou. Espaçonaves, né? Vai voar numa espaçonave?

— Isso — respondeu Maxon.

— Ah, lá pra Lua? — perguntou Ben.

— Isso — repetiu Maxon.

— Né bom? — disse a mãe. — É muito bom!

Todos olharam para Maxon.

— Oi, mamãe — falou ele. — Só vim dizer oi, já que estou na região. Esta é a minha esposa e este é o meu filho.

Laney pegou o bule e começou a enchê-lo com a água da garrafa que estava na bancada da cozinha. Deu uma olhada em Sunny e assentiu com a cabeça em sinal de aprovação, rindo para si mesma.

— Bem, querido, fico muito feliz mesmo que você não tenha se casado com a filha da Emma. Ela era... bem, fiquei grata mesmo por Emma pagar a sua faculdade e suas viagens todas, mas ela sempre soube que vocês dois podiam achar gente, hum, melhor. Aquele tipo de coisa num é certa. E agora olha só, você tem uma esposa bonita, um menininho, está indo muito bem mesmo.

Maxon se levantou, chocado; seu rosto não demonstrava nada. Sunny sentiu uma pontada de triunfo. A peruca funcionava. Estava imune.

— Quem é essa filha da Emma? — perguntou Sunny para Laney. Ela a ajudou a pegar o chá que estava tentando alcançar na prateleira de cima, antes que subisse num banquinho. — É sua primeira esposa? Hum, Maxon? Era bonita? Devo ficar preocupada?

— Não, não — respondeu Laney, contando os sachês de Lipton. — Coitadinha, ela era... careca. — A mulher sussurrou a última palavra, e botou a mão ao lado da boca. Quando tentou ser sutil, Sunny viu os restos da velha Laney naquela mulher, a Laney gorda e desesperada bem ali no seu rosto. Os olhos pulando de um canto ao outro. Os movimentos de mascar, mesmo sem nada na boca.

— Careca... quer dizer, careca como se tivesse raspado a cabeça? — perguntou Sunny, dando a sua cartada, deliciando-se na sensação de cabelos humanos verdadeiros caindo luxuosamente em uma cascata nos cantos do rosto, enrolando-se na altura das clavículas, terminando na altura dos ombros.

— Não vamos falar nada sobre isso, querida — disse Laney, colocando os sachês de chá em quatro copos que não combinavam. — Como é que você disse que é o nome dela? Maxon, qual o nome dela?

Maxon emitiu um som confuso. Sunny intercedeu.

— Alice. Meu nome é Alice.

— Bem, Alice, está tudo no passado. É tudo passado. Tem muita coisa que a gente deixa pra trás, né, Maxon? Muita coisa que deixa bem lá no passado.

— Não bebo chá — falou Maxon.

— Bem, quer refresco? Tenho refresco pro seu filho. Um refresco muito bom de maçã. Gosta de refresco, querido?

ELES BUSCARAM A mãe de Sunny na casa do outro lado do vale. Fecharam a casa, desligaram a água, drenaram os canos e colocaram anticongelante nas pias, isso tudo enquanto uma Emma emaciada esperava no sofá, confortavelmente enrolada em um cobertor, escutando Bubber ler para ela, letra por letra, um livro de fórmulas químicas e equações. Foi o livro que ele pegou na estante, e Emma disse: "Tudo bem, tudo bem, o que ele gostar tá bom." Sunny a observou sendo cuidadosa, como qualquer avó — fazendo carinho nas orelhas, pegando a cabeça do neto com as duas mãos. Sunny se sentiu mal por ter negado todo esse amor à mãe nos últimos quatro anos. A reação à peruca nem foi tão ruim. Quatro anos antes, quando a peruca era novidade, a mãe havia ficado irada. Agora, parecia apenas um pouco triste. Perguntou a Maxon se ele gostava da peruca. Ele não soube o que dizer.

Pagaram Hannah, que estava desapontada, colocaram as coisas no carro e trancaram a casa. A mãe, no assento traseiro junto com Bubber, caiu no sono rapidamente, apoiada em travesseiros e enfaixada em colchas ancestrais.

— Acho que ela parece muito bem — falou Sunny. — O que você acha?

— Ela parece muito bem — concordou Maxon.

— E a sua mãe, dá pra acreditar?

— O quê?

— Ela está tão bem! E casada com aquele homem bom, tocando um negócio. Quem diria!

— Eu a odeio agora mais do que nunca — disse ele.

Estava escuro; os postes passavam por eles na estrada, iluminando placas desgastadas, carcaças na vala, um aviso escrito à mão que dizia RENDÊVÚ DO CLARKSON. O sobe e desce fez Sunny se lembrar dos passeios de carro quando eram adolescentes. Maxon se mantinha sóbrio, o que permitia a ela ficar um pouco bêbada, um nível seguro de bêbada — o suficiente para abraçá-lo e rir, colocando os pés sobre o painel e cantando junto com o rádio.

— Por que ela amou tanto a Alice? — perguntou Sunny, calma. — Por causa de tudo?

Maxon não respondeu nada. Ela olhou para o seu perfil familiar contra uma janela no entardecer — mandíbula dura, punhos tomando o volante como se o tivesse estrangulando, articulações tensas, veias estufadas. Ele preenchia o assento inteiro, até o topo. Seus cachos quase tocavam o teto da van. Ela colocou a mão nos seus cabelos e fez cafuné, deixou que a mão fosse descendo até a nuca. Viu que as articulações relaxaram.

— Não fica zangado — falou Sunny. — Ela é uma prova de que as pessoas podem mudar. Olha o que ela era e olha o que é agora. Está completamente diferente, Maxon. Você não vê isso? Ela está completamente, totalmente diferente, e por quê? Por encontrar o cara certo, fazer as coisas certas, colocar os pés na estrada que leva ao normal. Ela fez tudo para tentar ser quem está tentando ser e agora é boa nisso. É normal. Qualquer pessoa que chegasse lá de carro diria isso. Ninguém jamais suspeitaria do que ela já foi.

— É a mesma — disse Maxon. As articulações ficaram tensas de novo, raivosas. — Ninguém consegue mudar. Para de tentar mudá-lo. Por que você não consegue simplesmente amá-lo do jeito que é?

— Eu o amo, sim — respondeu Sunny, com a mão ainda circulando o cabelo do marido, acalmando-o, amando-o. Ela pensou em como tudo o que era importante para ela, no fundo, estava naquele carro. Sentia-se feliz por eles terem ido buscar a mãe. Quando voltasse a ser saudável, poderia ajudar com Bubber. Era especialista em ensinar menininhos a se comportarem. Se Sunny não tivesse ficado tão preocupada em mostrar a peruca para a mãe, teria pedido a ajuda dela muito antes. — Eu o amo tanto que quero alguma coisa melhor pra ele, algo melhor do que nós tivemos. Tudo na gente é tão complicado. Só quero poupar ele disso. Deixar que seja simples. Deixar que seja óbvio.

Maxon não sabia o que dizer, ou não queria dizê-lo. Ficou em silêncio até que ela pediu a ele que dissesse que a amava, quilômetros depois. E ele disse.

23*

MAXON VIU O MARE ORIENTALE E SOUBE QUE ESTAVAM NO LADO escuro da Lua. O Mare Orientale, uma das maiores cicatrizes na face do satélite, foi criado por uma colisão com um meteoro. Os planetas são redondos, como um olho, e as galáxias se apresentam em espirais, como água num funil. As formas, perfeitamente realizadas, repetem-se universo afora. É possível saber o formato de qualquer planeta ou de uma lua. Arredondado. Uma gota d'água, o centro de uma flor, o ondular em volta de uma rocha que cai, as tubulações de lava protegidas da Lua, onde havia planejado abrigar suas Heras — tudo perfeito. O círculo é a forma mais difícil para um humano desenhar, mas também a mais fácil de ser encontrada naturalmente. É uma forma fácil para um robô desenhar. Qualquer forma é fácil para um robô desenhar.

Dentro do módulo de carga, Hera clicava e apitava. Cortava as partes para a unidade de comunicação, trabalho preciso que ela desenvolvia meticulosamente. Maxon sabia que seu trabalho seria perfeito, mas estava levando muito tempo. As colisões com meteoros, assim como as tempestades e a meiose, são imprevisíveis. Colisões assim geralmente não existiam em linhas de códigos, ou em situações laboratoriais, ou no cérebro de Maxon. Porém, a única colisão com meteoro que ele tinha vivenciado era prova do valor de colisões com meteoros. Olhou para a Lua e ficou pensando; ali, onde não havia nenhum lugar, nem um quilômetro quadrado que não fosse marcado por uma cicatriz de um meteoro, era o lar do aleatório, definia-se por ele.

Maxon olhou para o horizonte da Lua e viu uma listra azul emergindo, uma listra branca e azul. A Terra estava nascendo.

— Isso é uma coisa que poucas pessoas viram — disse ele para Bubber. — Você deveria prestar atenção nessa imagem do nascer da Terra.

— Tá bom — concordou Bubber.

Eles ficaram olhando para a Terra, tão pequenina, os contornos e espirais das nuvens contorcidas sobre a face azul e dourada. A forma externa era uma curva perfeita, e, no entanto, envolta por vapor. Maxon olhou para a Lua e pensou: *As marcas dos meteoros também são círculos.* O evento mais aleatório, imprevisível e poderoso da história da vida, e ele deixa uma marca que parece uma onda num lago.

— Papai — falou Bubber. — Nosso tempo está acabando?

— Sim — respondeu Maxon. — Realmente não acho que temos tempo suficiente.

— O que vai acabar primeiro?

— O ar — disse Maxon. — Vou ficar sem ar.

— Fala pro robô ir depressa — sugeriu Bubber.

— Não posso — respondeu Maxon. — E ir depressa vai gerar um resultado ruim.

— Você pode voltar e pegar mais ar? — perguntou Bubber.

— Poderia fazer isso — disse Maxon —, mas não quero deixá-la.

A Hera clicava e chiava enquanto soldava sem criar fagulhas.

— Por que não leva ela pro foguete? Ela não precisa de uniforme de astronauta.

Maxon fungou. Olhou para a Terra, agora cheia e logo acima do horizonte da Lua. Era uma imagem linda, tão desarrumada e perfeita. Ele pensou no Bubber real, em casa. Talvez sentado na escola com um lápis azul em mãos, talvez escutando o seu iPod e batendo a ponta dos pés, enlouquecendo Sunny.

— Porra, filho, você é um gênio — disse ele. E deu ignição no propulsor.

Os quatro logo voltaram à espaçonave. Maxon com seu propulsor carregando com cuidado Hera e a unidade de comunicação dentro dela. Bubber o seguia, segurando seu pé. Um passeio no parque. Um passeio à sorveteria.

— Papai — falou Bubber.

— Fala — respondeu Maxon.

— Vou poder entrar na espaçonave?

— Provavelmente não. Não acho que terei alucinações na espaçonave.

Maxon olhou para Bubber e percebeu que a imagem começava a falhar: o pequeno uniforme piscava como um holograma. Eles ficaram juntos por apenas mais um minuto. Hera, Maxon, a criança Bubber e a unidade nascente de comunicação. Como uma família.

— Bem, quero voltar ao espaço com você outra vez — disse Bubber. — Gostei. Não consegui ir na Lua nem nada, e quero muito.

— Ah, você vai — garantiu Maxon. — Você vai pra Lua. Você nasceu pra isso, amigão. Nasceu pra isso.

Maxon ligou o rádio e ouviu imediatamente a voz de Phillips na cabeça, no meio de uma frase.

— ... porra é essa?! Você tem três minutos e meio de ar no tanque, Dr. Mann, está me ouvindo? Liga essa porra desse rádio!

— Está ligado, Phillips — disse Maxon. — Chego em cinco minutos.

A imagem de Bubber flutuava na frente dele, fora do seu alcance.

— Espera, amigão — falou baixinho.

— Eu sei, papai — respondeu Bubber. — Mas você tem que ir logo. Então a sua velocidade tem que ser igual à do seu acompanhante. Você sabe disso. É uma regra. A taxa sub-robô é igual à taxa sub-humano. Caso contrário, o robô vai sempre vencer.

— Espera, Bubber — disse Maxon, vendo círculos negros em torno da imagem, como uma bruma vinda de todos os lados. — A sincronização de velocidade só ocorre quando o robô acelera uma quantia igual à velocidade atual do acompanhante menos a velocidade atual do robô.

Bubber estava fora do alcance, flutuando para longe dele. Maxon piscou, tentou ver com clareza, tentou se segurar. Sentiu o maior pesar do mundo, por, no final, não ter conseguido. Sentiu uma punhalada quente de arrependimento: por deixar a família, por ir com a espaçonave, por ser suscetível a meteoros e pelas necessidades do seu corpo. Falhar era uma possibilidade; ele jamais deveria ter ido, jamais deveria tê-la deixado sozinha, desejando-o, esperando pela maneira como seus corpos se selavam feito duas feridas se curando. Que fé arrogante o tinha levado até ali, pronto para romper o futuro com a própria cabeça, ignorante de qualquer possibilidade de falha? Foi apenas quando começou a perder o ar, com os pulmões puxando o nada e a boca aberta como se fosse algum animal horripilante, que se deu conta disso. *Sou realmente humano*, pensou ele. *Eu me arrependo. É isso que é ser humano, e morrer.* De certa forma, era uma tragédia. Mas, de outra, um alívio enorme saber finalmente que ele não era um robô.

Maxon percebeu que não conseguia mais enxergar. Percebeu que estava chorando. Quando o chiado de ar foi ouvido na cabine pressurizada e Phillips abriu o capacete de Maxon, ele já estava desmaiado.

Dois meses antes da decolagem, eles tiveram uma briga feia. Sunny estava prevendo a partida de Maxon. Ele sabia, segundo o que Emma o havia ensinado, que Sunny expressaria preocupação por ele de maneiras diferentes. Ele a viu expressando preocupação checando várias vezes com vários tipos diferentes de perguntas se ele estava científica ou fisicamente preparado para uma semana no espaço. Agora, ele a viu expressar preocupação discutindo com ele. Estava preparado para entrar em uma discussão por causa de alguma coisa inconsequente.

Aprendera que discussões aconteciam por causa de coisas bobas, como o tipo de chá que ele devia comprar, mas que na verdade representavam outra coisa. A partida dele. Maxon precisava escutar as palavras que ela estava dizendo, mas tinha que entender as coisas que estava sentindo: medo, solidão, abandono, preocupação. Ele estava na frente dela, do outro lado da ilha da cozinha. A bancada da cozinha era de granito, um granito que parecia couro, que tinha a textura da superfície de um meteoro. Bubber fora colocado para dormir, eram dez da noite. Quando Maxon saiu do escritório, Sunny estava batendo as louças na cozinha, e então, dentro de minutos, eles estavam um na frente do outro em lados opostos da bancada, brigando.

— O que vou fazer esse tempo todo? Duas semanas na Flórida, uma semana em missão, mais tempo depois disso. Quer que eu coloque uma rolha lá embaixo pro bebê não sair? Quer que eu reverta o processo, desligue tudo e espere você voltar? Não tenho um botão de desligar.

Ele só conseguiu dizer "Não".

— Vou ficar bem. Não se preocupe.

A iluminação da cozinha era artística, com luzes embutidas lançando um brilho gentil nas panelas de cobre. Atrás dela, uma geladeira de ponta. Atrás dele, a pia aplicada com silicone. Profunda, larga, perfeita para embalar alimentos, pitoresca. As costas da cabeça dele refletiam na janela acima. As costas da cabeça dela eram uma interrupção cinza no níquel reluzente da geladeira.

— Então, eu simplesmente sigo em frente, sozinha. Que ótimo. Perfeito. Bem, que saber? Eu me demito. Foda-se, eu me demito. Fecha as cortinas, fecha. Quero sair deste suéter, quero sair desta casa, quero sair desta cidade, quero sair. Venho com esse peso nos meus ombros há muito tempo. Quero um tempo! Quero não ser uma porra de mãe por cinco minutos!

Ela balançou as mãos ao redor, limpou a bochecha. Ela nunca, é claro, passava as mãos pelos cabelos ou pressionava a testa para cima, nem sacudia a cabeça com muita força.

— Então vai, faz o que tiver que fazer, estou aqui agora, inteiro. Posso ajudar você. Vai passar um tempo sozinha — disse ele. Maxon disse as palavras "passar um tempo sozinha" como se fossem apenas uma. Como pedalar.

— Não posso simplesmente sair, Maxon, e ir embora. Não entende isso? Sou Mamãe, 24 horas por dia. Isso não muda só porque não estou fisicamente com você e seu filho. Sou sempre Mamãe. Está aqui comigo, dentro de mim, isso me faz Mamãe, esteja eu aqui ou bêbada em uma vala na cidade. Ainda sou mãe, o negócio é que sou uma mãe de merda. Você, você saiu. Você é o cientista, você é o construtor, você é o astronauta, o ciclista, eu não sou nenhuma dessas coisas. Sou a mamãe, e ponto. Eu digo que quero um tempo para tentar ser outra pessoa, mas não tem como. É impossível.

Atrás dela, o produtor automático de gelo deu um clique, liberou um tanto, fez outro clique para desligar.

— Amor, é tudo questão de prioridades.

Assim que ele falou isso, soube que era a frase errada. Ele deveria se lembrar do assunto daquela briga.

— Tudo uma questão de prioridades? Que interessante. Interessante pra caralho. Isso vindo do homem que se levanta de madrugada pra andar de bicicleta, fica no trabalho o quanto puder, às vezes até depois de escurecer, e depois se tranca no escritório a noite toda. E aqui estou eu, grávida de novo, outro filho seu que não vai nem saber como é a sua cara direito! Vão ver as linhas de um código nos seus olhos, sempre um reflexo, a sua tela no seu rosto. Esse é o pai deles.

— Isso não é certo. Isso não é verdade. Isso não é certo nem verdade.

— Você não me ajuda quando está aqui. Não vai fazer diferença se for embora, passe bem, viva na Lua, colonize o espaço. Estarei aqui lavando a louça, as roupas, a louça, as roupas, e delineando os lábios, usando meia--calça, e alinhando os meus saltos cinza no closet.

— Não espero que você faça isso. Ninguém espera isso de você. Você faz isso por conta própria.

— Ah tá, e o que eu espero que eu faça? O que ele espera que eu faça? O que esta daqui espera que eu faça? — Ela aponta para Bubber no segundo andar e depois para a barriga. — Na verdade, não há expectativas em relação a mim, Sunny, esta pessoa. É só eu, esse espaço, esse papel, essa mãe. O que tenho que fazer como ela, para ser ela, e essas expectativas são claramente definidas. Claramente definidas. Na verdade, você é o único que não vê. Porque você não vê nada que não seja preto no branco! Olha pra mim, Maxon, estou morrendo aqui! A maternidade é uma morte, entendeu? Essa eu que você vê, essa coisa aqui de pé, é uma coisa morta coberta por uma carcaça. Estou morta. Maxon, estou morta!

— Você não me parece morta — disse ele.

— Maxon! Não sou uma porra de um robô! Você não pode determinar se estou viva ou morta só de olhar pra mim!

O rosto dela estava inchado e com marcas listradas de lágrimas. A peruca, a peruca imóvel, permanecia perfeitamente arranjada, reluzente, real. As mãos se retorciam uma na outra; ela estava levemente escondida atrás da bancada. Estava chorando.

Ele se lembrou dos caranguejos ermitões que tinham comprado em Cape May quando a mãe de Sunny os levou lá para passear. Eles os colocaram em um balde do lado da banheira, até que eles saíram das suas cascas e morreram. Sunny chorou e lamentou, segurando os pequenos caranguejos estranhos e conversando com eles enquanto soluçava. A mãe proibiu rituais mórbidos com veemência; nenhum funeral era permitido. Mais tarde, Maxon descobriu em um livro que os caranguejos não tinham morrido, estavam só tentando achar carcaças novas e jogando seu exoesqueleto fora. Se fossem deixados em paz, teriam vivido. Mas foram jogados no lixo orgânico, cobertos com as folhas do dia seguinte, e os restos de melancia do dia depois. Se Sunny se sentia morta como aqueles caranguejos, então Maxon fracassara com ela e lamentava por isso.

— Você nem me conhece, Maxon! — gritou ela. — Você sabe o que eu fiz?

— Sim — disse ele.

— Você vai simplesmente pro espaço e me deixar aqui com os seus filhos? Essa coisa que eu sou? Essa degradação que me tornei?

— Achei que você tivesse dito que era necessário. Achei que quisesse que eu fosse embora.

— Maxon, você sabe como o seu pai morreu?

— Ele congelou em um penhasco.

— Ele congelou em um penhasco porque eu o deixei lá. — Sunny se engasgou, como se tossisse e falasse ao mesmo tempo.

— Eu sei.

— Você sabe? Você não sabe disso. Nunca soube.

— Sei porque você me contou. Contou há anos. Estava exatamente aí quando me contou isso.

Maxon se lembrava claramente do jantar. Sunny contou a história da morte do próprio pai em uma ribanceira, e ele soube, sem dúvida alguma, que na verdade ela falava da morte do pai dele, e que ela o vira morrendo e não fizera nada. Maxon já havia assimilado a informação no mesmo instante em que ela a colocara para fora.

Sunny fez uma pausa.

— Você sabia?

— Sabia. Você disse que as pernas dele estavam no formato de um sigma. Disse que ele estava coberto de folhas de pinheiros, não se lembra? Todo mundo sabe que não tem pinheiro no Sul da Birmânia. Teria sido decíduo...

— Você sabia e não falou nada?

— Falei sim. Eu disse "Nossa".

— Maxon — disse Sunny. — Existe uma maneira de responder quando alguém conta que matou o seu pai. Você eleva a voz em uma oitava, aumenta o volume, gesticula, ergue as sobrancelhas, berra alguma coisa do tipo "O QUÊ?" ou "NÃO ACREDITO QUE VOCÊ FEZ ISSO!" e você... você não continua a vida como se nada tivesse acontecido.

— Eu perdoei você — falou ele. — Isso aconteceu. Isso é uma coisa que aconteceu.

— O quê?

— Perdoei você naquela noite, antes de você acabar de contar a história, eu perdoei. Perdoei você. Perdoo. Tá tudo bem.

Ela se jogou nele e o apertou com tanta força que o ar lhe saiu dos pulmões fazendo barulho.

— Ai, Maxon — disse ela. — Não morra. Não morra nunca, nunca, nunca!

Maxon escreveu tudo o que havia comido nos últimos dezessete anos. Tinha um batimento cardíaco de 32 em estado de descanso. Tinha um gráfico para indicar a emissão de líquidos ocorrida em um passeio de bicicleta no dia anterior, mas não tinha o que fazer para não morrer.

24*

Em 1987, o shopping Yates foi aberto no cruzamento da rota 8 com a estrada 32. Havia um sinal de trânsito ali, o único em muitos quilômetros. No meio dos pastos, na estrada depois de Bickton e a cerca de três quilômetros de Pearl, construíram um shopping que tinha uma Sears num lado e uma Bon-Ton no outro. Naquela época, havia um posto de gasolina e um moinho de madeira ao lado do shopping, e só isso. As pessoas iam até lá e tinham que piscar e colocar as mãos na frente do corpo para ter certeza de que não dariam de cara com um vidro. Ali havia loja de panos, loja de sapatos, loja de óculos, uma farmácia, uma pequena lanchonete e até um cinema com duas telas. As pessoas diziam que Yates County finalmente estava civilizado. Os locais afirmavam que esse tipo de consumismo genérico mataria o comércio local e acabaria com o comércio familiar nas cidades do petróleo.

Nos anos seguintes, a interseção floresceu. Além dos estabelecimentos existentes, vieram um Home Depot e um Burger King. Depois, um parque de diversões pequeno e desorganizado. Logo, um posto de gasolina mais novo e mais reluzente se estabeleceu para competir com o posto antigo, oferecendo self-service e sanduíches instantâneos, contra cascalho e um mecânico. Uma tenda de sorvete abriu bem perto do sinal para competir com a Jolly Milk, que se localizava a quase dois quilômetros.

Em 1993, um Walmart foi construído na frente do shopping, e os editores do jornal local desistiram e renderam a região à morte do comércio multinacional. As lojas antigas de ferramentas, nas ruas principais, fecharam. Fabricantes de roupas entraram em desespero. Comerciantes de bens consumíveis protestaram aos céus. Um pequeno homem que tinha uma loja de pneus ao lado do banco em Oil City cometeu suicídio. Em 1995, o Shopping Yates, um dia anunciado como um avanço da civilização, fechou as portas em deferência à cavalaria de peso no outro lado da rua. O prédio se esvaziou, foi selado com placas de madeira, e ergueu-se um sinal permanente na sua frente: ESPAÇO PARA ALUGUEL. 1000×500, 1500×500, OU À SUA ESCOLHA.

Naturalmente, os estudantes da região tomaram o shopping como zona de pegação. Antes dele, usavam um trem abandonado no outro lado do rio, depois de Franklin, mas você precisava andar quase um quilômetro para chegar nele, e, embora houvesse colchões, havia cobras também. O shopping era melhor por ser maior e, além disso, entrar no estacionamento não levantava suspeitas porque o cinema ainda tinha uma exibição por dia. É claro que também havia operações mais duvidosas do que apenas a roleta de gestações ocorrendo sob a proteção do Shopping Yates. Às vezes, os jogadores eram os mesmos em vários jogos, os contrabandistas de metanfetamina e os adolescentes amorosos, os contrabandistas amorosos e os adolescentes sob efeito da metanfetamina. Depois de alguns anos, muito lixo se acumulou no chão.

Maxon e Sunny tinham 16 anos quando entraram na parte fechada do shopping pela primeira vez. Era sábado, e eles tinham ido a uma matinê. Estacionaram o pequeno carro de Sunny e caminharam tranquilos até o cinema. Sunny levava uma garrafa pequena de vodca na bolsa e, durante o filme, ela tomou a bebida com ansiedade, de modo que na terceira parte já estava mole e afetuosa.

— Maxon — sussurrou ela, alto demais. — Maxon, vamos no Bon-Ton depois daqui.

Ir ao Bon-Ton significava entrar em alguma das várias locações escondidas dentro do shopping abandonado, escondendo-se com o seu acompanhante em um canto e mandando ver. Maxon sabia disso. A Bon-Ton por acaso era a maior loja que estava vazia, mas não a única. Também tinha uma Sears e várias lojas menores. Na cabeça de Maxon, o shopping representava uma colônia de coelhos, com vários coelhinhos no cio dentro dos buracos. Maxon não conseguia imaginar fazer aquilo com Sunny. Eram namorado e namorada. Beijavam-se e apertavam o corpo no do outro. Mas ficar sem roupas em um closet, enfiando naquela região úmida, isso ele não conseguia imaginar.

— Não — respondeu ele. — Você está bêbada. Vamos sair daqui. Podemos ir pra casa A antes de voltarmos.

A casa A, abandonada desde que Maxon era um menininho, constituía o abrigo secreto deles. Mas os dois não usavam a casa para sexo. Usavam-na para que Sunny voltasse a ficar sóbria, para acalmar Maxon, para escapar.

— Não — insistiu ela. — Quero ir na Bon-Ton que nem os outros. Por que não podemos ir? Qual o problema?

Ela deu um ataque de risadinhas e se abaixou na cadeira, no escuro. Pegou a coxa dele e apertou, subiu um pouco e apertou, subiu e apertou, e ali ficou, dedos subindo e descendo.

— Tudo bem — concordou ele.

Eles saíram cambaleando do cinema, um dos vários casais com a mesma intenção, virando à esquerda rapidamente quando o resto dos expectadores virava à direita para sair. Os jovens se separavam, cada um tomando um corredor diferente como se um acordo mútuo existisse. Sunny pegou a mão de Maxon e o levou com firmeza.

— Aonde estamos indo? — perguntou ele.

— Renee me deu uma dica — disse Sunny. — Vem, depressa. É um segredo.

No fundo da loja que um dia vendeu artesanato e móveis de madeira criados pelos artistas locais, ela abriu a porta e o fez entrar. Não havia luz, mas Sunny tateou do lado da porta, encontrou uma lanterna e a acendeu.

— Achei! — disse para si mesma.

Ela colocou a lanterna sobre a mesa, apontada para cima, e uma luz quente e amarela iluminou a loja. Era maior do que Maxon esperava. Talvez fosse a loja e mais o depósito. Havia fileiras de estantes de metal em uma das paredes.

— Tira a roupa — disse a ele. — Vai, vai. Não, espera, espera um minuto.

Sunny colocou a mão na bolsa e tirou a vodca, metade vazia, um incenso e um preservativo. Ela colocou o incenso em um buraco no apoio de cerâmica que estava na mesa e acendeu a ponta, mexendo impacientemente no incenso que já se encontrava ali. O cheiro de bergamota se expandiu naquele canto, afastando o odor bolorento, embora ainda fizesse frio. Naquele canto havia uma pilha de travesseiros, sobras da Sears, e uma pilha de lençóis, alguns ainda embrulhados, outros apenas dobrados, alguns jogados em outro canto. Aquela parte da loja tinha quatro por cinco metros; eles estavam ali havia 45 segundos.

— Está bom. Esse é o nosso cheiro. Agora tem a nossa cara. Agora — disse Sunny. Deu um gole grande na vodca e sorriu, com o rosto iluminado por baixo, os dentes todos brilhando. Ela tirou o jeans rapidamente e o jogou no chão, e colocou o casaco e a camiseta ao lado dele.

— Vem, Maxon — pediu ela.

Quando estava apenas de calcinha de algodão e sutiã branco, também de algodão, fechou a porta, fazendo um estampido sólido, e Maxon estava lá dentro com ela. Dentro do quarto aonde os jovens iam para fazer sexo; lá estavam Sunny e Maxon, prestes a fazer o mesmo.

— É o que acontece — disse Sunny, rindo. — É isso que acontece, é isso que. Acontece. O que acontece, que acontece, que acontece. — Ela estava bêbada. Maxon sabia disso. Ela pegou o cós do jeans dele e o abriu com vontade, abaixando a calça por suas pernas. Ele automaticamente tirou os sapatos com os dedos dos pés no calcanhar oposto, forçando para baixo. Era como se a sensação da calça em volta dos tornozelos fizesse com que seus pés se comportassem dessa forma. Então Sunny pressionou a mão no peito dele e lhe tirou a camisa de flanela.

Lá estavam, ele de camiseta e cueca, ela de calcinha e sutiã. Poderia ter acontecido em qualquer outro momento. Poderiam estar em algum lugar na floresta. Não era estranho, ainda não era perigoso. Havia uma chance de ela desistir daquilo que planejava para eles, fosse o que fosse. Ele podia fugir. Podia tirar uma foto naquele instante, antes que acontecesse. Mas ela estava com pressa e agitada. Pegou a mão de Maxon e o levou como um zumbi até a pilha de travesseiros.

— Cala a boca, Maxon, você fala demais — disse Sunny, com os pés saltitantes. Ela o encaminhou para cima dos travesseiros e o deitou ali. — Deita de costas — disse. — E não se preocupa. Sei o que fazer. A Renee me contou.

Ele sabia que não deveria estar ali. Sabia que podia ser um momento ruim. Podia não dar certo. E, no entanto, vendo-a de pé sob a luz da lanterna de outra pessoa cantarolando para si mesma enquanto tirava o sutiã, subindo nele como um animal, ali em cima dos travesseiros, quando ela se deitou nos seus braços, ele não teve como deixá-la ou mandar que parasse. Ela se encontrava em cima dele, os bicos dos seios no seu peito, as mãos ao lado dos ombros dele pressionando os travesseiros. Sunny colocou os lábios na orelha de Maxon.

— Eu amo você, baby — disse ao seu ouvido com uma respiração que causou ondas elétricas no corpo do rapaz. Ele sentiu o triângulo familiar se acendendo na virilha muito rápido, como um solavanco. Ela colocou a boca no pescoço dele embaixo da mandíbula, na clavícula, no esterno e nas costelas. Era um beijo seguido de outro, beijos pequenos e castos, porém ligeiros, como beijos de oi. Essa era uma das umidades que ele temia. Não houve aquele terrível suor. O seu corpo estava frio, gelado, exceto nos lugares onde ela o tocava, onde seus lábios entravam em contato com a pele. Havia marcas de calor nele, como imagens térmicas: seu corpo era azul, os formatos da boca eram laranja, e havia um ponto vermelho no meio. Ela foi descendo e beijou as costelas onde se arqueavam sobre a barriga; abaixou os cotovelos para ter suporte, erguia o traseiro conforme se inclinava para trás e para baixo. Riu com o rosto na barriga dele, fazendo cócegas.

Ela beijou os ossos do quadril e passou as bochechas por cima da cueca. Então puxou o pano com os dentes, e o pênis apareceu. O hálito quente dela na pele dele fez com que Maxon apertasse os travesseiros ao seu redor. Estava com os olhos bem fechados. Não conseguia pensar no que ela parecia fazer, e não conseguia mandar que parasse. De rápidas as coisas passaram para devagar quando ela tocou nele com a língua. Maxon era dela, para o que quer que fizesse. Alguma coisa bem simples, pensou ele. Um movimento simples. Ele realmente queria aquilo. As mãos dela lhe acariciavam as coxas.

Então, ele sentiu a quentura da boca dela nele, e se engasgou.

— Não posso — tossiu ele. Foi a primeira coisa que disse desde o cinema. Ela levantou a cabeça e olhou para ele. Maxon a viu, boca vermelha, olhos negros, emoldurada pelas suas pernas, ombros morenos erguidos como um leão pronto para matar.

— Fala sério, garoto — disse ela, e, quando sua boca o tomou de novo, foi muito bom. Instantes depois, ele ejaculou em silêncio, e conseguiu tirar o pênis da boca de Sunny antes.

— Isso foi incrível — falou a jovem com animação, e se deitou ao lado dele. Ela passou o braço sobre Maxon, pegou um lençol dobrado e cobriu os dois. Bochecha no ombro dele, braço embaixo da nuca. Ele estava quente, mais quente do que nunca, e flutuando. Caíram no sono; ela por causa da bebida, ele por estar em paz.

Acordaram com o som de uma porta se abrindo. Quando Sunny abriu os olhos e se lembrou, devagar, de onde estava, viu a silhueta da amiga Renee e de dois caras na porta. Ela estava procurando a lanterna no chão. Sunny analisou a cena ao seu lado, Maxon dormindo de cueca e camiseta. Viu que sua calcinha ainda estava no mesmo lugar. O plano não tinha dado certo. *Pelo menos estou sem sutiã*, pensou ela. *Pelo menos nos beijamos deitados.* Ele dormia profundamente, de boca aberta. Ela tirou o braço, e a cabeça de Maxon virou para o lado. Estranho. Será que ele bebeu também?

— Ei, ocupado! — disse ela para Renee.

— Sunny? É você? Cadê a porra da lanterna?

— Não sei — respondeu ela.

— Tenho uma lanterna portátil — disse um dos meninos, e Sunny reconheceu a voz de Adam Tyler, o jogador de futebol.

— Por que você não falou logo, seu idiota? — perguntou Renee, pegando a lanterna da mão dele e apontando-a para Sunny.

— Ei — disse ela quando a luz lhe atingiu os olhos, e puxou o lençol para cima. Levantou-se e foi para perto das suas roupas. Começou a colocar o jeans ainda enrolada no lençol. O sutiã ficaria ali; ela não daria um show para o time de futebol. Esse papel era de Renee.

— Vaza, irmãzinha, isso aqui não é um motel — disse Renee com carinho.

— Peraí — falou Adam Tyles. — Aquele ali não é o Maxon Mann?

Sunny olhou para Maxon. Ele estava sentado perfeitamente reto.

— O que tá fazendo aqui, Mann? Não sabe que aqui é a suíte do amor? Adam deu um soco no braço do amigo, e o amigo fez o mesmo. Renee segurava a lanterna para o teto.

— Cala a boca, Adam — disse ela, com calma.

Maxon se levantou e abriu as mãos em sinal de camaradagem.

— E aí, Tyler — disse ele. — Não sabia que você morava aqui, cara. Foi mal. E parabéns.

— Vai à merda, seu nerd — berrou Adam, dando um passo à frente e ameaçando Maxon com o punho. — Não moro aqui, eu fodo aqui. E você não fode onde eu fodo, valeu? Então pega a sua vaca careca e vai fazer cócegas nela no banheiro, onde os merdas que nem você ficam.

Sunny não viu Maxon indo na direção de Adam, mas ouviu o som do seu punho na cabeça do rapaz. Quando o amigo entrou na cena e deu um soco no fígado de Maxon, ele começou a brigar de verdade, e Renee puxou Sunny para fora, deixando a lanterna de Adam no chão, ainda iluminando a cena. Atrás da porta, os sons de um tufão enfurecido.

— Vem — disse Renee —, a gente tem que ir buscar ajuda. Eles vão matar o Maxon.

— Não vão, não — falou Sunny ofegante enquanto corriam pelo corredor e ela fechava o casaco. — Não se preocupa com ele, se preocupa com os outros dois. Juro, confia em mim, Maxon não está em perigo.

Houve um tempo em que Maxon vivia sendo jogado no chão pelos dois irmãos, brigando. Depois foram três irmãos, e depois, quatro. Desde o momento em que ele espichou, nunca mais teve machucados. Ou ele vencia o tempo todo, ou seu corpo não respondia mais à punição. Era como se nem sentisse dor.

Sunny deixou Renee ir embora. Parou de correr e voltou a andar em direção à porta de saída. Lá fora, o ar era fresco. Foi até o carro e teve vontade de fumar um cigarro. Também queria água e Advil. Quando Maxon saiu do shopping alguns minutos depois e foi andando pelo estacionamento, estava todo arrumado e tinha um sorriso bobo no rosto. Abriu a porta e dobrou o corpo para se sentar no banco do carona.

— Você matou eles, Maxon? — perguntou ela, dando partida.

— Não — respondeu ele —, mas podemos usar aquele quarto quando quisermos.

— Sabe, baby — disse Sunny —, gosto de beber, mas nunca vou fazer isso se não tiver você ao meu lado pra me proteger. E não acho que a gente deva voltar para aquele quarto.

Eles nunca mais voltaram para a suíte do amor no Shopping Yates. E, mesmo nos anos em que estavam separados por causa das faculdades, Sunny nunca mais bebeu sem Maxon ao seu lado para protegê-la. Foi assim para o resto da vida deles.

No estúdio da WNFO News, Sunny se sentou na mesma cadeira branca de antes, inclinou os pés do mesmo jeito, colocou as mãos ao lado da barriga de grávida. Agora, no entanto, sua cabeça estava careca, e os olhos estavam vermelhos de tanto chorar. Aparecer na televisão como uma mulher careca era algo que ela podia fazer por Maxon, mesmo que não fizesse diferença. Mesmo que ele não tivesse a oportunidade de ver a gravação. Vê-la sentada ao lado de Les Weathers sem Maxon seria um sinal claro para todo mundo de que Maxon tinha ido embora. A simetria especial estava quebrada. Havia uma ausência no espaço. A câmera focou apenas os dois, Sunny e Les, e, quando Les começou a entrevista, o operador de câmera fechou o close ainda mais, apenas nas cabeças deles. Duas cabeças falando na televisão, uma loura e outra careca.

Sunny tivera um sonho em que usava as roupas da mãe. As peças estavam justas e não cabiam na barriga de grávida, mas ela as vestia mesmo assim, e também segurava a bolsa da mãe. Usava os sapatos da mãe e lidava com as consequências da morte dela. Dezessete cópias da certidão de óbito, um obituário decente, cremação. E, enquanto discutia os detalhes do funeral com o pároco da igreja, a mãe entrou na cena claramente viva, nem ao menos doente. Havia um hematoma brilhante na sua cabeça, como se ela tivesse caído de uma árvore e esquecido quem era, como se tivesse entrado em coma sem querer e morrido de câncer e, depois, como se tivesse voltado a se lembrar de quem era e se recuperado. O que Sunny sentiu naquele momento em que viu a mãe entrando na sala foi raiva. Por que me fez passar por isso tudo? Por que precisei fazer isso tudo sozinha, além de desligar as máquinas? Por que precisei fazer tudo sozinha sendo que você estava perfeitamente em condições de fazer comigo? Porém, a mãe se encontrava transformada. Depois de passar pela experiência de ser uma falsa-morta, estava agora um tanto além do alcance e nem responderia.

— Sunny Mann — começou Les Weathers. — Primeiro, quero dizer que lamento pelo que está acontecendo com você agora, e que agradeço por ter vindo compartilhar suas experiências conosco mais uma vez.

— Obrigada por me receber — disse ela.

— No mundo todo, e certamente nos Estados Unidos, todos vêm acompanhando a história com bastante cuidado. Mas, só pra informar aos nossos telespectadores, a espaçonave do seu marido foi atingida por um meteoro e a comunicação com os astronautas se perdeu. Como você está lidando com isso?

Sunny conseguiu dizer:

— Estou bem. Devagar, uma coisa de cada vez.

Ela contou como ficou sabendo da notícia, no que vinha pensando. Explicou que realmente queria que Maxon estivesse vivo, e que a tripulação toda estivesse a salvo, todo mundo no mundo inteiro. Depois da entrevista, uma pessoa veio tirar o microfone de Sunny das costas do seu vestido e desprendê-lo da gola. Les Weathers ficou no set com ela enquanto a equipe se dissipava. Permaneceram sentados ali nas cadeiras de vime sem ninguém por perto.

— Como você está de verdade? — perguntou Les.

— Não sei. É muito ruim — respondeu Sunny.

Ele colocou a mão sobre as dela, e Sunny ficou observando as mãos se tocarem, como mãos humanas geralmente fazem.

— Espero que saiba que estou aqui pra ajudar — disse ele. — Estamos todos aqui. Especialmente eu.

— OK — falou ela. Limpou os olhos com uma das mangas.

— Estou na esquina da nossa rua se você precisar de mim.

— Obrigada.

— Se ele não voltar, Sunny — continuou Les, inclinando-se para perto dela. Sunny sentiu o calor do corpo dele, diferente do calor dos holofotes. Era um calor que se movia, respirava. — Se ele não voltar, sei que isso não é a coisa certa de se dizer, mas vou dizer mesmo assim: se ele não voltar, quero que você saiba que também não me importo por você ser careca. Eu não me importo.

25*

Às 2h30 da manhã, o telefone ao lado da cama de Sunny tocou. Era a NASA. Ela devia comparecer à base imediatamente. A comunicação com a espaçonave fora estabelecida, e havia um vídeo. Os homens estavam vivos. Estavam bem. Ela podia falar com Maxon, vê-lo, escutá-lo. Sunny se vestiu, beijou Bubber até que ele acordasse, vestiu-o, e os dois correram para a van. Lá estava ela, sentada olhando para a sua imagem no retrovisor. Estava prestes a mandar uma carta de amor sem nenhuma palavra. Foi para o Langley Research Center, onde estariam esperando por ela.

Às três horas, o coração da mãe vacilou. Ele vacilou e se enfraqueceu. Depois, voltou a operar, porém de maneira instável. Os rins já haviam parado havia horas, o fígado estava morto, o sangue, cheio de toxinas. Dentro do corpo, a mente dela estava acelerada. No quarto, embaixo do lençol, nenhuma mudança. A luz laranja dos sinais do estacionamento penetrava pela persiana como a luz da manhã por uma casca de ovo. Uma enfermeira entrara no quarto horas antes para checar o pulso. Agora, o quarto estava em silêncio.

Dizer que a mãe não retomou a consciência imediatamente antes da morte seria errado. Apenas um paliativo para as pessoas que talvez tivessem que estar ali no momento da morte. Não retomou os sintomas da consciência: as pálpebras trêmulas, a mão que aperta, o movimento gentil da cabeça. Mas retomou, sim, a consciência de que estava morrendo. E lutou contra a morte. Sozinha, no escuro, sem nada que a ajudasse a controlar a escuridão crescente dentro dela, lutou contra o seu próprio sangue decadente e contra as coisas terríveis nele que estavam contra ela. Lutou para viver.

Na sua mente, estava ao lado de uma tenda de legumes à beira da estrada na Pensilvânia. Pegava tomates, perguntando-se se realmente podiam ser da região, visto que pareciam tão perfeitos. Havia uma criança tomando conta da tenda, da mesma idade de Sunny e do mesmo clube da 4-H. Um carro veio pela estrada perturbando o ar em torno dos legumes, e um pássaro migratório zumbiu na floresta. Ela ouvia os gafanhotos cantando entre um carro passando e outro. Era fim de verão, fim de tarde, e os últimos raios de sol se inclinavam pelo vale.

A menina olhava para ela.

— Sra. Butcher? — Emma se lembrou claramente do sentimento eletrizante no corpo quando a criança disse: — A senhora sabe onde a Sunny está agora?

— Onde está Sunny? — repetiu Emma, colocando um dos tomates de volta no cesto.

— Hum, acho que não devia contar pra senhora.

— Ela está em perigo? — O dedo de Emma fez um buraco no tomate, depois outro. O tomate ficou com um cordão de buracos.

— Hum — disse a menina, sugando as pontas das tranças. — Sim, provavelmente.

Emma no hospital, estática embaixo do lençol, sem poder se mover para fechar os punhos, lembrou-se do desejo de estrangular aquela criança de sardas, úmida, de short jeans curto; estrangulá-la com suas próprias tranças estranhas.

— Maggie — disse Emma. — Você precisa me dizer agora onde a Sunny está, senão vou ficar com muita raiva e direi ao seu pai.

— Bem — falou Maggie, com todo cuidado. — Acho que é melhor pra Sunny se eu contar.

— Conta.

Os dentes de Emma unidos com força, na cama do hospital, na beira da estrada. *Cadê a minha filha? O que vai acontecer com ela? Conserta, conserta, conserta.*

— Hum, Sra. Butcher, a senhora conhece a ponte Belmar?

Emma já havia partido. Correu para o carro, bateu a porta, e foi chiando pela estrada, jogando cascalho para trás. Conhecia a ponte Belmar. Por três gerações, a juventude de Yates County se desafiava a pular dela, e não muito frequentemente alguém morria ali. A ponte Belmar, um trilho de trem sobre o rio Allegheny, era lendária, com torres de pedra descendo em pernas grossas até o rio, e mastros enferrujados e inflexíveis acima. As crianças escalavam até a torre central por meio dos degraus enferrujados de uma escada de serviço, e lá permaneciam deitadas sob o sol, bem acima da água. As mais corajosas pulavam da plataforma, a quase 12 metros. O Allegheny é um rio raso, mas a construção da ponte e a corrente naquela parte formaram uma profundidade maior logo abaixo daquela torre central, então, se você mantivesse o corpo bem reto e entrasse na água da maneira certa, dava para mergulhar com segurança e não se machucar. Ou, como aconteceu com várias outras crianças, podia morrer na tentativa.

OK, disse ela para si mesma. *Sendo justa. Sendo verdadeira. Aquelas crianças estavam bêbadas. Sunny não beberia. Aquelas crianças foram burras. Sunny é esperta. Provavelmente não vai nem subir na torre. Sabe o quanto eu ficaria chateada se descobrisse. Ela teria noção. Não faria isso. Não pularia daquela ponte.* Era um ritual de passagem para os jovens da região, contaram os vizinhos durante o jantar certa noite. No entanto, os filhos do vizinho não fizeram isso. Os filhos do vizinho, com juízo e inteligência, cresceram e não pularam da ponte. A construção em cavalete mais impressionante dos três municípios. Emma já visualizava. Sua pele pegava fogo.

Acelerou pela estrada de duas vias sem prestar atenção ao trânsito. Passava para a faixa oposta nas curvas para a direita, entrava nos acostamentos nas curvas à esquerda. O lindo sol do fim de tarde no interior se tornara as chamas do inferno que a queimavam. Sabia que Sunny não podia morrer, e sabia que era capaz de detê-la. Podia dizer "Sunny, PARA". A cabeça careca se viraria para ela, a menina acenaria, voltaria a olhar para a frente, e daria de ombros de um jeito envergonhado. Deixaria que outra criança pulasse da ponte por ela.

Se ao menos estivesse com um menino mais cuidadoso. Maxon deixaria que ela fosse, ele simplesmente a deixaria fazer qualquer coisa que quisesse. Estava aprisionado a ela, e não tinha esperança para ele, era muito perturbado; Emma não podia confiar nele para resguardar a vida da filha. Não acreditava que Maxon fosse capaz de mantê-la a salvo, e não apenas em pensamento. Por que ela não amava um rapaz que dizia a verdade, que a mantinha longe de problemas e que fosse se tornar um bancário? Esse tipo de menino jamais deixaria que ela quebrasse o pescoço em uma pedra. Jamais.

Aos pés do monte, Emma abriu a porta do carro e começou a correr, deixando o veículo aberto. Sua saia comprida batia-lhe nas pernas, e os pés chutavam o cascalho. Sua mente exigia que a filha ainda estivesse viva. Deu uma respirada trêmula e soltou o ar todo, movendo o lençol um pouco. Sentiu o peso esmagador das próprias costelas, sentiu que o ar não entraria mais. Talvez fosse seu último suspiro. Talvez fosse o fim. Estava acabada. Mas não podia ser. Ela precisava correr, precisava descobrir. Então, deu outra respirada arrastada, pulso pulando no pescoço, um gole engasgado de ar até que visse a filha a salvo, até que visse Sunny e dissesse: "Não pula dessa porra de ponte."

Suas pernas a levaram como um vento, passando pela estrada de cascalho até chegar aos suportes da estrada de ferro, pulando de placa em placa onde os trilhos costumavam existir. Não sentia dor, apenas sufocamento. Sentiu o sangue incapaz de fazer o seu trabalho. Sentiu a mente silenciando-a. *Não conta pros pés*, pensou ela. *Deixem que continuem correndo*. Por fim, virou numa curva e viu a ponte e os seus trapezoides marrons escuros se erguendo sobre o céu azul.

— Sunny — tentou berrar, mas não havia ar. Os pulmões estavam acabados. Não conseguiam, nem mesmo mais uma vez. Seu peito se contraiu, as células lutaram. Ela se apoiou no suporte mais próximo, segurou-se nele e virou a cabeça para ver a água; queria ver. Lá estavam as crianças. Sunny estava sozinha? Não, Maxon já se encontrava na água. Infeliz. Deve ter calculado os ângulos e as trajetórias. Deve ter falado para ela o jeito certo de pular. Não era justo. Ela deve ter exigido isso. Ela faria isso, estava sempre tentando ser como as outras crianças. Como isso seria significativo para ela, para a pobre Sunny careca, com sua terrível calvície; pular da ponte Belmar como as outras crianças pulavam, falar sobre isso depois, tomando refrigerante na Jolly Milk, sentada no teto do carro de alguém, uma gangue de crianças, um grupos de amigos. E Maxon atrás de tudo, dirigindo para ela, fazendo os cálculos para ela, calando a boca quando ela mandava, deixando que se matasse para ser incluída.

Sunny estava lá, equilibrando-se. A mãe tentou dar um último aviso, dizer uma última palavra de carinho, engasgada. *Sunny, eu amo você.* Porém, não tinha ar, e não tinha sangue, e a escuridão veio do topo de sua cabeça e a calou. Na fantasia, ela ficou pendurada ali, corpo mole e amarrotado contra a pilastra. Na realidade, morreu ali na cama do hospital, e foi para a escuridão. O cérebro parou de funcionar, e pronto, no momento errado. Em um minuto, havia processos eletroquímicos dentro da cabeça. No minuto seguinte, não havia. Ninguém compartilhou disso, ninguém aliviou o final, e ninguém teve como prevê-lo. Simplesmente aconteceu. Uma morte aconteceu às 3h12 da manhã. Uma morte privada entre a mãe e ela própria antes que pudesse terminar um último sonho. É isto que morrer significa: você não termina.

A ESTRADA PARA O LANGLEY Research Center vai pela área pantanosa da costa leste da Virgínia. No meio da noite, é um lugar escuro e silencioso. Valas nos dois lados da via drenam a água da chuva, e garças ficam de pé com as cabeças enfiadas nas asas. É como uma versão mais indigente e menor do mangue da costa da Flórida. Lá, veem-se fileiras de palmeiras balançando ao vento pela manhã, no dia de um lançamento reluzente e otimista. Aqui, ela encontrou videiras nos holofotes e marcadores de quilômetros; mal conseguia se lembrar de onde tinha que virar.

Às 3h30 da manhã, Sunny mostrou sua identidade no portão. À direita, estava o hangar, enorme e branco, cheio de partes de espaçonaves, aviões, e todos os tipos de aparatos. Atrás dela, o túnel de vento. A base era como o campus de uma faculdade, mas, em vez de retângulos empilhados como escritórios e salas de aula, a arquitetura era estranha e exagerada em tamanho. Aquele lugar, assim como seu contexto geográfico, era um irmão encardido e mal-substanciado do Kennedy Space Center. Porém, Maxon trabalhava ali porque não queria se mudar para a Flórida. E, no final das contas, não fazia diferença. Seu valor estava entre os dois ouvidos. Havia laboratórios e cientistas em todos os cantos.

Sunny passou de carro por prédios enormes e redondos que eles chamavam de tanques de cérebro, de brincadeira, e pelo novo acelerador. Passou pelo prédio onde Maxon testava os materiais, cheio de máquinas gigantes cujo único trabalho era quebrar as coisas para se certificar de que eram fortes. Muitos dos prédios em Langley eram cabisbaixos e marrons, construídos nos anos 1970, e nunca tinham sido reformados. Era uma surpresa entrar nos prédios e ver que tudo era tão avançado. Sunny estacionou e tirou Bubber com cuidado do assento traseiro. Ele chorou um pouco, piscou, e, de pé, ainda dentro do carro, perguntou:

— Onde a gente tá?

— Que boa pergunta — disse Sunny. — Estamos no trabalho do papai. Vamos falar com o papai.

— O papai tá na Lua. A Lua tem uma tubulação de lava. É lá que o papai vai botar o robô. Na tubulação de lava.

— Isso — concordou Sunny. — Preciso carregar você, ou você consegue andar?

Por favor, anda, pensou ela. Não tivera contrações desde que acordara, mas estava nervosa com isso.

— Andar — respondeu Bubber.

— Que filhinho bom — disse Sunny. Ela o beijou e beijou seu rosto todo. Ele resistiu; ficou parado feito pedra, como se ela estivesse beijando o encosto do carro.

— Não ligo se você não quer ser beijado e abraçado, Bubber — disse ela, pegando-lhe a mão. — Vou beijar e abraçar você mesmo assim.

— Tá bom — respondeu Bubber.

— Vamos.

Stanovich a encontrou na porta. O lobby do prédio de Maxon tinha uma iluminação fraca.

— O segurança da entrada ligou e disse que você estava aqui — falou ele. — Vem, por aqui.

Ele levou Sunny pelo braço, e ela pegou Bubber também pelo braço. Foram para uma parte do prédio que ela nunca tinha visto antes. Ele abriu várias portas marrons de metal e a levou escada acima. O concreto dos degraus estava lascado, a janela, empoeirada. Sunny parou entre dois lances e fez sinal para que Stanovich esperasse um segundo.

— Estou um pouquinho grávida, Stan — disse ela. — Não posso mais subir escadas a galope.

— Ah, claro — falou ele. Ficou parado, nervoso, batendo no corrimão com as articulações da mão. Stanovich era um homem de cabelos grisalhos, porém macios e empinados; talvez fosse velho o suficiente para ser pai de Sunny, mas talvez tivesse apenas 40 anos de idade. Tinha um bigode grosso e óculos mais grossos ainda, olhos fundos e sobrancelhas cheias, orelhas grandes. Sempre usava camisetas com mangas curtas e colarinho, calça preta ou azul-marinho. Era funcionário da NASA à moda antiga, e um profissional. Maxon o respeitava muito e, sendo assim, Sunny também o respeitava. Gostava dele. Tinha esposa e filhos em Newport News.

— Pronto, acho que já me recuperei — disse Sunny.

Quando se viu no reflexo de uma janela, percebeu que Stan não havia lhe perguntado sobre o cabelo ou a falta dele. Questionou-se se ele era simplesmente distraído a tal ponto ou se Maxon havia lhe contado. Talvez, tarde da noite, dedicando-se a um problema difícil ou andando de um lado para o outro na frente de um quadro branco cheio de fórmulas, ele tivesse acabado se abrindo. *Ei, a minha esposa é careca*, podia ter dito, *mas vamos voltar aos robôs*.

— Bubber, tudo bem? — perguntou Stan, preparado para continuar subindo as escadas.

Bubber, olhando para os blocos de concreto nas paredes, levantou o polegar. Stan subiu mais um lance de escadas e abriu outra porta de metal.

— Este é o meu departamento — disse Stanovich. — Bem-vindos. Que pena não ser em melhores circunstâncias.

— Mas as circunstâncias são boas, não são? — perguntou Sunny. — Eles estão vivos, eles estão falando. Vão conseguir. — Stan se manteve em silêncio, andando pelo corredor cinza um pouco mais devagar agora. — Stan — disse Sunny, segurando-o pelo braço e parando de andar. — É boa notícia, não é?

— Sunny, não quero aborrecer você agora. Mas você precisa saber da verdade.

— Qual é a verdade? — perguntou ela.

— A verdade é que ainda assim eles talvez não consigam voltar — respondeu Stan. Ele tossiu, colocou a mão no rosto, alisou o bigode. Sunny se viu tentando decifrar esses códigos loucamente, talvez como Maxon teria feito. Estaria protegendo a senhora grávida? Exagerando quanto ao perigo? Com o rosto coçando?

— O quê? — perguntou Sunny, ofegante.

— O meteoro causou mais estragos do que imaginamos, querida. Quando estabelecemos contato, Houston fez um diagnóstico com eles, e não foi bom. Não sei como nós aqui embaixo podemos ajudá-los lá em cima sem o aparato de navegação do qual precisam pra corrigir a órbita, pra chegar à superfície, pra lançar as espaçonaves... é muita coisa.

Stan parecia prestes a chorar.

— Maxon fez muito bem em restabelecer a comunicação. Isso realmente foi incrível, mas talvez essa seja a última vez que fale com ele, querida. Foi por isso que pedimos que viesse no meio da noite. Entende?

— Eles aterrissaram com os robôs? Chegaram a fazer isso?

— Sim — respondeu Stan. — Já aterrissaram com os robôs. Não sei como, porque tudo indicava que não conseguiriam, mas, de algum jeito, conseguiram. Infelizmente, acho que só vão até aí.

— Não — disse Sunny. — Não acredito. Não acredito que ele iria até lá pra depois se matar.

Stan colocou a mão sobre a maçaneta. Lá dentro, do outro lado de um painel de vidro reforçado, Sunny viu pessoas e ouviu vozes.

— O meteoro foi uma coisa que ninguém calculava — falou Stan. — Não dá pra culpá-lo. Não havia nada que ele pudesse fazer.

— Mas Maxon calcula tudo — insistiu ela, e passou na frente dele para abrir a porta. — Quero falar com ele. Quero falar com ele agora mesmo.

A sala era grande e tinha janelas cobertas em uma das paredes. Por toda parte havia bancos e mesas, que estavam cheias de furadoras, pedaços de metal, serras a laser e fabricadores. Um pôster na parede proclamava "É aqui que fazemos a mágica acontecer!". Angela Phillips já havia chegado e estava sentada na frente de uma grande tela plana em uma velha e suja mesa de madeira. É claro que chegaria ali primeiro; vivia em Hampton. Como qualquer outra pessoa sensata cujo marido trabalhava em Langley.

Sunny demandou uma residência em Norfolk, por causa da Opera House e do museu de arte. Fazia parte do comitê disso e daquilo, usando o dinheiro de Maxon para comprar a entrada deles na estratosfera especial daquela cidade velha. Burra, burra, burra. Arrependia-se de tudo. Onde Maxon morreria? No frio do espaço? Cairia na Lua? Ou chegaria até o meio do caminho para casa e ficaria sem ar? Mataria alguém a bordo? Mataria? Ela viu o marido embaixo de camadas, embaixo da espaçonave, embaixo da unidade espacial, embaixo do uniforme, até o seu centro, onde ele respirava, devagar e forte, com o pulso sem nunca ultrapassar cinquenta. Era uma loucura. Os médicos não conseguiam explicar.

Havia outras pessoas na sala. Um homem que ela se lembrou de ter recebido em casa para um jantar com sua esposa desalinhada se aproximou. Ele claramente não estava distraído o suficiente para não notar a careca.

— Sunny — falou ele. — Você está bem? Você... câncer?

Ele parou de falar, mas Sunny apertou a sua mão com firmeza e piscou.

— Oi, Jim, vocês me ligaram muito cedo, então não tive tempo de pentear o cabelo, aí decidi não colocá-lo, tá?

Ele não riu, ela também não. Quando Angela a viu, fez sinal para que se aproximasse. Bubber brincava com cones graduados de metal no chão, e estava se balançando. No monitor, Sunny viu Fred Phillips, cujo rosto tomava a tela inteira. Angela esticou a mão e pegou a de Sunny. Era loura de verdade, com ombros pequenos e voz doce de bebê.

A voz de Fred, com um pequeno chiado, disse:

— Amor, me conta alguma coisa. Conta qualquer coisa.

— Não sei o que dizer — falou Angela. — Vai dar tudo certo. Você vai estar em casa quando menos esperar.

— Na verdade, não vou — disse Fred, virando olhos selvagens para cima. — Isso não é a verdade. Então me fala outra coisa, qualquer coisa. Conta o que as crianças comeram no café da manhã.

— As crianças estão dormindo, Fred — falou Angela. — Deixei na mamãe.

— Quero ver meus filhos — disse Fred, com a voz engasgada. Elas viram, pelo monitor, Fred tapar a boca e balançar a cabeça. — Mas que merda, Angie — disse, chorando.

Havia um atraso na transmissão, então era difícil para eles se comunicarem. Falavam um por cima do outro, esperavam demais, e então alguém começava a falar, e o outro esperava. *É assim que funciona quando você tem um marido que fala o tempo todo?*, pensou Sunny. Esse monte de pausa e início. Sunny ouviu uma voz ao fundo que não era a de Maxon.

— Se controla, Phillips.

— Fred, a Sunny está aqui — disse Stanovich, por cima do ombro de Angela. — Quer chamar o Dr. Mann na transmissão? Obrigado.

— Claro, Stan — respondeu Fred. — Pronto, Gênio, hora de chorar e morrer.

Angela se levantou e deixou Sunny se sentar na cadeira na frente da mesa de madeira, enquanto Fred parecia levitar para longe, e Maxon, para perto. Sunny se sentou sem se mover quando viu a cabeça dele entrando em foco. Ele se certificou de que estava sentado no lugar certo e olhou para ela. Ela olhou também, para as linhas largas e fortes do seu rosto, a boca preciosa, as orelhas, os cachos. Sunny não sabia que tipo de figura estava vendo, mas o via bem claramente, e teve vontade de chorar. Ele deu o seu sorriso padrão, um sorriso formal, e se aproximou, encarando a tela. Sunny viu o rosto dele mudando de formal e público para faminto, a mesma expressão que assumia quando realmente precisava comer alguma coisa imediatamente. Ele viu a cabeça careca dela.

— Oi, baby — disse Sunny. — O que está acontecendo?

— Bem, provavelmente vou comer o Phillips primeiro — falou Maxon.

— Ah, é?

— É. O Gompers é muito gente boa, e o Tom Conrad é feito de silicone, então...

— Pensa de novo, Maxon, pensa de novo.

Ela esticou o braço e tocou a linha do nariz dele, a curva da clavícula, o ângulo da mandíbula no monitor. Ele estava parado. Ela queria forçá-lo a vê-la, confirmar que ele sabia. Queria dizer o que ele deveria falar, escrever as instruções para ele, entregar-lhe um papel com letras que pudesse realmente entender. Ele estava parado. Ela olhava para ele? A mensagem era transmitida? Ela mandava tudo que ele precisava para sobreviver? Ela quis dizer: *Maxon, amo você, me perdoa por ter sido uma merda, estou bem agora, pronta pra ser boa pra você de novo e dar o que você precisa. Por favor, não morra*. Ele não falou nada.

Ela pegou um pedaço de papel na mesa e o dobrou. Pegou também uma canetinha e escreveu no papel com letras bem fortes: ME DESCULPA. Levantou o papel na frente da cabeça, de modo que o seu rosto ficou coberto. Quando abaixou o papel e olhou para Maxon, teve certeza de que ele entendera.

— Sunny, você quer que eu volte pra casa? — perguntou ele.

— Sim — respondeu ela claramente. — Eu quero que você volte pra casa.

— Ótimo, tudo bem — disse ele. — Bota o Bubber aqui.

Sunny pegou Bubber no chão e o colocou no colo; ele segurava um cone de metal em cada mão. Estava fazendo barulhos, como efeitos sonoros, e se balançando. Ela sabia que, na mente dele, estava muito distante.

— Oi, amigão — disse Maxon. Bubber não levantou a cabeça. — O que está segurando aí?

— Pode mostrar seus cones pro papai? — ajudou Sunny. — Fala pro papai o que você tem aí.

Bubber levantou os cones, mas não olhou para o monitor. Continuou a fazer sons e a dar gritinhos baixos, pequenos sons de sci-fi.

— Bubber, olha bem aqui onde a mamãe está apontando — falou Sunny, mas ele não levantou a cabeça.

— Desculpa — disse ela. Viu Maxon se abaixar e pegar alguma coisa. Segurava algo no colo, sobrancelhas para cima e cabeça balançando para frente e para trás.

— Tudo bem. Ele está ótimo — falou Maxon.

— Ele sabe que você está aí — disse Sunny. — É que...

Maxon também mostrou um papel. Em uma página em branco do caderno, escreveu: EU AMO VOCÊ. Fez as letras várias vezes para que eles vissem sem problemas. Segurou o papel no peito, em cima do coração.

— Bubber — disse Sunny com os lábios na orelha dele —, realmente preciso que olhe pra onde a mamãe está apontando agora. Só olha pra onde o dedo da mamãe está apontando.

Bubber olhou, rapidamente; depois se apoiou em Sunny de novo e voltou a conectar os cones. Sunny sorriu para Maxon.

— Ele viu — falou ela.

Maxon, entretanto, continuou segurando o papel. E ela sabia que também era para ela. Sunny tentou memorizar aquela imagem para se segurar nela para sempre — ele emoldurado pela tela, vestindo gola rolê branca, segurando aquela mensagem sobre o coração.

— Tenho que ir, Sunny — disse ele. — Não sei o que dizer. Mas vou aterrissar esta coisa.

— Maxon — interrompeu Stanovich —, é muito perigoso sem os propulsores de bombordo.

— É, tenho que desligar isto aqui, Stan. Até mais.

E então o monitor ficou preto. Imediatamente, um lamento veio de dentro de Bubber. Veio do fundo da sua garganta, mas parecia vir dos dedos dos pés. Ela sabia, por experiência, que era o começo de uma crise, talvez uma crise épica, definitivamente não apropriada para o público. Queria tirá-lo da sala, deixar que berrasse, gritasse, se contorcesse, espumasse e batesse nela no corredor, mas primeiro tinha que tirar aqueles cones da mão dele.

— Não, amor — disse ela. — Não, não. Está tudo bem. Tudo bem.

Ela começou a forçar a abertura dos dedos dele.

— Temos que ir — falou com urgência. — Vem, Bubber, deixa o cone.

Porém, isso foi um erro. A gritaria piorou. Com o rosto vermelho e cheio de lágrimas, Bubber se jogou no chão e se agarrou aos cones. Rolou, chutando tudo o que estava no seu caminho, até que chegou embaixo de uma mesa, onde ficou preso. Sunny foi pisando forte atrás dele, larga e esquisita. Seria muito difícil lidar com Bubber naquele estado. Se ele tentasse fugir, não conseguiria sequer segurar o filho. Não estava forte e equilibrada o suficiente. Começou a se ajoelhar e a tentar falar com ele, mas Stan a segurou pelo braço.

— Tudo bem — disse para ela. — Deixe-o ficar com os cones. Na verdade, se quiserem, podem ficar aqui por um tempo.

— Me desculpa — falou ela. — Isso é...

— Sunny, tudo bem — respondeu ele. — Tenho um filho com Asperger. E o Rogers ali também. Quer dizer, ele tem autismo, o filho dele não.

— Sério? — surpreendeu-se ela.

— Sério — disse Stan. — Pode-se dizer que é de família. Da família NASA.

Sunny e Bubber permaneceram no escritório de Stan em Langley o resto da madrugada. Na verdade, quando Sunny levou a coberta e o travesseiro para o *lounge* a fim de dormir, Bubber ficou na sala com os outros homens. Estava perfeitamente feliz brincando com as partes de um robô, mexendo nas máquinas, sem falar nada para ninguém.

Na espaçonave, Maxon mostrou seus planos para aterrissar tanto a nave quanto os robôs na Lua. Gompers hesitou.

— Não sei, Mann — disse ele. — Vamos fazer, mas só porque é a única saída.

— Ô, Gênio — falou Phillips —, quem disse que você pode fazer o meu trabalho?

— Cala a boca, Phillips — ordenou Gompers. — A não ser que tenha outro plano.

— Phillips — disse Maxon, com carinho —, é claro que posso fazer o seu trabalho. Se não pudesse fazer o seu trabalho e o de todo mundo aqui, não teria vindo. — Phillips ficou encarando Maxon. — Sem querer ofender, senhor — falou Maxon para Gompers.

— Tudo bem, filho — disse Gompers. — Agora vamos torcer pra dar certo.

O QUE FIZERAM para conceber o segundo filho levou apenas alguns minutos. Aconteceu embaixo da peruca, embaixo das cobertas. Estava na agenda de Maxon, mas dessa vez não houve resistência por parte de Sunny.

— Você tem razão — disse ela para ele. — Está na hora de termos outro bebê. — Fizeram de propósito, mesmo sabendo que tinha alguma coisa errada com Bubber, alguma coisa errada com Maxon, alguma coisa errada com Sunny, alguma coisa errada com a mãe dela, alguma coisa errada com todo mundo. Fizeram sabendo que alguma coisa errada seria o resultado da tentativa, e que deles se esperava que a amassem mesmo assim, apesar de, por causa de. Ela tinha contêineres no closet classificados como "maternidade". Tudo seria gerenciado com destreza pela menina que virou loura. Eles tomariam os lugares deles, Sunny e Maxon, no mundo. Fariam o que a lei evolucionária requeria.

Mas a gravidez da menina que virou loura se transformou na gravidez da menina que sempre foi careca. E a certeza desapareceu. As leis foram desfeitas, o mapa se esvaiu. Era o bebê de Maxon e de Sunny, e qualquer coisa poderia acontecer. Não havia expectativas que pudessem ser logicamente atendidas. O bebê podia nascer um milagre.

26*

DE MANHÃ, SUNNY RECEBEU UM TELEFONEMA DO HOSPITAL. A MÃE morrera durante a madrugada.

Há uma elevação real na conversa quando a morte ou o nascimento são mencionados. Nada permanece sem ser dito. Tudo que está subjacente vem à tona, e a escuridão transborda na linguagem cotidiana. Você fala sobre coisas obscuras porque decisões precisam ser tomadas. Não existem sutilezas quando você tem que decidir entre cremação ou enterro, ou quando precisa dizer a alguém se quer ou não ser sedada no processo.

Houve um momento, quando Sunny estava sentada ao lado de uma pequena mesa barata do hospital, em uma cadeira giratória de escritório, em que se esqueceu do nome de solteira da mãe. Foi quando soube que estava ficando louca. Mesmo assim, continuou assinando as papeladas, manteve a caneta cruzando o papel. No curso normal da vida, você tem que lidar com um médico legista? Não. Tem alguma razão para dizer a palavra "autópsia"? Nunca.

Sendo órfão, está só. Não há ninguém na Terra para olhar quando você disser "Olha pra mim!". Não há ninguém na fissura entre você e o esquecimento sacudindo as mãos e dizendo "Para". Você chega até aqui cheia de pessoas, e agora não tem escolha senão continuar sem defesas. Estando grávida, Sunny precisava se esconder dessa exposição. Tinha que proteger o bebê do estresse. Então, conforme o navio da mãe desaparecia, afundando-se no horizonte, e seu próprio navio era impulsionado pelo vento, ela precisava deixá-lo ir sem fogos de artifício, sem toques de trompete. Quase sem comentários.

Decidiu não fazer funeral. Decidiu que a mãe seria cremada. O cara no mortuário resolveria essas coisas, e ela assinou o formulário de consentimento que o autorizava a tomar conta do corpo. Essa transferência aconteceria em algum lugar nas entranhas do hospital. Sua mãe sairia pelos fundos. Sunny não sabia qual seria a aparência dela naquela altura. Talvez fosse terrível.

Ela poderia ter feito um funeral em Yates County, aonde todos os amigos de Emma iriam. Poderia ter feito um funeral na Virgínia. Porém, Sunny não tinha como organizar um funeral naquele momento. Ela sabia que a mãe diria: "O que for mais fácil pra você, querida. Faz o que tiver que fazer. Eu não ligo." Assim, a mãe seria cremada. Aquilo parecia tão impossível que ela quis dizer ao agente funerário que devia checar cuidadosamente para ter certeza de que a mãe estava morta. Quis instalar um botão colorido dentro do caixão: "Se a senhora estiver viva e sendo cremada por engano, APERTE AQUI." A morte tinha sido lenta. Talvez não estivesse completamente acabada, apesar do que os médicos disseram. Talvez ainda houvesse algumas sinapses funcionando, algum espírito para ser ressuscitado e para dizer: "Muito bem, Sunny. Você é incrível. Está lidando com isso muito bem."

— Tudo bem aí atrás? — perguntou a enfermeira para ela. Eles lhe deram duas canetas pretas para que assinasse todos os papéis. Uma caneta e uma de reserva. Porém, a primeira funcionou bem.

— Acabei, acho — disse Sunny. — Acho que acabei.

A MORTE É MÓRBIDA. NÃO HÁ nada de romântico nela. A decadência, tanto cruel quanto gentil, começa imediatamente. Criada numa fazenda em um município de fazendas, Sunny não era estranha da morte. Viu pássaros mortos, gatos, vários veados, um cavalo num pasto, o qual ela chutou várias vezes e disse: "Volte a viver! Volte a viver! Vive, droga!" Chegou até a criar uma ovelha como projeto da 4-H certo ano, sem entender o termo "cordeiro de mercado". Nu fez uma casa de cachorro para ela e Sunny a decorava com flores toda semana; pintaram "Blossom" na porta. A menina alimentava a ovelha com a própria mão, limpava a sua cara, e sentiu choque e horror quando, no final da feira do município, eles a venderam para um açougueiro da região. Depois disso, passou a odiar ovelhas.

— Achei que você soubesse — disse a mãe. — Achei que soubesse o que significava.

Outras crianças criavam animais para vendê-los em leilões todos os anos; Maxon era uma delas. Criava um porco por ano, dos 9 em diante, exceto aos 11 anos, visto que o porco morreu em junho de maneira inexplicável. Ele sempre manteve o seu dinheiro separado do da mãe em bolos escondidos nas madeiras e pela cidade, em lugares que só ele sabia. Com os próprios fundos, pagava pelo animal, pagava por sua manutenção, mantinha quantias escrupulosas. Na semana da feira, misturava-se aos outros meninos, todos de jeans rasgados e camisetas de caubói. Suas botas desgastadas batiam no chão de cimento no celeiro de porcos quando vinham da estrada de terra que cortava o parque de diversões. Suas mãos duras passavam raspando nos vários portões e cercas equipadas com barbantes e travas para manter os porcos nos currais. Os meninos mais novos eram versões júnior dos maiores, e ficavam mais taciturnos com o passar dos anos, com áreas heterogêneas de cabelos faciais, bonés favoritos de beisebol e pomos de Adão crescendo.

Depois do fiasco com a ovelha, Sunny não criou mais nenhum animal de mercado, mas levava o seu cavalo à feira todos os anos, e continuou próxima de Maxon todos os dias. Todos os alunos do Ensino Médio se encontravam nos celeiros de porcos; sentavam-se nas cercas feitas de ripas mascando chicletes e empurrando-se. Havia os celeiros de cavalos, onde as meninas passavam horas colhendo cada bosta de cavalo e pendurando enfeites nos estábulos para ganharem o prêmio de *Boa Manutenção do Lar.* Tinha os celeiros de carne vermelha, onde faziam com que os rabos dos novilhos meditativos ficassem como bolas perfeitas de cabelos. Mas era nos celeiros de porcos que passavam discretamente os frascos de bebidas, onde uma olhada podia iniciar um incêndio e levar a empurrões estridentes. Os meninos fediam um pouco, e as meninas usavam rabo de cavalo, e o espaço no meio do torso era frequentemente apalpado e empurrado com tanta dureza que levava a uma brincadeira estúpida.

Porcos são animais terrestres; a proximidade com eles é capaz de levar a pensamentos carnais. Mostrar um porco em uma feira do município é arriscado, e o grande alívio que se segue causa tontura. Os porcos nunca podem ser treinados, independentemente do quão arduamente você tente e, de vez em quando, são cachorros maléficos e selvagens. Para cada grupo de crianças no rinque com seus porcos soltos e um graveto curvado na mão para guiá-los, havia também um grupo de pais alertas segurando folhas de madeira compensada, que serviam para serem colocadas entre dois porcos, caso começassem a se provocar. No dia dos porcos, geralmente havia sangue derramado, e o evento sempre atraía multidões. As crianças que ganhavam o troféu de empreendedorismo moviam-se baixo, agachavam-se em cima dos porcos, observavam o juiz como gatos. Levavam uma escova em um bolso e uma garrafa com esguicho no outro, e tinham o seu graveto afiado sempre pronto para cutucar a orelha do porco e tirá-lo do seu objetivo. Maxon jamais ganhou o troféu de empreendedorismo porque não fazia contato visual com o juiz.

Foi no último dia da feira da 4-H, no último verão antes de Maxon ir para a faculdade. Ele tinha uma bolsa na MIT, e Emma Butcher pagaria a acomodação e as outras despesas. Ele tinha 18 anos. Sunny se sentiu agitada durante aquele dia todo, e não quis participar das festanças que estavam acontecendo, principalmente com os seniores. Ela e Maxon estavam sentados na cerca no rinque de aquecimento para a grande arena, onde os saltadores equestres trotavam em círculos largos, preparando-se para a sua vez no rinque. A competição era tudo ou nada — um toque da pata em um obstáculo e aquele competidor estava fora. Você tinha que fazer uma apresentação perfeita, toda ela, e não havia segundo lugar como consolação por quase conseguir. Maxon observou os cavalos pacificamente, a pele ficando mais morena sob o sol de agosto. Sunny, entretanto, estava inquieta ao seu lado, chutando a cerca e puxando fiapos de madeira com o dedão.

— Maxon, estou me sentindo agitada e estranha — disse ela, apertando os olhos para ver as arquibancadas além do rinque empoeirado.

Dava para ver a mãe e Nu sentadas uma do lado da outra sob um guarda-sol. — Que houve? — perguntou ele mecanicamente para ela.

— Vamos dar uma volta — respondeu a jovem.

Saiu da cerca, passou as palmas das mãos na parte traseira do jeans, tirou um chapéu do bolso e o colocou na cabeça.

Eles andaram de mãos dadas pelo rinque de aquecimento, parando para deixar os cavalos em meio galope passarem, e saíram pelo portão. Sunny acenou para a mãe, que se sentou mais ereta e se virou para vê-los enquanto iam embora. Ela assentiu com a cabeça para Sunny, para a frente e para trás, e Sunny apenas acenou outra vez. Além de longe demais, o ar estava muito turvo para qualquer comunicação. Ela se virou de costas. Os dois subiram o parque de diversões, passaram pelo trailer de alimentação dos bombeiros voluntários e pela pequena tenda de algodão-doce, passaram pela tenda dos coelhos e o grande hall onde os arranjos de flores e projetos de arte eram julgados. Passaram pelo meio de tudo, pelo abrigo onde o pessoal do parque estacionava os tratores e cortadores de grama e guardavam feno e madeira, e se dirigiram para a floresta.

Andaram em silêncio, lentamente, subiram um monte e saíram da propriedade da feira. Maxon acompanhou o ritmo dela, segurando-lhe a mão de maneira exata, nem muito apertado, nem muito solto. Se continuassem andando, entrariam em algum campo de feno recém-aparado, então ela fez com que parassem ali na floresta, com o parque de diversões lá embaixo, atrás deles. Estavam quase no topo da montanha. As cigarras cantavam e havia pedregulhos ali, brotando do solo como brotavam perto da casa deles, na sua própria floresta familiar.

— Vamos parar — disse ela. — Preciso mostrar uma coisa pra você. Antes de você ir.

— O que é? — perguntou Maxon.

Para ela, ele parecia tão velho, tão real, um homem. Sunny sabia que, quando ele fosse para a faculdade, continuaria mudando, tornando-se mais velho, os ossos ficariam mais proeminentes, os olhos, mais profundos. Ela tirou o chapéu e o colocou sobre uma pedra. Maxon ficou de pé, reto. Jeans furado abaixo da cintura, camiseta de caubói igual às dos outros meninos, apertada na altura dos ombros. Ele tinha uma faca no bolso da calça. No bolso da camiseta, um guia dobrado com os eventos do dia. Ela fez sinal para que ele permanecesse onde estava e tirou as sandálias, colocando-as organizadamente ao lado do chapéu. Agora seus pés sentiam a umidade fria do chão da floresta, a terra preta embaixo das folhas dos pinheiros. Tirou a calça e ficou ali com sua camiseta azul e calcinha florida.

— Talvez fosse melhor você se sentar — disse ela.

Ele se sentou. Um dos joelhos saiu pelo corte do jeans quando ele cruzou as pernas. Colocou cada palma da mão sobre uma coxa. O que ele achou que ia acontecer? Sunny imaginara aquela cena várias vezes. Não estava bêbada. Não era louca. Estava fazendo o que precisava fazer, por ele. Sua mãe podia treiná-lo a dar apertos de mãos e a expressar arrependimento. Porém, era ela quem tinha que ensinar outras coisas. Sabia que a mãe não deixaria que se casassem. Ele ia para a faculdade e seria de outra menina que conheceria. Então, precisava prepará-lo. Ela disse para si mesma, com firmeza, sentindo uma brisa baixa nas pernas, que estava fazendo aquilo por ele. Não era justo que Maxon saísse no mundo sem ideia do que era uma mulher. Ela havia lido o suficiente sobre isso, e discutido em detalhes com Renee, que era especialista havia pelo menos dois anos. Sunny se lembrava vagamente que chegara perto de mostrar isso a ele no Bon-Ton, mas, conforme contou para Renee, nada aconteceu. Hoje, alguma coisa aconteceria. Tinha uma sensação muito forte de que era a sua última chance.

— Vai dar tudo certo — disse a ele. — Não se preocupa.

Sunny tirou a calcinha, uma perna de cada vez, e a colocou dobrada sobre os sapatos. Quando se virou de frente para ele, sua mandíbula estava tensa. Foi até Maxon.

— É isso — disse ela. — Esta sou eu. Isto é uma menina. Achei que você devia ver antes de ir embora. — Maxon estava calado. Ela ficou de pé na frente dele. — Me dá a sua mão — disse ela. — Vou mostrar pra você. É assim que começa, você meio que faz carinho nela, no lado. Você pode descer pelas pernas e subir pra cá.

Ela tirou a camiseta; não usava sutiã. Ele não conseguia alcançar direito por estar sentado, então ela o levou para a pedra, tirou algumas folhas e galhos do caminho e se esparramou. Estava quente embaixo das suas costas. Havia algumas pequenas pedras machucando-a; ela as removeu. Sentiu-se confortável, a rocha cheia de musgo quase lhe acariciava o traseiro, como se fosse feita para ela. Maxon se ajoelhou ao lado de Sunny como se estivesse em um altar.

— Para de rezar — disse ela, e ele riu. Os dois riram. O ar se moveu ao redor deles. — Pode ir — falou ela. — Agora você me toca toda, menos lá. Como se estivesse tentando quase não me tocar. E não me aperta.

Ela esperou pelo sentimento que Renee disse que viria, um tipo de quentura, falou a amiga. Mas, em vez disso, sentiu alguma coisa se levantando lá dentro e se movendo, como um chacoalhar que vinha encontrar os dedos dele.

— Tá — disse Sunny, abrindo as pernas. — Olha pra ela. Não fica preocupado nem pensa muito. Está tudo bem. Quero que faça isso.

Ela fechou os olhos e o imaginou olhando para ela, e sentiu pontadas e formigamentos, uma coisa apertada e tensa nos quadris. Ele estaria de rosto contorcido, olhos acesos, examinando-a como se ela fosse um floco de neve, ou um mecanismo fechado, ou um esquilo preso na armadilha de outra pessoa. Sunny se abriu com os dedos para que ele visse todas as partes dela. Explicou para que servia cada parte. Mostrou onde tocar e como mover a mão. Foi como ler um manual de instruções para um pacote que acabaram de abrir; ela lia porque era quem segurava o manual, mas os dois eram cegos e juntavam as peças em um formato que não conseguiam prever. Iam vendo a coisa se formar. Ela sentiu um enxame de abelhas fervendo dentro dela, feroz embaixo do esterno, espiralando até a virilha. Ouviu Maxon respirando fundo, mas a mão continuou fazendo o que ela havia mandado; o dedo duro de fazendeiro a apalpava, e a outra mão tocava-lhe a pele com leveza.

— Nossa, Maxon, faz isso de novo — disse ela depois de respirar fundo. — Fica fazendo isso, o mais devagar que puder, por quanto tempo puder. É perfeito.

Ela esqueceu a pedra onde estava, esqueceu a feira da 4-H, esqueceu a ansiedade prolongada pela ausência temida, a partida dele, o seu casamento provável com outra mulher, a sua distância, a sua morte, a imagem da sua boca fazendo os movimentos de "Não, não, não. O Maxon não. Ele não!". Sunny estava apenas com ele naquele momento, no espaço entre a mão dele e ela própria. E, quando sentiu a boca de Maxon no seu seio, e quando o sentiu penetrando com força por cima da mão, movendo-se ainda conforme instruído, e o sentiu tremendo em cima dela, pelo corpo todo, tudo fez sentido para ela — todas as coisas que queria ensinar para ele, a única lição importante entre os dois era aprendida simultaneamente. Ela o prendeu nela e o arrastou para mais perto, com mais carinho, e chorou por ele, e o fez prometer que nunca, jamais a deixaria para sempre.

EM CASA, NA VIRGÍNIA, Sunny estava parada na frente da mesa trancada. Ela havia tirado os seus arquivos, que se encontravam empilhados sobre a cadeira. Colocara a cadeira ao lado, removera o mata-borrão, o calendário, os apoios de livros, o telefone e o porta-retratos. A gaveta que estava trancada era uma pequena no lado direito, em cima. Ela segurava um pequeno machado que encontrara na garagem. Era verde, quase cômico, como uma versão em desenho animado do que um lenhador teria. Sunny não sabia de onde viera; talvez Maxon o usasse no jardim. Porém, era afiado.

Sunny bateu o machado em cima da mesa e perfurou o compensado. Não quicou, não escorregou, não se deslocou. Estava fazendo aquilo para valer. Uma rachadura grossa se formou no tampo da mesa quando a camada superior foi partida. Levantou o machado acima da cabeça e bateu de novo. É claro que estava afiado. Maxon não era o tipo de pessoa que teria um machado cego. Podia ter uma gaveta secreta, mas não um machado cego. Bateu de novo, e de novo. O machado destruiu o tampo da mesa, e um buraco grande o suficiente para que seus dedos passassem se abriu. Ela arregaçou uma camada brilhosa do compensado, e depois usou o machado apenas com uma das mãos, dessa vez, em golpes leves para ajudar a quebrar a madeira subjacente o bastante para que conseguisse chegar na gaveta. Havia papéis lá dentro.

Sunny colocou a ferramenta no outro lado da mesa e pegou três envelopes de dentro da madeira destruída. O primeiro era de papel pardo e fora etiquetado com "Sunny", com a letra grossa de Maxon. O segundo fora etiquetado com "Maria", com a mesma letra. O terceiro era pequeno e branco e não tinha etiqueta.

Ela se virou, secando o rosto, segurando os envelopes. Sentiu o fantasma de uma contração tremendo em seu torso, e apoiou o traseiro na mesa quebrada. Abriu o envelope "Sunny" primeiro. Dentro dele, havia fotos dela careca.

Não eram pornográficas, nem provocativas, mas não havia perucas. Sunny sorriu ao olhar cada uma, virando-as lentamente. Quando eles se mudaram para a Virgínia, ela erradicara todas as provas de si como pessoa sem cabelos. Queimara as evidências na churrasqueira do quintal dos fundos. Não notara que havia fotos faltando, mas ali estavam elas. Ele as guardara. Sunny sentiu outra contração. Foram cinco minutos? Três?

Ela balançou a cabeça e abriu o envelope "Maria". Era grosso, cheio de material. Dentro dele, havia imagens e pôsteres do filme *Metropolis*, incluindo um original do pôster do filme em Arte Deco de 1927. Em certa época, esses tesouros estavam expostos no escritório de Chicago, mas também foram vítimas da limpeza geral. Embora Sunny não tivesse se dado o trabalho de supervisionar a destruição deles pessoalmente, como fez com as próprias imagens, exigiu que fossem jogados fora, permanentemente, para sempre. A Maria do filme era uma mulher que foi transformada em um robô, e as fotos que Maxon guardou na gaveta trancada eram todas fotos da Maria em sua versão de metal. Basicamente, um robô careca com seios. Sunny teve que rir. Bem, se Maxon mantinha pornografia, pelo menos era uma humanoide careca, e não o R2-D2.

Sentiu a parte inferior da barriga se apertando e uma dor a tomou como se fosse um raio. Segurou-se com os dois braços e se curvou sobre o bebê. Sentiu a tensão dos músculos naquela área; pareciam pedra. A dor se contorceu dentro dela, esticou-se nas costas, e ela se viu se balançando para a frente e para trás, gemendo. A babá havia levado Bubber à piscina no carro de Maxon. Ela podia ligar para o hospital, mas seria idiotice.

Decidiu que, depois de abrir o terceiro envelope, deitaria, beberia água, ligaria a TV na CNN e pararia de pensar no bebê. Quando a babá chegasse em casa, iriam para o hospital. Sunny podia esperar até lá. A contração passou, o aperto na região central diminuiu e ela respirou fundo. Foi como se nunca tivesse acontecido, o alívio foi completo. Ela se perguntou se realmente fora tão doloroso assim. Talvez estivesse imaginando coisas.

Passou o dedo por debaixo do pequeno lacre do envelope branco e o abriu. Havia duas folhas de papel de caderno, escritas à caneta na letra formal da mãe, a qual se assemelhava a teias de aranha. A primeira era endereçada a Maxon, e a segunda, a Sunny. Leu a sua primeiro.

Querida Sunny,

Era tão quente na Birmânia. Não sei se você se lembra. No entanto, você estava sempre tão amena nos seus pequenos roupões, parecia nunca suar. Acho que é o cabelo que faz com que a maioria das pessoas causem a impressão de que estão suando. Mais um benefício da sua condição. O povo Chin amava você, todos queriam levar presentes. Tentei jogar todos fora quando fomos embora, mas Nu guardou grande parte daquelas coisas, e trouxe tudo com ela quando imigrou. Há coisas lindas, feitas à mão, no porão da fazenda, que talvez você queira abrir e descobrir algum dia com Bubber e o bebê.

Eu queria me enterrar na Birmânia ou evaporar. Mas, quando você apareceu, não quis mais isso. Fiz o que fiz porque queria salvar você, impedir que vivesse no mundo do seu pai. Achei que ficar na Birmânia sufocaria você, que ser de outra raça além de ser careca, e filha de um fanático, fariam com que você fosse tão estranha que jamais teria a oportunidade de descobrir quem é de verdade. Hoje me preocupo porque talvez você seja realmente isso, aquela bebê branca e careca embaixo de uma montanha da Birmânia. Como seria sua vida se tivéssemos ficado? Não sei. Talvez eu devesse ter deixado você descobrir.

Não peço desculpas por ter feito isso. Quero que seja feliz, acima de tudo. Isso é o que sempre quis. Desde que você nasceu, fui primeiro mãe, e tudo o que fiz foi por você. Ninguém mais importava. Sei que acha que está fazendo o mesmo, e peço desculpas por ter brigado com você por causa da droga da peruca. Sou grata por todos os anos em que você não a usou.

Por favor, não busque Chandrasekhar e sua poção de médico bruxo. Ele era um ladrão; roubou o que foi possível roubar da pesquisa do seu pai. Teve uma época em que tentei encontrá-lo e impedi-lo de continuar, mas nossos advogados falaram que não valia a pena. Ele pirateou uma coisa tão pequena, uma que nem funcionou. Prometo a você, não teria funcionado. Se seu pai tivesse conseguido desenvolver esse produto, talvez. Mas ele morreu. Lamento por isso tudo.

Com amor, Mamãe.

Sunny deixou essa folha cair no chão e leu a segunda.

Querido Maxon,

Vou morrer dessa coisa que há de errado em mim, seja o que for. Tem algo que você precisa contar pra Sunny depois que eu me for. Fui eu quem denunciei o pai dela aos comunistas da Birmânia. Sou o motivo de ele ter morrido. Por favor, não conte isso antes de eu morrer. Escolha um bom momento, quando ela estiver se sentindo bem e tiver comido alguma coisa. Diga isso clara e calmamente, sem movimento no rosto. Depois, diga que sente muito e a abrace. Em seguida, entregue a minha carta para ela.

Com amor, Mamãe.

— Você é uma assassina — disse Sunny em voz alta. — Uma assassina.

Ela se lembrou do rosto perfeito da mãe, do rosto jovem e pálido nas fotos da Birmânia, tão impiedosamente serena. Ela se lembrou do corpo da mãe na fazenda, afiado como uma navalha, mãos agarrando uma vassoura, uma escova de cabelos ou envelopes. Da maneira como olhou para Maxon quando foi aceito na MIT. Ela se lembrou da expressão raivosa nos olhos da mãe quando olhava para Sunny por cima dos óculos, da maneira com que dizia:

— Sunny, você pode fazer o que quiser neste mundo. Seja feliz. Seja livre.

E, então, a bolsa rompeu.

27*

SUNNY SAIU DE CASA. A TARDE CHIAVA COM CLARIDADE DEMASIADA ao redor dela; todo o sol marítimo que estava no ar lhe endurecia a pele, todas as folhas refletiam a luz do sol em seus olhos; o bairro todo se contorcia, como um músculo abdominal estressado. Ela se segurou no corrimão lateral da varanda, arrastando os pés pelos degraus, e foi descendo lentamente um por um. Precisava se movimentar durante a contração para não cair no pânico que ela trazia. Havia um fluxo em seu útero; um jorro saiu quando pisou na calçada com o pé esquerdo, escorrendo pela parte interna da coxa. Sunny ficou sem ar. A barriga se apertou em volta do bebê, e ela sentiu como se a coluna se partisse em duas; certamente havia uma faca enfiada nas costas dela, na cintura. Engasgou-se, mas não conseguia tossir, a sensação era forte demais, e tentou se inclinar para a frente a fim de aliviar as costas, segurando-se com força no corrimão. De algum lugar fora de si, achou ter escutado uma voz dizendo a ela que devia respirar. Caso contrário, desmaiaria. Depois, a voz parou.

Deixou a casa onde havia morado. *É uma casa monstra*, pensou. *Nós estamos nela, somos monstros, e estamos fabricando mais monstros*. Podia muito bem ter uma torre com sino e grades de ferro nas janelas. Podia ter um calabouço de pedra cheio de esqueletos e uma tia tagarela trancafiada no sótão. Fariam um seriado sobre eles. Para que a história funcionasse, tinham que viver expostos como monstros. Os Mann vêm se mantendo disfarçados, embaixo de cobertas. A avó, uma assassina. O pai, um robô. A mãe, uma doente. O filho, um perigo. A filha, como saber? Agora, uma história seria publicada no jornal. Ou algo do tipo.

Precisava de ajuda. *Preciso de ajuda*, pensou ela. Não tinha como ir às amigas com o rosto vermelho e contorcido. Precisava de um braço mais forte, uma salvação mais pronta. Não podia ir para a rua principal e se deitar no trânsito. Ninguém concordaria em matá-la. Não podia voltar e se esconder embaixo da cama e berrar "Quero minha mãe!". Não podia chorar dizendo "Maxon, me ajuda!"; a única pessoa em quem conseguia pensar que era robusta o suficiente para ajudar, que era impassível o suficiente para assistir, era Les Weathers. Foi para a casa podada e elegante que ela levou o próprio corpo curvado.

NO DIA DO NASCIMENTO DE BUBBER, tudo foi diferente. Sunny acordou no meio da noite com uma contração firme e insistente. Teve tempo de tomar banho antes da próxima contração, tempo de colocar uma peruca depois da outra. Cutucou o ombro de Maxon.

— Está na hora — disse ela, da mesma forma que diziam as mulheres nos filmes e na televisão. — Maxon, está na hora. — Ele acordou e ficou alerta instantaneamente.

— OK. Vamos buscar sua mãe — falou Maxon.

— O quê? Temos que buscar ela? — perguntou Sunny. — Não podemos simplesmente ir?

Maxon passou as mãos no rosto, colocou a calça.

— Ela veio até aqui pra ver o bebê nascer. Você não acha que ela quer ir ao hospital quando você estiver em trabalho de parto? É provavelmente quando vai acontecer.

— Está no meio da noite. Ela está dormindo.

— Precisamos dela — disse Maxon.

Sunny fez uma pausa. Sentiu a coisa estranha acontecendo no seu útero, e sentiu o pé do bebê passar pela barriga embaixo das costelas. Gostaria de ter a mãe ali ao lado porque ela dava muita força. No entanto, a mãe não aprovaria a peruca. Ela vinha se opondo à peruca desde que chegara de visita, quando encontrou Sunny no aeroporto e disse: "Quem é você?"

— Tá, tudo bem — falou Sunny. — Você busca ela. Vou me arrumar.

Sunny botou sobrancelhas, cílios, maquiagem, pijama combinando, roupão de seda — e depois ficou sentada na frente do espelho do banheiro. Já havia passado por momentos na vida em que havia percebido que de fato estava viva e vivendo no mundo, em vez de assistindo a um filme onde era protagonista ou narrando um livro no qual era a personagem principal. Esse não tinha sido um desses momentos. Sunny sentiu como se estivesse se afastando um centímetro acima do seu eu físico, um espírito em dissonância com a sua metade mecânica. Levantou-se cuidadosamente. Tudo parecia no lugar.

— Ela está vindo? — perguntou a Maxon quando ele voltou para o quarto deles; estava colocando uma camisa, abotoando-a até o topo.

— Sim, está vindo. Está acordada.

— Agora você diz "Vou pegar o carro", e aí deixa as chaves caírem, ou, não, me deixa pensar. Você não consegue encontrar as chaves — disse Sunny de pé à porta, dirigindo o episódio de *I Love Lucy* ao qual Maxon obviamente não assistira.

— As minhas chaves estão bem aqui — falou Maxon. — Você está bem? Quer que eu carregue você?

— Isso, é isso mesmo — disse Sunny. As contrações estavam fracas. — Você se oferece pra me carregar, mas recuso. Digo que isto é perfeitamente normal. Perfeitamente normal. Digo que mulheres vêm fazendo isso desde o começo dos tempos. E aí você bate de cara na parede.

No Audi de Maxon, uma cadeirinha já estava instalada no assento traseiro atrás do motorista. A mãe entrou e se sentou atrás de Sunny, ambas as mãos sobre os ombros dela. Enquanto Maxon acelerava em direção ao hospital pela rua deserta, Sunny chorava baixinho toda vez que o corpo doía, mas se sentia muito, muito animada para ver o bebê e se certificar de que fora feito direito. Sentiu-se como se estivesse prestes a receber um prêmio. Estava a caminho de testemunhar os resultados de todo o seu trabalho árduo. Toda vez que Sunny chorava, a mãe apertava os seus ombros. Quando chegaram ao hospital, Sunny vomitou em um balde.

— Estou enjoada! — chorou para a mãe.

— Tudo bem — disse ela. — Você está fazendo tudo direito, mas essa peruca. Você com certeza...

— Não se atreva a tirar a peruca, mamãe — ladrou Sunny, curvando-se em torno de outra contração. Ela pegou o balde e mandou ver, bile e espuma saindo pelos dentes tensos. — Não me toca. Eu boto você pra fora do quarto.

Um médico veio e perguntou como Sunny estava. Ela pediu a epidural. Pediu uma toalha, um espelho, e tocou a toalha no rosto com cuidado, pressionando as sobrancelhas, contando o tempo entre as contrações. Vomitou de novo, o estômago estava vazio. O quarto parecia girar toda vez que ela vomitava, e, quando voltava ao normal, precisava verificar se ninguém havia tirado sua peruca. Precisava checar se a mãe ainda estava lá. Maxon fora para o corredor.

— Você está bem, papai? — perguntou a enfermeira.

— Não — respondeu Maxon. — Preciso ir. — O médico fez o exame pélvico.

— Ela quer a epidural — disse a mãe. — Vai buscar.

Outro médico veio e fez Sunny se sentar e se curvar. Enfiou uma agulha na coluna dela, soltando uma droga que fez com que a metade de baixo dela ficasse dormente. As contrações pararam instantaneamente. Tudo parou. Mais uma golfava espumosa, e ela também parou de vomitar. Seu corpo desistiu, parou de tentar se afirmar. Ficou parado. Ela fechou os olhos.

— Estou com frio. Chama o Maxon aqui — disse ela. — Os vômitos acabaram.

A mãe foi até o corredor e, quando os dois voltaram, Sunny estava com a bolsa de mão sobre o colo e retocava a maquiagem, alisando o cabelo. Com os joelhos dobrados e os cabelos espalhados sobre o travesseiro, ela se perguntou se estava pronta para se tornar mãe. Apontou para um espelho em cima de uma bancada.

— Maxon, pega aquele espelho. Para na ponta da cama e segura ele.

— Minha querida — falou a mãe —, isso é pra olhar lá embaixo quando o bebê sai.

Sunny sabia para que servia. Para ver a cabeça do bebê saindo. Mas ela precisava ver a mãe do bebê primeiro, certificar-se de que a mãe estava bem. No espelho, viu uma mulher encostada no travesseiro, com roupão de hospital, prestes a dar à luz. A mulher estava vermelha, a mulher estava de olhos arregalados, a mulher estava exatamente da maneira que o bebê dela precisava que estivesse. Sunny ajeitou o espelho de lado para que sua mãe também aparecesse, cabelos louros compridos e brilhosos bem arranjados em um coque, sobrancelhas perfeitamente feitas, cachecol de seda na garganta. Ela olhou para a mãe dentro do espelho, a mãe olhou e sorriu. Sunny respirou fundo e se inclinou sobre os travesseiros. A mãe esticou a mão como se fosse tocar a filha na cabeça, mas interrompeu o movimento e lhe deu um tapinha no braço. Maxon abaixou o espelho.

Duas horas depois, as coisas ainda estavam perfeitas. Maxon caíra no sono na cadeira, e a enfermeira havia diminuído as luzes do quarto, dizendo que Sunny também devia descansar. Era bom se preparar para fazer força porque as contrações eram constantes e as coisas estavam caminhando. Perfuraram a bolsa dela e enfiaram-lhe um pequeno fio curvado — ficava embaixo da cabeça do bebê para monitorarem o seu batimento cardíaco e sua natureza humana. Colocaram outro monitor em torno da barriga de Sunny para que medissem as contrações. Sunny via os picos na página, desenhados em um papel que saía de uma máquina ao lado dela. Sentia a barriga dura quando o pico se tornava mais alto, e sentia a barriga mais relaxada quando o pico voltava ao normal. Era como se aqueles gráficos estivessem movendo os músculos dela, e não o contrário.

Sunny não sabia se podia empurrar porque não sabia qual era a sensação de empurrar. Cutucou a batata da perna e não sentiu nada. Não conseguia mover as pernas. Tentou dormir.

O médico voltou e a apalpou por dentro, dizendo, em seguida, que ela estava pronta para empurrar. As luzes do quarto voltaram ao máximo, Maxon recebeu a instrução de ficar de pé ao lado dela e contar, e a mãe ficou do seu outro lado segurando a mão de Sunny. Tudo fazia sentido, todas as partes da imagem se encaixavam, e, no entanto, Sunny se sentiu flutuando, vagando para longe, sobrevoando a si mesma. Tentou se ancorar, tentou se amarrar ao seu corpo, no fato físico, mas era difícil demais, então continuou se elevando como se estivesse subindo à superfície de uma piscina, algo que parece impossível de interromper. Era como se estivesse presa a ela mesma pelas pernas, e, uma vez anestesiada, encontrava-se livre para vagar, quisesse ou não. Os balões não ficam com medo, flutuando no céu sobre o estacionamento do mercado? Afinal de contas, para onde devem ir agora?

— OK — disse o médico. — Você sabe o que deve fazer. Vamos empurrar em sincronia com as contrações. Vamos empurrar até dez e depois relaxar e esperar pela próxima contração.

— Como vou saber quando empurrar? — perguntou Sunny, lá de longe. — Não consigo sentir nada.

— Vou ficar de olho na fita — disse o médico, gesticulando para a máquina ao lado dela — e aviso quando uma contração estiver vindo.

Sunny assentiu. Segurou-se na mão da mãe em um lado e na de Maxon no outro, como se fossem âncoras mantendo-a no seu corpo. Puxou os dois com força, e empurrou o bebê com força. Contudo, entre as mãos, no meio, partes dela ficavam flutuando para longe. No ar, entre os dois, entre as cabeças deles, ouviu suas vozes, como se estivessem falando, aproveitando o momento para conversar.

— Maxon — disse Emma. — Tenho que dizer uma coisa pra você.

— Sim? — falou Maxon.

— Sabe seu projeto e a pesquisa que está fazendo agora? É muito interessante.

— Sim — concordou Maxon.

— Empurra — instruiu o médico. — Todo mundo, vamos lá, conta! Um, dois, três, quatro, cinco, seis, sete, oito, nove, dez!

— E querem você, né, pra acompanhar o projeto, certo? Não querem que você vá pra Lua? — Os tons da mãe eram dourados, calmantes. Estava segurando a mão de Sunny, mas era como se estivesse levando Maxon pela mão.

— Sim — respondeu Maxon. — Mas a Sunny não quer. Ela me falou isso.

— Eu acho — começou a falar, e então fechou os lábios macios e fez uma pausa. — Acho que você *deveria* ir pra Lua. Você especificamente. Acompanhar o projeto.

— A Sunny disse não. Ela não quer — repetiu Maxon.

— A Sunny não sabe o que quer — disse a mãe — ou do que precisa. Está me entendendo?

Maxon não falou nada. Sunny, flutuando acima, esperou que ele falasse. *Diz alguma coisa*, quis falar para ele. *Diz que não. Diz que você não vai.*

— A Sunny precisa que eu vá? — perguntou Maxon.

— Bem, o mundo todo, na verdade — respondeu a mãe, com carinho, generosamente. — O mundo todo precisa que você vá pra Lua. Mas, de certo modo, a Sunny precisa mais do que todo mundo. Não concorda? O que diria se concordasse?

Os olhos de Sunny estavam apertados por causa da pressão, com o esforço de expelir o bebê. Não conseguia ver se Maxon franzia o rosto ou se estava com a expressão que fazia quando considerava a opinião de alguém. Ergue a sobrancelha só um pouco. Inclina a cabeça para o lado.

— Não concordo — disse Maxon.

Bom pra você, pensou Sunny.

— Bem, eu acho que sim — falou a mãe. — Acredito nisso. E acho que, se você não for, vai prejudicar Sunny.

Maxon ficou em silêncio de novo. Olhava para ela, para a sua esposa, tão apaixonado? Conseguia vê-la ali no hospital, embaixo de tanto cabelo? Não, ela não queria que ele fosse. Era perigoso demais. Mas, pelo jeito que ele apertou a sua mão, ela sabia que Maxon fazia que sim vagarosamente, produzindo um arco no ar com o queixo, para cima e para baixo, mostrando que concordava. Mostrando que havia aceitado a ideia.

— Eu concordo — disse Maxon.

Sunny sentiu uma mudança no seu corpo, algo para baixo no meio da dormência, e uma mudança de ângulos em algum lugar da sala, de modo que, quando prendeu a respiração e fez força, sentiu uma tensão e um objetivo lá embaixo. O que quer que estivesse vagando, o que quer que estivesse flutuando, desceu rapidamente e se afundou no seu sangue, nos ossos, naquele momento granuloso e central no seu quadril.

— Isso — disse o médico. — Estou vendo a cabeça. Você está indo bem, Sunny. Vamos lá, papai, contando. Um, dois, três, quatro, cinco, seis, sete, oito, nove, dez! E descansa. E agora conta!

E assim foi feito. Os robôs falaram para o médico, que por sua vez falou para Sunny quando devia fazer força. O médico para Maxon, que contou até dez. Não havia nem uma gota de suor escorrendo pelo seu rosto, nem um cílio se perdeu no processo. De mãos dadas com a mãe à esquerda e o marido à direita, o formato perfeito de mãe se abriu e o formato perfeito de bebê emergiu. Bubber estava gosmento por causa dos fluidos, forte, estridente e grande, claro com cabelo laranja. Ela se apaixonou completamente por ele, do jeito que todas as mães normais amam os seus bebês normais. Jamais diria "Não deu muito certo". Jamais diria "Não tive sucesso na maternidade". Porque ela se sentiu, e era, muito responsável. Teria matado por Bubber, sem pensar duas vezes.

Sunny ouviu a mãe e Maxon conversando sobre algo. Mas essa memória foi para longe, junto com a memória da dor, até que ela se perguntou: *Será que a mamãe e o Maxon realmente ficaram conversando sobre a Lua enquanto eu estava parindo o Bubber? Será que sonhei a coisa toda?*

Ela deveria ter tirado a peruca, sim, ali mesmo. Deveria tê-la jogado pela janela do hospital ou tê-la queimado. Deveria ter deixado tudo mudar, deixado Maxon saltitando nas beiradas das coisas, deixado Bubber emergir laranja como os seus cabelos, dito para a mãe: "Sim, você tem razão sobre isso, mas não, você não tem razão sobre isto." Deveria ter se lembrado daquela conversa silenciosa e terrível, de ter discutido com os dois. Arrancado as camadas da sua construção maternal e berrado: "Estou aqui! Estou viva! Você não tem que mandar Maxon pra Lua, e você não tem que ir." Mas, em vez disso, levou o bebê para casa, instalou-o no quartinho perfeito, alimentou-o com suas comidas perfeitas, levou-o para escolas perfeitas e prosseguiu tropeçando no mesmo caminho excêntrico que, por fim, a levara até ali: sem marido, sem mãe, sem filho, sem cabelos. Apenas um corpo grande se partindo e um bairro quente e vazio para absorver os pedaços sangrentos.

Ela lutou para subir a escada da varanda de Les Weathers, degrau por degrau, sentindo-se enorme e lenta como uma ameba rolando até uma caverna submersa. A guirlanda já fora tirada da porta, e ele não a substituíra por nenhuma outra decoração de Natal. Escolha segura.

Sunny pegou a aldraba pesada de bronze e a deixou bater três vezes. Sem resposta. Esperou até que outra contração passasse, lágrimas escorrendo por causa da dor nas costas. Bateu a aldrava com força na porta, emitindo um som que com certeza podiam ouvir do final do quarteirão. A porta se abriu um pouco. Não estava trancada.

A casa tinha sido construída como todas as outras em Norfolk e no mundo, um cômodo levando ao outro até o final do imóvel, sem corredor central. O primeiro cômodo em que entrou era uma sala de estar, com um banco em semicírculo na janela, que se sobressaía para a frente da casa. Ali havia uma lareira e, na cômoda acima dela, havia algumas velas em candelabros altos e molduras de madeira para fotografias. No centro da sala, uma mesa circular com tampo de mármore, na qual havia um arranjo grande de flores secas.

— Les Weathers! Socorro! — chamou ela. Talvez estivesse no segundo andar.

Passando para o cômodo seguinte, em direção aos fundos da casa, parou com um dos pés ainda no ar e se segurou nas costas de uma cadeira. Parou porque viu uma televisão gigantesca caída; a parte da frente direto no chão. Sentiu uma onda de medo descendo pelo seu torso e se prendendo no lugar onde as contrações estariam. Talvez Les Weathers tivesse sido roubado — talvez estivesse deitado no segundo andar naquele momento, morrendo com um tiro nas costas. Talvez devesse ir embora e salvar a si e ao bebê. Mas ir para onde? Era um animal que precisava de uma caverna. Era uma pecadora necessitando de salvação. Era uma mulher desesperada que precisava de um homem sólido feito pedra, melancólico. A sala da frente estava arrumada. Continuou em direção aos fundos da casa e entrou na cozinha.

O cômodo podia ter sido elegante algum dia — branco e preto, armários com portas de vidro e um cesto trançado no chão. Agora, encontrava-se em ruínas, todas as superfícies cobertas. Água com lodo no chão. Sunny se virou de frente para a geladeira. Na porta, viu um imã que dizia: “Não quero trabalhar! Só quero tocar bateria o dia todo!” Ao lado, um pôster em tamanho de cartão postal de Garfield reclamando: “Odeio segundas-feiras.” Na bancada, uma televisão quebrada de face para baixo.

Ao seu lado, algo que um dia tinha sido um melão. Dois armários tinham sido quebrados e, dentro de um deles, havia um telefone em meio aos cacos de vidro.

Sunny subiu as escadas chamando:

— Les Weathers! Você está bem? Socorro!

Ela estava em trabalho de parto e tendo contrações. Mas talvez Les Weathers estivesse sangrando, morrendo. Ou talvez não morasse ali. Talvez fosse apenas fachada. Outra pessoa devia morar ali, uma versão pior de Les Weathers, antitelevisão, antilimpeza, anticabelos dourados. Ou talvez Les Weathers fosse um robô que vivia no seu carro, fechando--se depois do noticiário sem jamais entrar naquela casa falsa, naquela construção arruinada. Sunny pisou nos degraus com nervosismo, seu peso fazendo com que eles estalassem e reclamassem. O corredor do segundo andar era torto, e o corrimão trincava e ruía.

Havia um banheiro no fim do corredor, cheio de caixas e com a pia fora da parede, e depois uma antessala, onde ela acendeu a luz. Encontrou os ternos dele ali, passados, perfeitos. Encontrou uma caixa de sapatos velhos, os tipos de sapatos que um avô talvez usasse. Passou um minuto deitada de lado com metade do corpo dentro do closet tendo uma contração, jorrando fluido amniótico no chão dele, mas precisava seguir em frente. Precisava saber o que estava acontecendo com Les Weathers. Aonde foi? O que era? A casa era de outra pessoa, de alguém estranho, de algum gêmeo terrível? Algum outro Les Weathers?

Passando pela antessala, encontrou outro banheiro. Estava imundo; a banheira tinha cera de velas na borda inteira, grudando os tubos de xampu e cobrindo os ladrilhos. Havia tanta sujeira dentro da banheira que dava para ver duas pegadas em um dos lados, embaixo das bicas. Ele se senta aqui, foi o que ela teve que dizer para si mesma. Ele coloca os pés nessas marcas! Acende essas velas. Fica de pé neste chão. Será que a sujeira e o lodo eram tão antigos quanto a partida da esposa dele? Será que aquelas marcas de pé começaram no dia em que ela se foi? Uma escova de dentes, azul, equilibrada em um dos lados da pia. Um tubo de Aquafresh esmagado no meio ao seu lado.

Sunny foi até o quarto, onde encontrou mais uma televisão gigantesca de tela plana com a parte da frente estraçalhada no chão. Havia pilhas de jornais e livros, roupas e caixas descartadas, uma cômoda antiga cheia de roupas de cama. A cama enorme, coberta com algo que parecia um tapete, estava quebrada. As pernas da parte de cima se quebraram, ou foram furiosamente chutadas, de modo que havia uma inclinação grande até a cabeceira, contra a parede. Essa inclinação era compensada com um travesseiro ao lado da janela na parte mais baixa, a parte que caíra.

Havia uma marca no travesseiro no formato de uma cabeça. Ao lado do travesseiro, o jornal do dia. Daquele dia. Ela teve que notar isso. Nas profundezas do seu estado extremo, teve que lidar com aquela imagem e aceitar o fato de que, enquanto fazia seus rituais noturnos, tirando as sobrancelhas, tirando a peruca, colocando-a sobre a cômoda, considerando-se segura o dia inteiro, Les Weathers, do Action News Reporting, vivia três casas adiante e dormia de cabeça para baixo. Les Weathers, o último bastião da normalidade urbana, o da mandíbula quadrada e da pele impecável, o da voz ressonante e do gesto característico com o dedo indicador para cima, dormia de cabeça para baixo em uma casa onde um batalhão de televisões gigantescas havia chegado a um fim violento. Não havia gêmeo terrível. Não havia robô secreto. Ele e aquilo eram reais ao mesmo tempo. Ele, na verdade, era apenas mais um lunático. Sunny teve que rir. Riu olhando para o bairro pela janela porque aquilo era muito ridículo. Todas as esposas babando por ele. E, nesse tempo todo, Les Weathers tomava banho naquela banheira.

Sunny riu até que outra contração veio; quando passou, ela voltou para o corredor. Precisava encontrá-lo. Talvez estivesse no porão. Talvez estivesse, naquele instante, saindo do seu Lexus, batendo a porta do carro, indo em direção a ela. Les Weathers. O que parecia com uma capa de revista. Ela ouviu um barulho vindo do terceiro andar e colocou o pé no primeiro degrau do sótão.

Ela o encontrou em um quarto feito para ser um quarto de bebê. As lindas cortinas e o drapeado em torno do berço estavam empoeirados e imóveis. Ele estava sentado em uma cadeira de balanço. O que ela ouviu antes foi o chiado da cadeira. Não havia nada no berço. Ao redor, tudo de que um bebê precisa: uma caixa de fraldas, uma cômoda com um abajur, uma mesa de trocar fraldas feita de vime, um rinoceronte lilás de pelúcia observando tudo. Les usava a roupa de âncora, mas havia tirado o blazer e a gravata, e as mangas estavam abertas no punho. Quando falou, a voz saiu baixa.

— Oi, Sunny, você está bem? — perguntou ele.

— Estou, estou — respondeu Sunny, engasgada. — Estou apenas indo pra casa.

— Desculpa não ter descido pra abrir a porta pra você.

Sunny viu que Les Weathers esteve chorando.

— Não tem problema — disse ela.

— Está muito ruim? A casa? — perguntou ele.

— Não está legal — falou Sunny.

Ela foi dar uma olhada pela janela, mas, quando esticou o braço, sentiu a dor lhe apertando as costas, e se ajoelhou diante de outra contração. Tentou apenas respirar um pouco, e se permitiu sentir os espasmos. Sua barriga, dura que nem pedra, arrastou-se no chão quando ela se inclinou e segurou o tapete, tentando tirar alguma pressão das costas. Les Weathers pulou da cadeira e se ajoelhou ao lado dela, abraçando-a.

— Ela morreu, sabe — disse ele, com um gemido. — Eu lamento, mas ela morreu. Morreu dentro da Teresa.

Teresa era a esposa dele. Sunny, crua até o cerne por causa da dor do parto, sentiu uma pontada de medo se transformar em uma necessidade de fugir. Estava com medo de Les Weathers. Estava com medo por Les Weathers.

— Teresa não saiu com o bebê. Ela saiu quando o bebê já havia partido. Morto. Morto dentro dela. Tentamos esconder... — Sunny se virou de lado e se enroscou em torno do bebê dela, ainda vivo. Les Weathers esticou as duas mãos em um gesto expansivo. — É isso que acontece! — disse ele. — É isso que acontece, Sunny! Nós tentamos, mas é isso que acontece!

Assim que a contração a deixou e ela pôde se mover, começou a engatinhar. Foi se arrastando até a porta, puxou o corpo ao se segurar na moldura e se levantou no corredor. Desceu as escadas de bunda, como uma criança, um degrau de cada vez. Só queria voltar para casa, fechar a porta e ficar a salvo. Porém, seus ossos pélvicos estavam entrando em atrito, e sentiu que, se fosse muito rápido, poderia literalmente se partir em pedaços.

— Precisa voltar no médico?

— Não me sinto bem — gemeu Sunny. — Até mais.

Les estava ao seu lado, alto e forte. Mas, dentro dele, um bebê estava morto. Ele teve um ataque na casa para se libertar dele, mas o bebê permanecia ali. Pegou-a pelo braço e deu suporte para descer mais um lance de escadas; o rosto de Les Weathers representava a expressão mais perfeita de cuidado e preocupação.

— Posso levar você ao hospital?

Ela olhou para ele e teve a impressão de que o homem parecia uma gárgula, um erro grotescamente bizarro de cálculo. E, no entanto, lá estava ele, humano. O mesmo homem. O mesmo homem que havia vivido naquelas casas todas. Até na dela. Apenas uma pessoa. Todo mundo precisa ter uma banheira com uma marca de pegadas? Todo mundo precisa ter a mão estropiada, a cabeça careca, a corcunda de Quasimodo?

— Não, não — disse ela. Sunny sabia que, se conseguisse fazer com que seu corpo que rangia e lutava saísse pela porta, descesse um degrau, passasse por um quarteirão na calçada, e depois mais um, e depois mais quatro, ela sabia que chegaria à beira de seu jardim. Sentiu como se os quadris estivessem se dividindo, sua pélvis pegando fogo. Queria chegar ao seu jardim antes que outra contração viesse. Na varanda, percebeu que estava vazando líquido no concreto, mas manteve os olhos em frente, continuou indo. Ele a seguiu.

— Sunny, devo carregar você?

— Não — falou ela com firmeza conforme se arrastava pelo jardim. Sunny estava com vergonha por ele, por tê-lo descoberto, mas não tinha como desfazer isso. Em que momento você diz "Não é nada demais, nada do que se envergonhar" a uma pessoa que dorme de cabeça para baixo? Isso não é motivo para se sentir humilhado? E bater cabeça? E assassinato? — Essa não foi a fala certa, Les Weathers. Chama uma ambulância. E depois volta pra casa. Estou bem.

28*

SUNNY VIU MAXON HUMILHADO UMA VEZ, MAS ELA NÃO LHE disse, então ele não sabia. Foi muito tempo depois da morte do seu pai, mas os irmãos ainda o tratavam como um pau mandado e a mãe não fazia nada para impedi-los. Às vezes, ele tinha que brigar com eles e, se podia sair da briga, saía. Às vezes, tinha que fazer o que os irmãos queriam. Havia dias em que ele não respondia aos chamados de Sunny, e ela sabia que era porque ou ele estava preso fazendo alguma tarefa ou ausente sem permissão — indisponível, em ambos os casos.

Foi num desses dias que Sunny saiu para cavalgar sozinha. Tinha 13 anos, era o verão seguinte do primeiro ano de Maxon no Ensino Médio, quando estava prestes a entrar no Ensino Médio também. Era agosto, quente, e havia muitos mosquitos. Deixou que Pocket escolhesse o caminho, depois de descerem pela estrada de terra. O pônei foi pelas trilhas dos veados no meio do campo, onde podia se abaixar e mascar as consoldas e mentas selvagens, sem se incomodar com uma parte do freio em sua pequena boca rebelde. Quando Sunny sentia calor demais ou se irritava muito com as mordidas e a mastigação altas dele, voltava com Pocket para casa no meio da floresta e ordenava um meio galope.

E lá se foram pelo caminho de madeira, uma brisa bem-vinda nos cabelos dela e na crista dele; os mosquitos iam embora, e eram substituídos por nuvens de pequenos insetos que eles perfuravam.

A luz passava pelas árvores em feixes filtrados, amarelos nas samambaias; as árvores se moviam entre si quando Sunny passava por elas. A menina ouviu um berro antes de ver alguma pessoa na floresta, e diminuiu o ritmo do pônei até uma caminhada. Não queria ser vista, mas viu um grupo de pessoas em árvores. Estavam berrando para um buraco, e não notaram a aproximação dela. Sem saber se deveria se virar e sair correndo ou parar e ver o que o grupo fazia, Sunny deixou que Pocket continuasse andando, as patas fazendo sons macios na terra batida.

Viu que havia três homens jovens de pé em torno de uma pilha de pedras, e os ouviu berrando "NÃO!" para essa pilha, e ouviu também uma voz de dentro das pedras implorando e chorando. Foi quando soube que eram os irmãos de Maxon, e que as pedras eram um poço, e que eles haviam feito Maxon entrar no poço.

Os poços no interior eram mecanismos inexatos, e o sistema de canos podia entupir por causa de qualquer coisa biológica ou apenas por causa de um acúmulo de limo ou ferrugem. Havia métodos para limpar poços que não envolviam congelar um ser humano na água gelada da montanha, mas, para os irmãos de Maxon, a desvantagem desse método não existia. Eles tinham que limpar o poço, fazer com que voltasse a funcionar, e não se importavam em congelar Maxon para isso, então não havia problema. Agora se afastavam do poço, fazendo silêncio e fingindo que haviam ido embora. Abafaram as gargalhadas e ficaram se cutucando no braço. Havia uma corda pendurada ao lado, mas não estava presa a nada. Maxon não tinha como se puxar para cima. Puxar a corda só faria com que ela caísse em cima dele.

Ouvir Maxon berrando dentro do poço fez com que o coração de Sunny congelasse. Ele podia estar morrendo. Podia estar perdendo a pouca sanidade que ainda lhe restava. Sentiu a ira crescendo, a necessidade de protegê-lo. Ela poderia pelo menos berrar: "Estou aqui, Maxon! Estou aqui!", e ele saberia que não fora deixado no poço, as pernas apoiadas nas paredes e água até o pescoço. Ela sabia que estar lá embaixo no frio o machucava. Mas ficou calada, com as pernas moles; o pônei continuou indo pelo caminho. Sunny sabia que, se deixasse que os irmãos soubessem que ela estava ali, seria pior para Maxon. Os dois não tinham como superar aqueles três homens. Mais tarde, ele aprenderia a bater neles. Mas, naquele momento, os garotos constituíam um exército.

Então pegaram a corda e começaram a puxá-lo. Sua cabeça apareceu primeiro, escura e molhada, e depois o corpo. Maxon escalou o resto do poço e ficou ali de pé, pingando. Os irmãos estavam com raiva. A tarefa não tinha sido encerrada. Enquanto se reuniam para decidir o que seria feito, apontando para Maxon como se ele fosse um parafuso ou uma furadeira, o garoto permaneceu de pé tremendo, o corpo todo sacudindo. Sunny conseguia vê-los, porém não os ouvia, exceto por alguns sons que eclodiam, como o som de uma risada. Maxon estava apenas de cueca. Dava para ver todos os ossos do seu corpo, as clavículas afiadas, os ossos protuberantes do quadril, os nódulos em suas costas. Aquele corpo era tão precioso para ela, coberto e descoberto pelas árvores conforme Sunny passava por elas, aquele corpo frio e gotejante. Ele se abraçou, esfregou os braços para cima e para baixo, tentando se esquentar. Ela ficou terrível e permanentemente tocada. Nunca mais se esqueceu disso.

Os irmãos se viraram para ele. Haviam acabado de discutir a situação e mandaram com seriedade que ele voltasse para o poço. Maxon balançou a cabeça com firmeza, para a frente e para trás, abaixou-se para correr, mas um dos irmãos rapidamente o pegou pelo punho. Ele soltou um grito, o som de um cachorro machucado que fez com que o sangue de Sunny virasse fogo. "Não!", berrou ele. "Não, não" e "Por favor!".

Sunny ficou ofegante, a respiração vindo em arfadas. Ela o chamaria: "Maxon, corre!", e ele iria direto para ela, pularia na garupa do pônei, e os dois sairiam galopando para um lugar seguro. Ela poderia salvá-lo, protegê-lo, aquecê-lo; seus ossos molhados tocariam as costas dela enquanto fugiam, seu braço frio abraçaria a sua cintura, quadril batendo no dela fazendo com que as costas da sua saia se tornassem frias e úmidas. Mas ela não falou nada, não fez nada; deixou a cena passar, deixou que as árvores a cobrissem, que os sonhos se misturassem ao canto dos pássaros e das cigarras. O pônei era pequeno demais, até mesmo só para ela. Com

Maxon na garupa, seria ridículo, e ele provavelmente nem trotaria. Pocket não era um garanhão branco, e ela não era uma amazona. O máximo que Sunny podia fazer por Maxon era nunca falar sobre isso, fazer com que jamais soubesse que ela tinha ouvido aqueles berros, que o tinha visto tão embaixo, que tinha observado aquele desgraçado trêmulo na floresta e que tinha sentido um desejo estranho por aquele corpo gelado. Mais tarde, no outono, ela o tomaria nos braços no planetário e o beijaria sob as estrelas.

SUNNY ENTROU EM casa e fechou a porta. Ela a trancou, maçaneta e tranca. Teriam que abri-la com fogo, forçar a entrada com um forcado. Teriam que quebrá-la como uma noz, abrindo-a. Dentro da casa, ela se ajoelhou com outra contração e engatinhou até a sala. Chegou ao tapete, tão imaculadamente tingido e trançado, mil nós por centímetro quadrado. Tinha custado oito mil dólares. Tantos nós quanto havia estrelas no céu, disse o vendedor, um marroquino animado. Péssima analogia, falou Maxon. Você quer densidade, e não quantidade. Tenta bastonetes e cones na retina. Isso dá os dois.

Quando Bubber era bebê, Sunny colocou um plástico em cima daquele tapete para protegê-lo de manchas. Ficava ajeitando o plástico nas pontas, depois o trocou e o levou para o segundo andar. Desistiram daquele cômodo de vez. Ele se tornou o santuário, a cripta sagrada da respeitabilidade urbana, um lugar de descanso para as peças de cristal que ela adquiriu, as gravuras indianas, a prata. Armários formavam um anel em torno da sala, os armários de vidro brilhavam. Um museu de apenas cinco anos de história. *Isso é insuportável*, pensou ela. *Não aguento.*

Balançou-se sobre as mãos e os joelhos. Dava para sentir o bebê, e ele estava descendo. Veio um giro, um pulo grande na barriga dela e, naquele momento, Sunny sabia que o bebê estava prestes a sair. Ele ia nascer. Na escuridão lá dentro, tudo estava no lugar certo. Não havia comunicação de fora para dentro, de dentro para fora, mas havia um processo acontecendo dentro do útero que nenhum calendário externo podia impedir ou acelerar. Tirou a calça, puxou-a para trás, para baixo, e a chutou para o lado. As contrações agora vinham uma depois da outra, rolando feito partículas, e não feito ondas, bombardeando-a, virando-a ao avesso.

Sunny colocou a testa no tapete e fez força, a tensão finalmente lhe deu algum alívio. Na tensão, finalmente se sentiu melhor. Ninguém viria para ajudá-la. Não havia segundo plano. Se ela fosse se rasgar, então rasgaria a si mesma. Uma mudança ocorreu na mente de Sunny. Uma sensação nova de "isso está acontecendo". Apagou toda a contemplação, toda a reflexão, até que restou apenas Sunny, uma coisa crua sangrando de camisola amarelo-limão de seda presa na cintura e toda molhada, suando aos pingos, com o traseiro para cima, tentando explodir.

Na dor e na inversão, com todo o sangue formando uma bolha quente na sua cabeça, finalmente soube. Era desajustada, e era careca. Mas era a única mãe que estava ali. No escuro, onde todos os músculos vivem, onde o bebê deu um giro e um chute para ter um lar, não havia carecas e desajustados. Havia apenas um corpo com um bebê fazendo o melhor que podia. *Desculpa*, disse o corpo ao bebê. *Sou careca. Cometi erros horríveis. Quase todos os seus avós estão mortos por minha culpa. Vou envergonhar você. Vou fazer merda, mas sou sua mãe e darei o meu melhor. Seja lá o que eu for de verdade e seja lá o que puder fazer, sou a mãe que você tem. Estou aqui. Agindo.*

As contrações foram maiores do que ela. Sunny tentou subir segurando nas cortinas. Enroscou os punhos no pano do sofá e se apoiou neles, balançando o corpo contra a haste da cortina, contorcendo-se e gemendo. As cortinas aguentaram, mas a mente dela vacilou. Então, desligou-se do tempo, daquela âncora dolorosa. Talvez fosse um acúmulo de tudo o que tinha acontecido, ou talvez fosse uma experiência comum a todas as mulheres que parissem sozinhas. Sentiu as mãos puxando as cortinas e ardendo, e uma urgência pesada no meio das pernas, que a fez empurrar, empurrar, da garganta às coxas. Porém, ao lado disso, embaixo disso, e em torno disso, viu uma névoa lilás aparecer perante ela, e começou a ver coisas que não estavam ali: a filha e a vida que teria.

Sunny viu uma menina linda de pernas longas e 6 anos de idade com rosto de namoradinha e mechas claras de cabelos laranja brilhando ao sol. Cabelos como os de Bubber. Carregara uma vara de bambu e pilotava um pequeno barco à vela no lago do Luxembourg Gardens em Paris com proficiência. O vento estava forte, jorrando água do chafariz em um arco grande e sussurrando nas faias. Os barcos se moviam rapidamente, alguns quase virando de lado, prestes a tombar. A menina ruiva, entretanto, colocou a vara bem no deque do seu barco azul-claro e deu um empurrão contra a parede, com os olhos concentrados no progresso. *Ela faz isso muito bem*, pensou Sunny. *É uma especialista; deve fazer isso o tempo todo.* O meu nome é Emma, disse a menina ao menino sentado ao lado dela. Emma.

Ela viu uma menina feroz e feliz de 9 anos a meio galope em um pônei marrom passando por um campo cheio de consoldas e mentas. Estava com as mãos enterradas na crista do pônei, e os calcanhares descalços pressionavam os lados do animal, fazendo com que fosse mais rápido. Os cabelos ensolarados estavam curtos agora, na altura do queixo, flutuando em camadas onduladas. A menina ria, joelhos presos no pônei como um grampo, dentes nus. Sunny sabia que sua respiração estava ofegante. Sabia que tinha que empurrar o bebê. Talvez fosse o vento no rosto, galopando pelo campo. Talvez fosse tudo no seu corpo que empurrava para baixo. Ela foi depressa pelo caminho dos veados, paralelo à fileira de árvores. Era a floresta de Maxon. Fica no campo, menina.

Viu novamente a menina, mais velha, em uma espaçonave na Lua. Dormia em um beliche, mãos por cima da cabeça e punhos batendo na parede, queixo levantado, como se resistisse a alguma amarra invisível, alguma faixa na barriga, algum fio na cabeça. Vestia malha branca de mangas compridas, e Sunny viu que era um pouco curta demais no braço, um pouco larga demais na cintura. Estava coberta por uma folha fina de plástico. *Acorda*, pensou Sunny. *Deixe-me falar com você. Você se lembra de nascer? Deu tudo certo no final? Em que momento você soube "Estou viva! Essa mulher é a minha mãe!"?*

A menina cresceu, tinha 20 anos agora, e deixava a família na Lua. Estavam todos lá: Sunny, Maxon e Bubber para dizer adeus. Sunny vestia um cardigã cinza justo. Sorria e acenava, enquanto lágrimas rolavam. Maxon e Bubber encontravam-se parados como estátuas um ao lado do outro, exatamente com o mesmo peso. Usavam uniformes espaciais e tinham expressões rígidas. Mas a menina beijou os dois, abraçou-os e fez cócegas em Bubber para fazê-lo rir. Sunny viu Bubber colocar o braço em volta da irmã e apertá-la nos ombros. Não vai, queria dizer à menina. Bubber precisa de você. Eu preciso de você.

Ela viu a menina na Terra assumindo uma forma humana, vivendo uma vida humana, apaixonando-se, fazendo amizades. Ela visitaria a Lua, mas nunca mais voltaria. Ficaria bem. Realmente sentiriam falta dela. Sunny a visitaria algumas vezes, mas nunca conseguiria ignorar a distração da Lua. Ela sempre podia vê-la. Isso a fazia ser crítica em relação à filha. Fazia com que se sentisse impetuosa e ansiosa. Ela sempre voltava, mas a menina, não. Seu lugar era na Terra. Sunny sabia que isso aconteceria. *Vem, Emma, pra que eu possa passar tempo com você. Estou esperando, ajudarei você a vir pra cá. Ficarei ao seu lado. Não importa o que aconteça.*

MAXON NÃO SE EMOCIONOU ao ver a superfície empoeirada da Lua. Não havia desolação magnífica o suficiente para distraí-lo da tarefa de descarregar os robôs e seguir com o trabalho. Contudo, se emocionou com a imagem da tubulação de lava, uma fissura gigantesca na superfície da Lua, nas costas de uma cratera mais recente. A tubulação corria por quilômetros, um velho sistema de ventilação para um suposto vulcão pré-histórico; agora, apenas um tubo cheio de cavernas e protegido de meteoros e do Sol. Aterrissaram tão bem, tão perfeitamente perto de onde deveriam aterrissar, que encontraram a tubulação de lava quase imediatamente. *Eu estava certo. Aqui está ela.* Essa é a diferença entre o sucesso e o fracasso. Os humanos aterrissaram. Colonizariam a Lua.

Enquanto Phillips e o resto davam voltas, deixando pegadas e fazendo consertos, Maxon levou o contêiner de carga por meio de uma amarra. Descer com uma caixa enorme cheia de robôs-mães em gravidade baixa era bem fácil. Quase conseguia fazer isso sozinho. Pensou em dizer: "Vocês, meninos, fiquem aqui e limpem essa cagada enquanto vou finalizar a missão." Mas não disse isso. Às vezes, é melhor não dizer nada.

Maxon não pensou: *Vejam, esta pequena lasca biológica infeliz se redimiu. Vejam, ele sobreviveu. Vejam, o pequeno empurrão melancólico em direção ao cosmos fez com que conquistássemos uma base no universo, um primeiro passo para fora.* Não pensou: *Toma, universo. Estamos aqui.*

Exatamente o que Fred Phillips disse que estava pensando. Pensou apenas na latitude e na longitude, e que eram exatamente as que ele imaginara. Não mais emocionante, não menos grandioso. Apenas exatamente como lhe pareceu nos seus planos; foi assim.

Maxon e os robôs chegaram a uma caverna que havia sido identificada e mapeada por ultrassom, e escolhida pelos geólogos como o local da futura colônia. Moveu a caixa de carga até o local onde devia parar, posicionou-se ao seu lado e abriu a porta principal. Era escuro na tubulação de lava. Escuro e frio. Ele tinha uma lanterna e um uniforme quente. Lembrou-se de ficar preso em um poço e chorar para ser tirado dali? A tubulação lhe trazia memórias de medo? Ele não se lembrou, e ela não trouxe memórias. Poços não estavam em sua memória.

Lembrou-se de ser expelido do útero, jogado de um tubo escuro ao outro durante os anos de desentendimentos, aproximações e fixações nervosas? Sentiu a pressão da tubulação de lava no seu corpo, forçando-o a seguir em frente, para baixo, em direção ao final da missão? O bebê no útero entendeu o pai na tubulação de lava, arrumando robôs, consertando as câmeras, trabalhando durante horas no escuro? Ou será que sabia apenas que era hora de sair?

No horário combinado, Phillips e Conrad puxaram Maxon do fosso com uma corda. Um de seus dedos foi esmagado, e ele sentia fome. Fora isso, seus procedimentos em prol da espécie humana e do lançamento da construção robótica de uma colônia lunar foi um sucesso completo. Robôs chiaram e zuniram sob a superfície, escavando minerais, criando os próprios filhos, ensinando-os a andar, a se mexer, a escavar, a criar os próprios filhos. Durante dez anos, o mundo assistiria à colônia tomar forma. Em doze anos, Maxon voltaria com seu filho Bubber, recém-graduado no MIT, e abriria a cabine pressurizada. Tudo do jeito que havia programado.

SUNNY SEGUROU A FILHA e tirou-lhe o sangue do rosto. Ficaram deitadas juntas no tapete. A bebê estava no peito de Sunny, e as costas de Sunny estavam no chão. Cada respiração parecia um milagre, sem dor. Não houve choro, não houve faca, balança, iodo. Apoiada no coração da mãe, coberta por um lenço vermelho de seda que estava no cabide de chapéus, a bebê ficou piscando. O alívio de Sunny foi tão intenso que sentiu que talvez conseguisse dormir ali mesmo, mas sabia que, enquanto elas esfriavam, um vizinho vivia um intenso pânico. Ouviu a ambulância lá fora e muitas vozes. Não queria que Bubber se assustasse quando voltasse da piscina com a babá. Impulsionou-se até a porta, ainda sentada e se movendo com cuidado para não assustar aquela trouxinha. Quando chegou à porta, levantou o braço, abriu a tranca e girou a maçaneta. Lá estavam Rache e Jenny, paradas nas escadas. Foi como se estivessem esperando, prontas para entrar, comer sanduíches e beber margueritas. Estavam apenas esperando, cada uma com um dos pés na inclinação.

— Olha — disse Sunny, afastando o lenço para mostrar o rosto da filha. — Ela chegou.

— Sunny — disseram as mulheres. E disseram: — Sunny, ela é incrível. E se parece muito com você.

Agradecimentos

Obrigada a meu marido, Dan Netzer, e à minha amiga Andrea Kinnear por compreenderem e interpretarem Maxon para mim, e por escreverem as equações, provas e pedaços de códigos que estão neste livro. Cheguei até vocês com uma ideia bagunçada e vocês a traduziram perfeitamente em matemática.

Obrigada à minha agente, Caryn Karmatz Rudy, e à minha editora, Hilary Rubin Teeman, pela visão que tiveram para o livro. Quando me lembro daquele primeiro rascunho, fico surpresa ao ver como vocês fizeram com que ele se tornasse infinitamente melhor.

Obrigada Sara Gruen e Karen Abbott, cujo apoio inicial, sabedoria contínua e incentivo amoroso foram impagáveis no nascimento desta obra.

Obrigada a todos os meus primeiros leitores, C. J. Spurr, Bekah James, Kate Bazylewicz, Heather Floyd, Kristen DeHaan, Sherene Silverberg, Patricia Richman e Veronica Porterfield.

Obrigada às mães de dezembro, ao Quilt Mavericks, Cramot e a todas as minhas colegas do Norfolk Homeschooling por torcerem por mim e pelos seus exemplos irradiantes de excelente maternidade.

Obrigada a Susannah Breslin, que se recusou a me deixar descansar e ficou me tirando do sono da maternidade, fazendo com que eu fosse melhor.

Obrigada a Joshilyn Jackson, que tem sido a minha campeã feroz; sem ela, esta história não teria se tornado um livro.

Impresso no Brasil pelo
Sistema Cameron da Divisão Gráfica da
DISTRIBUIDORA RECORD DE SERVIÇOS DE IMPRENSA S.A.
Rua Argentina, 171 – Rio de Janeiro, RJ – 20921-380 – Tel.: (21)2585-2000